IAS फेल

सपनों की ऊँची उड़ान, हकीकत की जमीन

श्वेत कुमार सिन्हा

ज्ञान गंगा, दिल्ली

प्रकाशक : ज्ञान गंगा, 2/42, अंसारी रोड, दरियागंज, नई दिल्ली–110002
सर्वाधिकार : सुरक्षित / संस्करण : 2025 / पेपरबैक मूल्य : तीन सौ रुपए
मुद्रक : आर–टेक ऑफसेट प्रिंटर्स, दिल्ली ISBN 978-81-19758-42-5

IAS FAIL *novel* by Shri Shwet Kumar Sinha ₹ 300.00 (PB)
Published by **GYAN GANGA**
2/42, Ansari Road, Daryaganj, New Delhi-110002

हार अपने साथ
जीत की उम्मीद
लेकर आती है।

भूमिका

हार अपने साथ जीत की उम्मीद लेकर आती है। बस जरूरत है, उसे पहचानने वाली नजरों की। उपन्यास 'IAS फेल' के परिप्रेक्ष्य में यह कथन एकदम सटीक बैठता है, जहाँ कहानी की शुरुआत ही हार से होती है।

दरअसल, सही मायने में देखा जाए तो हार हारने वाले के सब्र की दुःसाध्य परीक्षा लेता है। लेकिन दुःख की बात तो यह है कि तीस सेकंड की टॉलरेंस कैपेसिटी वाले वर्तमान रील युग में हर हाल में सफलता प्राप्त कर लेने की बात युवावर्ग के कच्चे मगज में इस कदर कूट-कूटकर भर दी गई है कि असफलता को वे अपने जीवन का डेड एंड मान लेने की भूल कर बैठते हैं। जबकि सच इससे बिल्कुल जुदा है। असलियत तो यह है कि हार चाहे कितनी भी बड़ी हो, अगर संयम से काम लिया जाए तो यह आने वाली जीत की पहली सीढ़ी साबित होती है और कई मौकों पर तो इसमें आकाश की बुलंदियों को छूने जितना माद्दा होता है। हार-जीत के इसी फलसफे पर उकेरा उपन्यास 'IAS फेल' अपने कथानक और परिस्थितियों को माध्यम बनाकर अपनी समूची कहानी बयाँ करता है।

कहानी गढ़ते वक्त सभी आयुवर्ग, खासकर युवाओं का खास खयाल रखते हुए जहाँ तक हो सके, इसके कहने का अंदाज रोचक रखने की मैंने पुरजोर कोशिश की है। इसी क्रम में हिंदी कहानी लेखन की एक नई शैली से आप सबको रू-ब-रू कराते हुए मुझे हर्ष हो रहा है, जिसे मैंने 'ड्रैमेटिक हिंदी' की संज्ञा दी है, जो हिंग्लिश सहित हिंदी पट्टी क्षेत्रों में बोली जानेवाली क्षेत्रीय भाषाओं को माध्यम बनाकर तथा भावनाओं के रंग-बिरंगे धागों में हास्य एवं व्यंग्यरूपी मनकों को पिरोकर छुए-अनछुए लहजे में अपनी कहानी कहती है।

इसी क्रम में उपन्यास 'IAS फेल' ड्रैमेटिक हिंदी-शैली का प्रथम उपन्यास है, जिसके लिए मेरे मित्र कुमार विकास, शिल्पी पांडेय एवं अनिल मालवीय का

हृदय से आभार व्यक्त करता हूँ, जिनके मार्गदर्शन के बगैर उपन्यास पूर्ण कर पाना संभव न हो पाता। ईश्वरतुल्य अपने सभी प्रिय सुधी पाठकवर्ग का जिक्र किए बगैर मेरी बातें अधूरी रह जाएँगी, जो मेरे लिए मेरी 'प्रेरणा' है।

जैसी कि मेरी आदत है, अपनी पुस्तक की भूमिका लिखने से मैं सदा कन्नी काटता आया हूँ। परंतु जब भूमिका लिखने को कहा गया तो मना करते न बना। लेकिन सीधे-सीधे कहानी कहने वाला अतिसाधारण लेखक अब कुछ कहे भी तो क्या! जैसे-तैसे जो भी दिल में बची-खुची बातें थीं, उसे सबसे कह डाला।

तो फिर चलिए, बेजा वक्त जाया किए बगैर और अपनी चू-चपड़ को यहीं विराम देकर पेश है आपका अपना उपन्यास 'IAS फेल'।

आपकी प्रतिक्रिया की प्रतीक्षा में,

आपका अपना

—श्वेत कुमार सिन्हा

1

सिविल सेवा और मानव योनि की प्राप्ति चौरासी लाख योनियों में भटकने के बाद ही संभव है। अब रूपेश ने मानव योनि तो पा लिया था पर सिविल सेवा के लिए जरूरी क्रोमोसोम का कट-ऑफ पार नहीं कर पाया। ऐसा नहीं था कि उसमें काबिलीयत नहीं थी। सबसे बड़ी काबिलीयत तो यह थी कि वह बिहार से था। बिहारी सुनकर ही दिल्ली के मुखर्जी नगरवाले उसे ऐसे घूरते जैसे वह जेब में आई.ए.एस./आई.पी.एस. वाला तमंचा लेकर घूम रहा हो और जिससे डरकर यू.पी. एस.सी. वाले सलाम ठोककर अपने ऑफिस का दरवाजा खोल देंगे। हो भी सकता है कि दो मर्तबा पीटी और मेंस पास करने के बाद इंटरव्यू बोर्ड ने उसके बिहारी होने पर एकाध नंबर बढ़ा दिया हो। पर यह सिविल सेवा का सफर है दोस्त! चौरासी लाख योनियों में भटके बिना फलीभूत नहीं होता।

रूपेश को उसके दोस्तों ने कितना समझाया कि बी.पी.एस.सी. का फॉर्म भरके डिप्टी कलेक्टर तक तो पहुँच ही सकता है, पर रूपेश ठहरा ठेठ बिहारी। एक बार जो कमिटमेंट कर ले तो फिर खुद की भी नहीं सुनता। कलेक्टर पद पर डिप्टी का पुछल्ला उसे तनिक भी बरदाश्त न था। यार-दोस्तों ने तो यहाँ तक कह दिया कि "रूपेश हमको तो लगता है तोहार माँ-बाबूजी जरूरी इमिग्रेटेड बिहारी रहे होंगे, जो यही सोचकर वहाँ बसे होंगे कि बिहार में रहना मतलब अगली पुश्त को कलेक्टर-एस.पी. देखना। जरूर यू.पी.एस.सी. वालों को इसपर शक हो गया होगा!"

"चुप रहो बे! जले पर नमक पर मत छिड़को! तुमको पता भी है, हमको कितना टेंशन हो रहा है! पता नहीं, माँ-बाबूजी को कइसे शकल दिखाएँगे। ऊ सब तो बचपने से अपना इकलौता बेटा के आई.ए.एस. बने के सपना देखते आ रहे हैं!" रूपेश कुढ़कर बोला।

"गुरु, हमको तो लगता है तुम्हारे जनम पर तुम्हारे माँ-बाप ये नहीं बोले होंगे

कि बेटा हुआ है। आई.ए.एस. पैदा हुआ है कहकर मिठाई खिलाए होंगे।" चाय सुड़कते हुए मुखर्जी नगर के ही एक योद्धा पेलू ने जले पर नमक छिड़का। दरअसल सिविल सेवा की तैयारी में वह दिन-रात इस कदर खोया रहता कि शक्ल पर बजते बारह की वजह से सभी उसे पेलू भइया कहकर चिढ़ाने लगे थे। पेलू शब्द से उसे तनिक भी चिढ़ न होती बल्कि यह तो उसके एंटरटेनमेंट का अकेला सहारा था। पेलू की बात रूपेश को चुभी थी, पर उसने कोई जवाब न दिया।

"अबे पेलुआ, काहे इसको टेंशन दे रहे हो बे!" बंटी बीच में कूदते हुए बोला फिर रूपेश का मायूस चेहरा देख उससे कहा, "छोड़ो यार, एतना टेंशनियाने से काम नहीं चलने वाला! कुछ सोचे हो? आगे करना क्या है?"

बंटी रूपेश का रूममेट था और बिहारी भी। दोनों एक-दूसरे से अपना खून का रिश्ता समझते थे। वैसे भी परदेश में कोई अपने इलाके का मिल जाए तो वह घरवाला ही जान पड़ता है।

"अरे, तुम तो आई.ए.एस. की तैयारी में एतना घिसे हो! काहे नहीं, बिहार जाके आई.ए.एस. थर्टी टाइप का कुछ खोल देते हो!" सामने के स्टाल से आवाज आई। ये झप्पू भइया थे, जिनकी दुकान पर मुखर्जी नगर में डेरा डाले भविष्य के आई.ए.एस./आई.पी.एस. के लिए पेन-पेंसिल से लेकर जरूरत के सभी नोट्स मिल जाया करते। उसकी बातें सुनकर भी रूपेश ने अनसुना कर दिया। किसी और ही दुनिया में खोया वह सोच रहा था कि अब आगे करना क्या है? कैसे अपने माता-पिता के सामने एक लूजर बनकर खड़ा होना है? कैसे टोले-मोहल्ले वालों के सवालों का सामना करना है? और हाँ! सबसे जरूरी बात जो उसे सता रही थी कि अब उससे बियाह कौन करेगा?

ऐसा नहीं था कि रूपेश के माता-पिता ने उसकी पढ़ाई में कभी कोई कोर-कसर छोड़ी हो। पर कहते हैं न कि "कोई लाख करे चतुराई, करम का लेख मिटे न रे भाई।"

खैर! अब रूपेश ने तय कर लिया था कि अपना बोरिया-बिस्तरा समेटकर पटना वापस लौट जाएगा। आज उसे पटना के महावीर मंदिर वाले हनुमानजी बहुत याद आ रहे थे जिनके सामने सच्चे मन से उसने न जाने कितने नारियल फोड़े होंगे। पर सब बेकार! लेकिन रूपेश कहाँ जानता था कि मन का हो तो अच्छा, न हो तो और भी अच्छा। हारे मन से वह पटना लौटने की तैयारी करने लगा।

"ले रूपेश, तोर टिकट बुक कर दिए हैं दोस्त! बहुत मुश्किल से तत्काल में

टिकट मिला है, वो भी लोअर सीट का!" रूममेट बंटी ने कहा और जेब से ट्रेन का टिकट निकालकर रूपेश की तरफ बढ़ा दिया। रूपेश का चेहरा बुझा हुआ था। उसपर रौनक लाने के लिए सिविल सर्विस का कट-ऑफ चाहिए था। बंटी उसके मन की हालत भलीभाँति समझ रहा था।

"काहे एतना परेशान है दोस्त? देखो हम बता रहे हैं, पटना जाओ और बी.पी. एस.सी. का फारम भर दो। अभी डेट खतम नहीं हुआ है। तुम्हारे जइसन कंडिडेट का तो झक्क मार के सेलेक्शन हो जाएगा। लिखवा लो हमसे! नहीं हुआ तो मूँछ मुँडवा लेंगे हम!" बंटी ने कहा जो खुद मुँछमुंडा था। रूपेश ने उसके सपाट चेहरे की तरफ देखा तो बंटी ने कानों तक दाँत निपोर दिए।

"मतलब···हम···मूँछ उगाने की सोच रहे हैं अभी!"

रूपेश कुछ न बोला। टिकट बंटी से लेकर तकिए के नीचे दबाया और दीवार की तरफ मुँह फिरा अपनी आँखे मूँद लीं। उसे सदमा लगा था और उससे भी बड़ी क्राइसिस यह थी कि उसकी कोई गर्लफ्रेंड नहीं थी, जिसकी गोद में सिर रख वह फूट-फूटकर रोता। जो उसे चुप कराती। बाबू-सोना करके उसे हिम्मत देती।

अगले दिन कौवे की पहली काँव से पहले रूपेश की नींद खुली। आँख खुलते याद आया कि आज दिल्ली में उसका आखिरी दिन है। पूरे कमरे पर एक भरी हुई निगाह फेरी जो पिछले पाँच सालों में उसके हमराही रहे थे। दीवार पर सटे यू.पी. एस.सी. के सिलेबस, इतिहास, भूगोल आदि विषयों के नोट्स उसे खुद की खिल्ली उड़ाते जान पड़ रहे थे। दीवार पर लटके मुगल संस्थापक बाबर की तसवीर से वह नजरें चुरा रहा था। उसे लग रहा था जैसे बाबर के दरबार में वह एक सजायाफ्ता मुजरिम बनकर खड़ा है। एक समय था जब रूपेश खुद को बाबर समझता था और उसे यकीन था कि एक दिन दिल्ली फतेह करके मसूरी को कूच करेगा। पर उसने सपने में भी नहीं सोचा था कि इतिहास खुद को फिर से दुहराएगा और जैसे मुगलों के आखिरी सरताज बहादुरशाह जफर को अपदस्थ होकर निर्वासन झेलना पड़ा। एकदिन रूपेश को भी अपने अरमानों से अपदस्थ होकर दिल्ली से जाना पड़ेगा।

"अब रो मत देना बे! भोरे-भोरे हमसे तुम्हारा टेंसुआ नहीं देखा जाएगा! चलो उठो! चाय पी के आते हैं।" रूपेश का रूम पार्टनर बंटी बोला जो अब जाग चुका था और जिसे लग रहा था कि अगर उसने नहीं टोका तो रूपेश भें-भें करके रो पड़ेगा। उसकी बातों का रूपेश ने कोई जवाब नहीं दिया और केवल 'हम्म' में सिर हिलाया।

रूपेश की आज दस बजे की ट्रेन थी। बंटी को पता था कि उसका मित्र दिल

पर बोझ लिये दिल्ली को छोड़ रहा है। इसलिए स्टेशन के लिए अकेले रवाना करना उसके दिल को मंजूर न हुआ। भारी दिल और भरा हुआ बैग लिए दोनों भीड़भाड़ भरी नई दिल्ली रेलवे स्टेशन पहुँचे। पटना जानेवाली ट्रेन प्लेटफॉर्म पर खड़ी थी।

"चलो बंटी, हम चलते हैं! तुम मन लगाके पढ़ना! जैसे हम फिसड्डी हुए, वैसे तुम मत हो जाना! अब जाओ, तुम्हारा क्लास छूट रहा होगा। वैसे भी ट्रेन खुलने में अभी टाइम है।" भीतर की बेचैनी छिपाता हुआ रूपेश बोला।

"रूपेश, तू बहुत याद आएगा बे! इतने दिनों हम साथ रहे। पता नहीं, तेरे बिना दिन अब कैसे कटेंगे!" कहकर बंटी ने रूपेश को गले लगा लिया।

बंटी वापस लौट गया और रूपेश ट्रेन पर चढ़ अपनी सीट तलाशने लगा। उसकी लोअर सीट थी। अपना बैग सीट के नीचे सरकाया और खिड़की किनारे बैठ मन-ही-मन पिछले पाँच सालों का बही-खाता उधेड़ने लगा।

□

2

"नई-नई आँखें हों तो हर मंजर अच्छा लगता है,
कुछ दिन शहर में घूमे लेकिन अब घर अच्छा लगता है।"

दिल्ली को अलविदा करते हुए रूपेश आज खुद पर निदा फाजली की ये पंक्तियाँ लागू होता-सा महसूस कर रहा था। मिलने-बिछुड़ने की इस बेला में रूपेश दार्शनिक हुआ जा रहा था। 'तुम्हारा क्या गया जो तुम रोते हो। आज जो तुम्हारा है, कल किसी और का था, परसों किसी और का होगा। तुमने जो लिया यहीं से लिया, जो दिया यहीं पर दिया।' फिर रूपेश ने सोचा कि लेने-देने वाली बात उसपर कहाँ लागू होती है! यू.पी.एस.सी. वालों की वजह से उसकी दुनिया बसने से पहले ही उजड़ चुकी थी। बीते पाँच सालों में वह घंटा कुछ भी कबाड़ पाया। इसलिए रूपेश ने न तो कुछ लिया और न कुछ दिया। वह खाली हाथ दिल्ली आया था और खाली हाथ पटना वापस जा रहा है। आई.ए.एस. कल भी किसी और का था। कल भी किसी और का ही होगा।

रूपेश अपना आनेवाला कल देख पा रहा था। देख पा रहा कि वह एक ऑटोरिक्शा में बैठा है। पिछली सीट पर नहीं, बल्कि ड्राइविंग सीट पर। देख पा रहा था कि घर पहुँचते ही पिताजी ने वसीयत में उसे एक ऑटोरिक्शा पकड़ा दिया है। पकड़ाने को तो वह उसे साइकिल रिक्शा भी पकड़ा सकते थे, पर वो उनकी शान के खिलाफ होता, क्योंकि वह कभी साइकिल रिक्शा पर नहीं चढ़ते थे। उनका ऑफिस आना-जाना हमेशा ऑटोरिक्शा में ही होता। ऑटोरिक्शा के ड्राइवर को वह निकृष्ट निगाहों से देखते और सोचते कि अगर ये मेरे बेटे जैसा होता तो आने वाले दिनों में कलेक्टर बन जाता। पर पिताजी को कहाँ मालूम कि एक दिन अपने बेटे को भी ऐसा ही ऑटोरिक्शा खरीदकर देंगे।

रूपेश देख पा रहा था कि उसके ऑटोरिक्शा की सवारी कलेक्टर से लेकर

एस.पी., डी.आई.जी. तक कर रहे हैं और जो उसे भिनभिनाती नजरों से देख रहे हैं और सोच रहे हैं कि अगर ये अच्छे से पढ़-लिख लेता तो आज आई.ए.एस./आई.पी.एस. बन जाता।

"जिंदगी झंड बा, फिर भी घमंड बा!"

रूपेश को लगा जैसे नई दिल्ली रेलवे स्टेशन के एनाउंसमेंट स्पीकर में भोजपुरी सिनेमा के बेताज बादशाह रवि किशन ने आकर खुद से अनाउंस किया और उसे यह गूढ़ मंत्र दिया हो, जो केवल रूपेश के लिए ही था। अचानक रूपेश को याद आया कि सिविल सर्विस में सेलेक्शन नहीं हुआ तो क्या हुआ, वह तो एक इंजीनियर भी है। इसलिए कम-से-कम यह तो तय है कि उसे ऑटोरिक्शा नहीं चलाना पड़ेगा। धन्य हो रवि किशन भइया का! जामवंत बनकर उन्होंने आज रूपेशरूपी हनुमान को उसकी गुप्त शक्ति से परिचित कराया।

सोच की पतंग कितनी दूर तक जा सकती है, कोई सोच भी नहीं सकता। उसपर अगर पतंग की कन्नी कट जाए तो उसे पकड़ना मुश्किल ही होता है। फिर बेलगाम होकर उसे दूर, बहुत दूर तक जाते हुए ही देखा जा सकता है। लूटते हुए देखा जा सकता है। रूपेश के विचारों का पतंग भी एसी थ्री टायर की खिड़की से निकल दूर तलक जाने लगा था और बेहया-बेलगाम होकर तब तक भटकता रहता जब तक रूपेश की नजरों से ओझल न हो जाता, लेकिन तभी! ट्रेन के भीतर से एक सुरीली तरंग फूटी और कैंची बनकर रूपेश के सोच वाली पतंग की कन्नी पर अपनी पैनी धार चला डाली।

रूपेश ने देखा कि लाइट ब्ल्यू जींस और व्हाइट टी-शर्ट पहने मॉडर्न सी दिखने वाली एक लड़की सीट के सामने खड़ी उसे घूर रही है। ध्यान से देखा तो वह उसे फ्रस्ट्रेटेड लगी। थोड़ा और ध्यान से देखा तो उसके टी-शर्ट पर अंग्रेजी में लिखा था—'आई डू व्हाट आई वांट'। सही बात है। वह स्त्री है, कुछ भी कर सकती है। जीवन के पचीस-छब्बीस बसंत देख चुकी उस लड़की ने आँखों पर काला चश्मा चढ़ा रखा था और अकस्मात् ही रूपेश के दिमाग में ये हनी सिंह का गाया 'तैनू काला चश्मा जँचता ए' हिलोर मारने लगा। फिर खयाल आया कि शायद वह गलत है। काला चश्मा तो बादशाह ने गाया था और रूपेश फकीर बनकर पटना वापस लौट रहा था।

"हे यू!"

अंग्रेजी के दो बोल उस लड़की की पँखुड़ी जैसे होंठों से फूटे। फूटने को तो

प्यार के दो मीठे बोल भी फूट सकते थे। पर दूर–दूर तक उसकी कहीं कोई गुंजाइश नहीं थी। अपने खयालों में उतरा रूपेश कभी उसकी आँखों पर चढ़े चश्मे के स्याह से टकराता, तो कभी उसके होंठों पर उभरी सुर्ख लिपस्टिक पर जा फिसलता।

"हे यू! लिसेन! आई एम टाकिंग टू यू। ऐसे क्या घूर रहा है? कभी लड़की नहीं देखी क्या!"

नाजुक सी दिखने वाली उस लड़की ने डराकर कहा। पर यक्षप्रश्न यह था कि सृष्टि की इतनी खूबसूरत रचना को भला यूँ डराने की आवश्यकता ही क्यूँ आन पड़ी? रूपेश को भी इस गूढ़ रहस्य को जानने की प्रबल इच्छा हुई। पर इससे पहले कि वह कुछ बोल पाता, लड़की के मुख से शब्द एक बार फिर अंगारे बनकर फूटे।

"यू जस्ट मूव फ्रॉम हेयर! दिस इज माई सीट!"

अंग्रेजी तो वह ऐसे बोल रही थी, जैसे अंग्रेजों ने आजादी इसी शर्त पर दी हो कि वह आजीवन इसी रफ्तार और टोन में इंग्लिश बोलती रहेगी, नहीं तो आजादी कैंसिल। अपने धर्म का पालन करते हुए उस लड़की ने अंग्रेजी बोलना नहीं छोड़ा और रूपेश ने हिंदी।

"हुआ क्या? कुछ बताएँगी भी?"

"आई सेड, दिस इज माई सीट! अगर विदाउट टिकट सफर करने का इतना ही शौक है तो जाकर जनरल डिब्बे में बैठो।"

लड़की ने तर्जनी दिखाते हुए कहा और उसकी नजरें रूपेश पर टिकी रहीं। पर रूपेश भी फुर्सत में था।

"अच्छा! आप हिंदी भी बोलती हैं!"

"व्हाट…!"

"नहीं, आपने कहा जनरल डिब्बे में जाकर बैठो। वहाँ क्या टिकट नहीं लगता?"

रूपेश की बातों से लड़की का पारा और चढ़ता दिखा। आसपास की सीट पर बैठे यात्री भी अब रूपेश को ऐसे घूरने लगे थे, जैसे वह सच में विदाउट टिकट हो।

"काहे बबुआ, तोहरा पास टिकट नइखे का? ई रिजर्वेशन बॉगी बा! एहीजा टिकट लागेला।"

सामने वाली सीट पर बैठे एक उम्रदराज यात्री ने फटे में टाँग अड़ाई जिसके होठ मुख में रखे सरैसा खैनी की बोझ तले दबे थे। सरैसा इसलिए क्योंकि उसने जो चुनौटी अभी–अभी अपनी शर्ट की जेब में छिपाई थी उसपर सरैसा नाम मोटे–

मोटे अक्षरों में छपा था। यहाँ छिपाई शब्द का प्रयोग इसलिए किया गया, क्योंकि खैनीधारक को डर था कि कहीं उसकी खैनी वाली चुनौटी देखकर कोई यह न कह दे कि "का हो, तनी हमरो ल बनावा!" लेकिन वहाँ खड़ी अबूझ पहेली उस नवयुवती को इन सबसे कोई मतलब नहीं था। उसे मतलब था तो सिर्फ लोअर सीट से, जिसपर रूपेश काबिज था।

"देखिए न अंकल, मैं कब से बोल रही हूँ! पर ये हट ही नहीं रहा और ऊपर से बदतमीजी भी कर रहा है। कैसा बेहूदा इनसान है!" मायूसी दिखाकर लड़की ने बूढ़े यात्री से सहानुभूति बटोरनी चाही। रूपेश की नजर उस लड़की के हाथ में पड़े टिकट पर पड़ी।

"अपनी टिकट दिखाइए जरा?" हाथ बढ़ाकर रूपेश ने उससे टिकट माँगा।

"क्यूँ? तुम कोई टीटीई हो!" झल्लाते हुए उस लड़की ने कहा जो इस बात का बराबर खयाल रख रही थी कि उसके चेहरे के मेकअप पर जरा भी आँच न आने पाए। अभी कहासुनी चालू थी और एक सुंदर, सुशील महिला मुसाफिर को देख उससे झूठी सहानुभूति दिखाने वाले यात्रीगण जुटने लगे थे, जिन्हें उसकी समस्या से कोई लेनादेना नहीं था। रूपेश ने देखा कि मूकदर्शक बने उन मुसाफिरों का सिर उस लड़की की न और हाँ का अनुसरण करते हुए हिल रहा था। तभी टीटीई का पदार्पण हुआ।

"क्या हुआ? आप लोगों ने यहाँ भीड़ क्यों लगा रखी है? चलिए, जाइए अपनी-अपनी सीट पर!"

टीटीई के कहने पर वहाँ खड़े यात्रियों में से कुछ मन मसोसकर अपनी सीट की तरफ लौट गए, जबकि कुछ कान बहिर और पीठ गहिर* करके वहीं खड़े रहे।

"यस मैडम? बताएँ? क्या प्रॉब्लम है आपको? कहाँ है आपकी सीट?" खड़ी लड़की से टीटीई ने पूछा।

"सर, ये मेरी सीट है और कब से मैं इनसे यहाँ से हटने के लिए कह रही हूँ। पर ये सुनते ही नहीं!"

लड़की ने लोअर बर्थ की तरफ अंगुली दिखाते हुए कहा जिसपर रूपेश काबिज था। टीटीई की नजर रूपेश पर पड़ी। कुछ पूछताछ करने से पहले ही टीटीई की आँखें चीख-चीखकर बता रही थीं कि उसने रूपेश को मुजरिम करार दे दिया था और वहाँ खड़ी लड़की को अबला। सच ही है। सुंदर दिखने वाली स्त्री अगर किसी पुरुष को कसूरवार ठहराए तो मन कुलबुलाता है कि फैसला बस

* कान बहिर और पीठ गहिर करना (बिहार की लोकोक्ति)—ढीठ बनना।

उसके हक में सुना दें और अगर वह स्त्री जवान और अविवाहित हो तो जिरह की भी जरूरत नहीं पड़ती। खैर! उपेक्षित निगाहों से टीटीई ने रूपेश की तरफ हाथ बढ़ाते हुए टिकट की माँग की। बड़े इतमीनान से रूपेश ने जेब से टिकट निकाला और उसकी तरफ बढ़ा दिया। इस दौरान वह लड़की एकदम शांतचित्त खड़ी रही। उसने जरा भी तकल्लुफ न की कि अपने टिकट में छपे सीट नंबर पर निगाह डाल ले।

टीटीई ने रूपेश के टिकट और अपने चार्ट में मिलान किया फिर हाहाकारी नजरों से उसकी तरफ देख टिकट बाइज्जत लौटा दिया।

"मैडम? जरा आप अपनी टिकट दिखाइए?" टीटीई ने सामने खड़ी लड़की की तरफ हाथ बढ़ाया और टिकट उससे ले लिया। टिकट को चार्ट से मिलान कर कलम से उसपर निशान लगाए और सामने खड़ी लड़की को लौटाते हुए बोला, "आपकी अपर बर्थ है। ये साहब सही जगह बैठे हुए हैं।"

बड़े चाव से इस लाइव टेलीकास्ट को देख रहे वहाँ मौजूद यात्रियों का मन टीटीई की बात सुनकर भिनभिना उठा। जो अभी तक रूपेश को अपराधी समझ रहे थे वह तो इनसान निकला वो भी एक स्त्री का सताया हुआ।

"बट सर, अपर बर्थ! हाऊ विल आई···मेरा मतलब मैं वहाँ बैठूँगी कैसे? मैं तो वहाँ तक चढ़ भी नहीं पाऊँगी!" लड़की ने लाचारगी जताई जिसकी पेशानी पर अब सिलवटें पड़ने लगी थीं।

"सॉरी मैडम! मैं कुछ नहीं कर सकता। आपको अपर बर्थ पर जाना पड़ेगा!" टीटीई ने अपनी असहमति जताई।

"सर, एक बार चेक करिए न! कहीं तो लोअर बर्थ खाली होगा!"

"नहीं मैडम, आज कहीं कोई सीट खाली नहीं है! हाँ, आप चाहें तो किसी से रिक्वेस्ट कर सकती हैं। अगर वो अपनी सीट आपसे बदलने को तैयार हों!" कहकर टीटीई ने रूपेश को दरियादिली की उम्मीद से देखा जिसकी आँखों को अभी-अभी रूपेश के भीतर अपराधी होने का भ्रम हुआ था।

टिकट वापस लेकर लड़की ने रूपेश के बर्थ पर रखे अपने भारी-भरकम बैग को सीट के नीचे ढकेला और अपर बर्थ पर चढ़ने की कोशिश करने लगी। बिना कुछ बोले रूपेश उसे एकटक देखता रहा। देखता रहा कि अगर उसने उसे ऊपर चढ़ने से नहीं रोका तो शायद वह धड़ाम से गिरकर अपना नाक-मुँह न तोड़ ले। जी में आया कि टूटता है तो टूट जाने दे। उस लड़की ने एक बार रिक्वेस्ट भी नहीं

किया कि रूपेश उससे अपनी सीट बदल ले। पर रूपेश का हृदय परिवर्तन हुआ और उसका दिल पिघल गया।

"एक्सक्यूज मी! आप चाहें तो मेरी सीट पर आकर बैठ सकती हैं।" रूपेश ने उस लड़की से कहा जो अपनी अपर सीट पर चढ़ने का प्रयास कर रही थी। उसे रूपेश से मदद की उम्मीद बिल्कुल न थी। एकबारगी उसके मन में तो आया था कि रूपेश से मदद माँगे। लेकिन कुछ बोलती भी तो किस मुँह से! इतना कुछ तो सुना दिया था उसे। इसलिए उसका मुँह नहीं खुला। पर जब रूपेश ने सामने से आकर मदद का हाथ बढ़ाया तो उसके चेहरे पर कृतज्ञता के भाव उभरे।

"मैं अपर बर्थ पर चला जाता हूँ। आप मेरी सीट पर आकर बैठ जाइए।" रूपेश ने अपनी बात दुहराई।

"ओह! थैंक यू! थैंक यू सो मच!" अपने चेहरे पर आई लटों को सुलझाते हुए लड़की ने औपचारिकता निभाई। आसपास बैठे मुसाफिर वहाँ हो रही मित्रसंधि को एकाग्रचित्त होकर देख रहे थे, जहाँ अभी चंद मिनटों पहले तांडव मच रहा था। रूपेश अब उन सबके लिए हीरो बन चुका था। हीरो जो हर मुसीबत का डटकर सामना करता है। जो बीच मझधार में फँसी हिरोइन की मदद करता है। और अंत में जिसे हिरोइन मिल जाती है। जैसे वह लड़की अपने सारे दु:खों से छुटकारा पाकर रूपेश की तरफ बढ़ रही थी। रूपेश ने भी अपनी बर्थ छोड़ दी और अपर बर्थ पर चढ़ने लगा।

"सुनिए, आप चाहें तो अभी यहाँ बैठ सकते हैं। जब सोने का मन करे तो चले जाइएगा।" लोअर सीट पर खुद को टिकाते हुए और राहत की साँस भरते हुए लड़की ने कहा तो रूपेश उसके बगल में आकर बैठ गया।

"बाई द वे, माई नेम इज पूजा एंड आई एम सॉरी!" पूजा ने तकल्लुफ से कहा जिसकी पेशानी पर एक बार फिर से सिलवटें उभरने लगी थीं। पर इसमें सुख था लोअर बर्थ पाने का। रूपेश के मानवीय हृदय की पहचान होने का।

"इट्स ओके। मेरा नाम रूपेश है। नाइस टू मीट यू।" रूपेश ने फॉर्मेलिटी निभाई। उसके चेहरे पर भाव नगण्य थे।

पूजा के कंठ से हवा 'हम्म' बनकर फूटी और चेहरे पर पहली बार रूपेश के लिए मुसकान उभरी।

"भले घर के लागत तारा बबुआ!" सामने बैठे बूढ़े यात्री ने कहा, जो अभी कुछ ही देर पहले रूपेश को कोई लुच्चा समझ रहा था।

"आपको कहाँ जाना है?" पूजा ने अपनी कौतूहल मिटानी चाही। पर दरअसल वह रूपेश से फैमिलियर होने की कोशिश कर रही थी।

"पटना। और आप?"

"मैं भी पटना ही जा रही हूँ।"

"हम्म!"

"आप क्या पटना के रहने वाले हैं?"

"जी। और आप?"

"मैं भी।" पूजा ने जवाब में कहा।

"आउर, हमहू पटना के बानी बबुआ! ही-ही-ही···" जबरदस्ती अपना दाँत निपोरते सामने बैठे उस बुढ़ऊ यात्री ने कहा, जो हावभाव से पूजा को रंगीले मिजाज का लगा और जो उन दोनों की बातचीत को किसी हिंदी फिल्म के रोमांटिक सीन जितना लुत्फ उठाकर देख रहा था। दोनों ने ही उसे इग्नोर किया।

ट्रेन खुल चुकी थी और दिल्ली की यमुना नदी को धड़धड़ाकर पार कर रही थी। रूपेश और पूजा दोनों की नजरें बाहर नदी को झाँकती रहीं। रूपेश का मन भावुक हो रहा था और सोच रहा था कि कहाँ उसने दिल्ली से सीधे लबसना (LBSNAA) मसूरी का रुख करने के सपने सँजोए थे और कहाँ लूजर बनकर घर वापस लौट रहा था।

"आप यहाँ दिल्ली में नौकरी करते हैं क्या?" पूजा ने पूछा और रूपेश भीतर तक तिलमिला उठा जैसे किसी ने उसके कटे अंग पर नमक छिड़क दिया हो, जिससे अभी तक खून बलबला रहा था। रूपेश के जी में तो आया कि वह चीखे, चिल्लाए और किसी के कंधे पर सिर रखकर खूब रोए। पर अफसोस! वह ऐसा नहीं कर सकता था।

कोई जवाब न पाकर पूजा को लगा जैसे उसने कोई गलत सवाल पूछ लिया है।

"इट्स ओके! अगर आप नहीं बताना चाहते तो रहने दीजिए!" पूजा बोली और सामने सीट पर बैठा सीनियर सिटिजन यह देखकर बड़ा आहत हुआ, क्योंकि पूजा को उसके सवाल का जवाब नहीं मिला था। रूपेश की यह हिमाकत उसे नागवार गुजरी जिसने एक सुंदर स्त्री के सवाल का जवाब नहीं दिया था। उसका बस चलता तो रूपेश को इस गुस्ताखी के लिए पचास कोड़ों की सजा सुनाता और फिर पूछता कि 'बता? बता, क्या तू दिल्ली में नौकरी करता है? और अगर करता है तो तनख्वाह कितनी मिलती है? और अगर नहीं करता है तो क्यूँ नहीं करता?'

उस चश्माधारी, खैनीधारी, उम्रदराज यात्री को सारे सवालों के जवाब चाहिए थे, जिसे एक पन्ने पर लिखकर वह पूजा को बड़े नजाकत से पकड़ा देता और बोलता कि 'लो, तुम्हारे सारे सवालों का जवाब इस चिट्ठी में है। पढ़ लेना!'

रूपेश को भी ऐसा ही कुछ लगा जब पूजा के शब्दों में मायूसी घुसपैठ करती दिखी। पर झूठ वह बोलता नहीं था और सच बताते नहीं बन रहा था। आखिर उसे कैसे बताता कि वह कलेक्टर बनने आया था और पाँच साल झख मारने के बाद खाली हाथ वापस लौट रहा है। पर 'इडियट' बन चुके रूपेश को बाबा रणछोड़दास की 'ऑल इज वेल' वाली बात याद आई तब जाके थोड़ा आराम मिला।

"नौकरी के लिए इंटरव्यू देने आया था।" रूपेश ने कहा। पर अब डर रहा था कि पूजा कहीं यह न पूछ ले कि इंटरव्यू कैसा गया। पर बात वही है कि सोच की पतंग कितनी दूर तक जाएगी, कोई सोच नहीं सकता। पूजा ने ऐसा कुछ नहीं पूछा, क्योंकि उससे पहले ही रूपेश ने पूछ लिया था।

"आप पटना में कहाँ रहती हैं?"

"जी, मैं कंकड़बाग में रहती हूँ। वहीं रेडियो एफ.एम. में काम करती हूँ।"

"हम्म," रूपेश ने सिर हिलाया। उसके चेहरे के भाव सिफर थे और पूजा इसके लिए खुद को जिम्मेदार समझ रही थी।

"लगता है, आप अभी तक मुझसे नाराज हैं। मैंने उसके लिए माफी माँग ली है।" पूजा ने कहा और सामने बैठे बुढ़ऊ को एक बार फिर कबाब में हड्डी बनने का मौका मिल गया।

"अरे माफ कर दे बबुआ! माफ करे से कोई छोट-बड़ा ना हो जाला!" दाँत निपोरते हुए बुढ़ऊ ने कहा और होंठों के नीचे जमे ज्ञानवर्धक चूर्ण को थूकने के लिए दरवाजे की तरफ बढ़ गया। उसे देखकर पूजा का मन भिनभिना उठा और मुँह बनाकर जोर से उसने अपना कंधा उचका दिया।

"मैं समझ सकता हूँ, अपनी सीट पर किसी और को बैठा देख आप घबरा गई थीं। मुझे भी आपको साफ-साफ बता देना चाहिए था। आई एम ऑलसो सॉरी फॉर दैट!" रूपेश ने अंग्रेजी में अपनी शर्मिंदगी जाहिर की।

"अच्छा! आप अंग्रेजी भी बोलते हैं।" पूजा ने कहा और खिलखिलाकर हँसने लगी। रूपेश के चेहरे पर भी मुसकराहट तिर गई। तभी खैनी थूककर सामने वाला यात्री भी आ गया और दोनों को हँसता देख प्रसन्नचित्त होकर बोला, "चला, अच्छा भइल! मिल-जुल गइला लोग!"

इस बार रूपेश और पूजा दोनों ने बड़े गौर से उस बुढ़ऊ यात्री की तरफ देखा और हँस पड़े जो इस बात का सबूत था कि रूपेश अब अपने गम से उबरने लगा था।

कुछ ही देर बाद ट्रेन अगले स्टेशन पर रुकी और एक नवयुगल पास के साइड लोअर पर आकर बैठा। नवयुगल इसलिए क्योंकि महिला की माँग में सिंदूर जरूरत से ज्यादा ही भरा था, नहीं तो आजकल सिंदूर भी बिंदी के समान ही लगाने की चलन में है—बिल्कुल एक चुटकी। नवयुगल इसलिए क्योंकि पति ने तब तक उसके हैंडबैग को बड़ी जतन से पकड़े रखा जब तक कि वह स्त्री साइड लोअर पर अच्छे से बैठ नहीं गई और प्यारभरी मुसकान देकर दो दर्जन चूड़ियों वाले हाथ बढ़ाकर अपना बैग वापस नहीं थाम लिया। नवयुगल इसलिए क्योंकि उस महिला मुसाफिर के साथ उसके पति के पैरों की एड़ियाँ भी रँगी हुई थीं और जिसे छिपाने के लिए उसने बड़े अव्वल दर्जे के जूते पहन रखे थे, जो संभवत: शादी में ही खरीदे गए होंगे। और सबसे बड़ी बात नवयुगल इसलिए कि भरी ट्रेन में भी दोनों की देहलोलुपता छिपाए नहीं छिप रही थी और साइड लोअर पर बैठ दोनों ने बर्थ पर अपने पाँव पसार एक-दूसरे की गोद में डाल दिए और ऊपर से लिहाफ लेकर उसे दुनिया-समाज की प्रेमविरोधी निगाहों से छिपा लिया। पर उनकी चोरी तब पकड़ी गई जब एक-दूसरे की नजरों में उतर उन्होंने कामुक मुसकान भरे और पत्नी ने अपने निचले होंठ दाँतों तले तिरझे दबाए। रूपेश और पूजा कनखी से उन दोनों को ही निहार रहे थे। जब रूपेश की नजरें पूजा से टकराईं तो शरमाकर उसने अपनी नजरें परे कर लीं। पर कब्र में पैर लटकाए उस बुढ़ऊ यात्री को जैसे सिनेमा की सबसे अगली सीट मिल गई थी और बिना पलकें झपकाए उस नवदंपती को वह अपनी एक्सरे भरी निगाहों से निहारता रहा।

पर रूपेश और पूजा ने जो नहीं देखा वह यह कि उन नवदंपती के साथ एक ऐसा मुसाफिर भी ट्रेन के उसी डिब्बे में चढ़ा था, जिसकी टुच्ची निगाहें बहुत देर से पूजा को ताड़ रही थीं। रूपेश और पूजा ने जो नहीं देखा वह यह कि वह यात्री उन नवयुगल के ठीक आगे वाले साइड लोअर पर बैठा था।

दोपहर के एक बजने को आए थे। ट्रेन ने दिल्ली को काफी पीछे छोड़ दिया था। रूपेश ने देखा कि पूजा को प्यास लगी है और उसकी बोतल का पानी भी खत्म हो चुका था। काफी देर से पैंट्रीवाला भी इधर नहीं आया था, जिससे पानी खरीदकर वह अपना गला तर कर पाती।

"मेरी बोतल में थोड़ा पानी अभी बचा है। आप चाहें तो अपनी प्यास मिटा सकती हैं।" अपनी बोतल पूजा की तरफ बढ़ाते हुए रूपेश ने कहा। थोड़ी झिझक के साथ, पूजा ने बोतल ले ली और बोतल को अपने होंठों से लगा लिया। रूपेश को लगा कि शायद उसकी प्यास मिटी नहीं होगी, क्योंकि बोतल में पानी बिल्कुल तली तक ही बचा हुआ था।

"डोंट वरी! जैसे ही ट्रेन रुकती है मैं बाहर जाकर पानी ले आऊँगा! पता नहीं, पैंट्री वाला कहाँ मर गया!" रूपेश ने पूजा से कहा जो खाली बोतल को साइड में रख अपने भीगे होंठों को रूमाल से साफ कर रही थी।

"भीगे होंठ ते``रे``, प्यासा दिल मे``रा``!"

दूसरी तरफ साइड लोअर पर बैठे मनचले मुसाफिर ने कनखी से पूजा की तरफ देख आलाप भरके फिल्मी गीत ऐसे गाया जिसे रूपेश और पूजा दोनों ने सुना। आगे की लाइन उस चौबीस-पचीस साल के लुच्चे युवक ने हवा में अपने हाथ फैलाकर अँगड़ाई लेते हुए गाया।

"लगे अब्र सा मुझे तन ते``रा``! वो ओ ओ``हो``"

सीट पर बैठे बूढ़े यात्री के कानों में भी गाने के बोल पड़े। अपना सिर उचकाकर उसने गवैया पैसेंजर को देखा जो उसे भी कोई लुच्चा ही लगा। वैसे लुच्चे वाले गुण तो उस बुढ़ऊ यात्री में भी विद्यमान थे। पर थोड़ी इनसानियत अभी उसके अंदर बाकी थी कहीं!

"का हो बऊआ, सिंगर बनबा?" वृद्ध यात्री ने अपने ही अंदाज में सवाल दागा।

"हाँ चचा, जे तू भाँड़ बनबा त हम सिंगर जरूरे बनबो!" मनचले यात्री का जवाब सुन वृद्ध की बोलती बंद हो चुकी थी। भुनभुनाते हुए शुद्ध भोजपुरी में उसने कई गालियाँ अपनी जुबान पर ऐसे फेरी जिसे सिर्फ वही सुन सके। एकाध शब्द रूपेश के कानों से भी टकराए।

"छोड़िए चचा, रहे दीजिए! अइसन लोग से मुँह लगावे के कोई फायदा नहीं!" रूपेश ने वृद्ध से कहा और पूजा ने भी हामी में अपना सिर हिलाया। रूपेश ने देखा कि वह लड़का अपने कानों पर हेडफोन लगाए किसी गाने में गुम था। पर रह-रहकर उसकी टुच्ची निगाहें पूजा को ताड़ने से बाज नहीं आ रही थीं।

हालाँकि पूजा ने उसकी तरफ एक बार भी नहीं देखा, क्योंकि रूपेश ने ऐसा करने से मना किया था। बैग से एक पुस्तक निकालकर उसने अपने चेहरे के सामने

लगाई और काफी देर तक पढ़ती रही। बीच-बीच में रूपेश को देख लेती तो चेहरे पर स्मित तिर जाता। रूपेश की नजर पूजा की पुस्तक पर पड़ी जिसपर छपा था 'ड्रैमैटिक हिंदी'। रूपेश ने भी 'ड्रैमैटिक हिंदी' की ढेर सारी पुस्तकें पढ़ रखी थीं। उसे अपने बीते दिन याद आने लगे जब उसके हाथ में ऐसी कोई पुस्तक देखकर मुखर्जी नगर में उसका रूममेट बंटी उसे पढ़ने को मचल उठता। एक रात तो पूरे हॉस्टल में हंगामा ही मच गया, जब भूत-भूत करके कई लड़के चिल्लाने लगे। सबकी शिकायत थी कि किसी के हँसने की आवाज पूरे हॉस्टल में गूँज रही है। बाद में पता चला कि बंटी 'ड्रैमैटिक हिंदी' पढ़कर खिखिया रहा था। तब से 'ड्रैमैटिक हिंदी' की पुस्तक मुखर्जी नगर में सबकी जुबान पर चढ़ गई। अब भूत-वूत की शिकायत कोई न करता। रात-अधरात हॉस्टल के कमरों से ठहाके लगने या किसी से बिलखने की आवाज सुनाई पड़ती तो सब यही समझते कि कहीं कोई बंदा फुर्सत के क्षण 'ड्रैमैटिक हिंदी' के साथ बिता रहा है।

पुस्तक से फारिग होकर पूजा बाहर निकली। रूपेश को देखा तो वह झपकी ले रहा था। पुस्तक वहीं सीट पर रखकर वह उठी और टॉयलेट की तरफ बढ़ गई। ट्रेन के दरवाजे तक पहुँची तो देखा कि वह मनचला युवक, जो अपनी सीट से उसे ताड़ रहा था, वहाँ खड़ा सिगरेट के कश फूँक रहा है। पूजा को देखकर उसने टुच्ची मुसकान भरी और अपनी अंगुली में फँसा सिगरेट उसकी तरफ बढ़ाया जैसे पीने के लिए पूछ रहा हो।

"स्टुपिड!"

गुस्से में बुदबुदाकर पूजा टॉयलेट की तरफ बढ़ गई। उसके ऐसे बर्ताव से मनचले को बड़ा मजा आ रहा था और चेहरे से बत्तीसी झाँकने लगी थी। सिगरेट को मुँह में लगा वह वापस से कश भरने लगा।

चंद मिनटों बाद टॉयलेट का दरवाजा खुला और पूजा निकलकर बाहर आई। देखा कि सामने की दीवार पर पैर टिकाए वह मनचला रास्ता रोके खड़ा है और बड़ी बेहूदगी से कोई फिल्मी गीत गुनगुना रहा है।

"ये क्या बदतमीजी है! रास्ता छोड़ो! जाने दो मुझे!" पूजा ने गुस्से से कहा।

"चले जाना! किसने रोका है! थोड़ा हमसे भी तो गुफ्तगू कर लो जानेमन या फिर केवल अपने उस चिड़ीमार यार के साथ ही गुटरगूँ करती रहोगी!" मनचले यात्री ने कहा जिसकी नजरें पूजा के टी-शर्ट पर टिकी थीं।

"आई डू व्हाट आई वांट। अरे वाह! बहुत सुंदर!" मनचले ने पूजा की सफेद

टी-शर्ट पर नीले-पीले रंगों में छपे हरेक शब्दों को चबा-चबाकर पढ़ा। पर शब्दों के बहाने वह टी-शर्ट के पीछे छिपे उभारों का मजा ले रहा था, जिससे पूजा असहज होती दिखी। पूजा ने इधर-उधर देखा, ताकि मदद माँग सके। पर जेठ की इस भरी दुपहरी में सभी यात्री भीतर एसी की हवा में दुबके हुए थे।

"मैं कहती हूँ छोड़ो मेरा रास्ता!" पूजा चिल्लाई।

"अरे छोड़ देंगे! पर पहले यह तो बताओ कि टी-शर्ट पर 'बड़े-बड़े' अक्षरों में केवल लिखकर घूमती हो या फिर कुछ दिखाती भी···अर्र!"

बड़े-बड़े पर ज्यादा जोर देकर बोलते हुए मनचले ने अपनी बात अभी खत्म भी नहीं की थी कि उसे लगा जैसे ट्रेन उसकी कनपटी पर चढ़कर पार हो गया। उसे पलटने का भी मौका नहीं मिला और रूपेश के हाथ की पाँचों अंगुलियाँ उसके गाल पर छप चुकी थीं। उसका गट्टा पकड़ रूपेश ने उसे अपनी तरफ खींचा।

"पूजा तुम अंदर जाओ! इस चुहाड़ को तो हम अंग्रेजी सिखाते हैं!" पूजा के लिए रास्ता बनाते हुए रूपेश ने कहा।

"अबे गँवार, तू हमको अंग्रेजी सिखाएगा! गांड में गुह नहीं और बऊआ चले सौ मन हग्गे!" बेहूदगी की सीमा लाँघ चुके मनचले ने तंज कसा और रूपेश से अपना कॉलर छुड़ाने का प्रयास करता रहा।

"बेटा तू रुक अभी! तोहरा तो हम बताते हैं!" रूपेश ने आँखें दिखाकर कहा फिर पूजा की तरफ देखकर चिल्लाया, "पूजा! हम कह रहे हैं न अंदर जाओ!"

रूपेश इतनी जोर से चिल्लाया कि पूजा अपनी जगह खड़ी काँप गई। वह इन सब बखेड़ों में न तो खुद पड़ना चाहती थी और न ही रूपेश को पड़ने देना चाहती थी। पर कुछ बोलने की हिम्मत न हुई और एसी कंपार्टमेंट का दरवाजा खोल भीतर चली गई।

"चोट्टा कहीं का! लड़की देखके हीरोगिरी सूझता है बे! चल, तोहरा आज हम दिखाते हैं कैसे होता है—आई डू व्हाट आई वांट!" आँखे दिखाता हुआ रूपेश गुर्राया। वह अपने रौद्र रूप में आ चुका था। लात मारकर उसने टॉयलेट का दरवाजा खोला और मनचले को उसमें ढकेला फिर खुद भी भीतर चला गया।

"गे है का बे? मुँह में लेगा!" रूपेश की गिरफ्त में उस मनचले ने कहा और अपने शरीर को झटक खुद को रूपेश के चंगुल से छुड़ाने का प्रयास करने लगा। पर उसे कहाँ मालूम था कि रूपेश बचपन से ही दूध-दही और देसी घी में नहाया हुआ

है। उसे कहाँ मालूम था कि रूपेश का हाथ ढाई किलो का है, जो एक बार किसी पर पड़ जाए तो वह उठता नहीं, उठ ही जाता है। ऐसा ही कुछ हुआ जब रूपेश के लात-घूँसे उसपर बरसने लगे। वह मनचला कभी लैट्रिन के फ्लश से टकराता तो कभी बेसिन से। तीन-चार घूँसे पड़ते ही उसके होश ठिकाने लग गए और हाथ जोड़कर सरेंडर कर दिया।

"सूअर कहीं का! शकल देखा है बे तू अपन! चोमू लगता है एकदम! लड़की क्या, तुमको तो लड़का भी नहीं मिलेगा!"

"भइया, माफ कर दीजिए भइया! गलती हो गया! अब से नहीं होगा! हम कोई लड़की के तरफ नजर उठाकर नहीं देखेंगे भइया!" रूपेश के पैरों पर गिरकर मनचला अब गिड़गिड़ाने लगा था।

"क्या बोला था तुम रे? तुमको मुँह में लेवे के शौक है! आओ, हम तुमको मुँह में देते हैं!" कहकर रूपेश ने अपने पैंट की जिप की तरफ अंगुली बढ़ाई। मनचले को लगा जैसे सच में आज उसका धर्म भ्रष्ट हो जाएगा। दोनों हाथ अपने मुँह पर रख वह रिरियाता रहा। पर वह कहाँ जानता था कि रूपेश उसकी फिरकी ले रहा है।

रूपेश ने उसकी एक न सुनी और अपने पैंट की जिप को नीचे सरका दिया, फिर बोला, "अब का मूत पीएगा हमर! चल मुँह घुमा के बैठ!" रूपेश की बात सुन मनचले की जान में जान आई। कुछ देर तक मनचला मुँह घुमाकर खड़ा रहा।

"अब क्या जिंदगी भर मुँह घुमा के खड़ा रहेगा! मूत लिए हम! घूम सकते हो अब।" कहकर रूपेश अपने पैंट की जिप बंद करने लगा। पर जिप शायद पुरानी थी। इस वजह से ऊपर नहीं चढ़ रही थी।

"भइया, लाइए न हम बंद कर देते हैं।" कहकर मनचले ने अपना हाथ आगे बढ़ाया तो रूपेश चिल्लाया। "भक्क बे! जहाँ हो, वहीं खड़ा रहो! हम अपना वाला अपने सँभाल सकते हैं!" और रूपेश एक कदम पीछे हटा जिसे सच में लगा था कि वह मनचला अभी उसके पैंट की जिप पकड़ लेगा। पर कोई फायदा नहीं हुआ। ढीला पड़ने की वजह से जिप शायद फँस चुका था, जिससे वह ऊपर नहीं चढ़ रहा था।

"हमको गलत मत समझिए भइया! आप तो हमर बड़ा भाई जइसन हैं! हम बोल रहे हैं, हमको करने दीजिए! अब देखिए, ऐसे जिप खोलके जाइएगा तो भौजी क्या कहेंगी! कम-से-कम अपनी इज्जत का तो खयाल करिए भइया!"

लाचार से दिख रहे उस मनचले ने कहा। रूपेश को इज्जत वाली बात सही लगी।

"ठीक है। करो। पर देखो, तोड़ मत देना। नहीं तो हम तुमको यहीं पटक-पटक के मारेंगे!" रूपेश के कहने पर घुटने के बल बैठ मनचले ने पैंट की जिप को अपने दाँतों के बीच रख हलके से दबाया जिससे वह ठीक भी हो गया।

लेकिन तभी बाहर से किसी ने टॉयलेट के दरवाजे को धक्का दिया और उसने देख लिया कि कोई लड़का रूपेश के पैंट में अपना मुँह घुसेड़े था। बाहर एक अधेड़ उम्र की महिला खड़ी थी, जो उसी कंपार्टमेंट में सफर कर रही थी।

"तौबा-तौबा! घोर कलियुग! कैसे-कैसे लोग होते हैं दुनिया में। छी:! लड़का- लड़का में करता है!" कहकर वह महिला सामने वाली खाली टॉयलेट में घुस गई। रूपेश समझ गया कि उसके चरित्र का चीरहरण हो चुका है।

"हम बोले थे न तुमको, मत करो! लेकिन तुमको तो अपना मुँह घुसेड़ना ही था! अब हो गया ना बात का बतंगड़! पता नहीं वो आंटी क्या समझ रही होंगी मेरे बारे में! अब निकल लो यहाँ से! और पूजा…मेरा मतलब उस लड़की की तरफ देखा तो हमसे बुरा कोई नहीं होगा!" चिंतित रूपेश ने खीझते हुए कहा।

"भइया, छोड़िए न वो सब! देखिए आपका जिप एकदम ठीक हो गया है!" मनचले ने रूपेश के पैंट की तरफ इशारा करते हुए कहा।

"…देखो, हम बोल रहे हैं न दूर रहो हमसे! कैरेक्टरलेस बना दिया तुम हमको! बेटा तुम अब फूटते नजर आओ यहाँ से!" रूपेश ने हड़काया तो मनचला टॉयलेट से निकल चुपचाप अपनी सीट की तरफ बढ़ गया। रूपेश भी टॉयलेट से बाहर निकल दरवाजे के पास लगे बेसिन में अपना हाथ-मुँह धोने लगा। तभी पास वाले टॉयलेट का दरवाजा खुलने की आवाज आई और उसके भीतर से एक महिला निकली। यह वही महिला थी जिसने तिल का ताड़ समझ लिया था। बेसिन में हाथ-मुँह धोते रूपेश को देख उसे भरोसा हो गया कि रूपेश गे है।

"ईडियट! शेमलेस!" रूपेश के कानों में उस महिला की आवाज पड़ी और भीगी बिल्ली बना रूपेश उसे एसी कंपार्टमेंट के भीतर जाते हुए देखता रहा। अब उसे कैसे समझाता कि वह गे नहीं है। खैर! हाथ-मुँह धोकर वह भी अपनी सीट की तरफ बढ़ा।

"आप ठीक तो हैं न? क्या जरूरत थी ऐसे लोगों से मुँह लगने की? वैसे! किया क्या आपने उसके साथ? मेरे पैरों पर गिरकर वह माफी माँग रहा था।" पूजा की सवालिया निगाहें रूपेश पर टिक गई थीं। पीछे मुड़कर रूपेश ने साइड लोअर पर बैठे उस मनचले पर निगाह फिराई तो कानों तक बत्तीसी चीर उसने अपने हाथ जोड़ लिये।

"ऐसे लोगों को सबक सिखाना बहुत जरूरी था।" रूपेश अब पूजा के बगल में आकर बैठ गया था।

"एकदम सही बोल रहे हैं भैया! जो औरत की इज्जत न करे उसे सबक सिखाना तो बनता ही है!" पास के साइड लोअर पर बैठी नवविवाहिता बोली और अपने पति को ऐसे घूरकर देखा जैसे यह बात उसके लिए ही कही हो। उन्हें देखकर पूजा को लगा जैसे किसी बात पर उन दोनों में अनबन हुई थी।

"थैंक यू! सही समय पर आकर आपने मुझे मुसीबत से निकाल लिया। पर आपको पता कैसे चला कि वह मुझे छेड़ रहा है?" पूजा के चेहरे पर कृतज्ञता साफ झलक रही थी।

"जब मेरी नींद खुली तो हम तुम्हें···म···मेरा मतलब आपको···" रूपेश बोलते-बोलते रुक गया।

"इट्स ओके! आप मुझे तुम बोल सकते हो।" पूजा ने उसकी उलझन सुलझा दी थी।

"जब मेरी नींद खुली तो तुम यहाँ नहीं थी। फिर सामने वाली सीट पर नजर पड़ी तो वह लड़का भी नदारद था। मेरा मन नहीं माना और तुम्हें देखने बाहर चला गया जहाँ तुम मुसीबत में फँसी दिखी।"

"एक ही दिन में आपने मुझे दूसरी बार मुसीबत में पड़ने से बचाया।"

"इट्स ओके। वैसे···आई एम सॉरी।"

"किस बात की सॉरी?"

"उस लड़के को तुमसे बदतमीजी करते देख हम अपना आपा खो बैठे थे और गुस्से में तुमको डाँटकर बोल दिए, इसीलिए! दरअसल तुम्हें मुसीबत में फँसा देख पता नहीं हमको क्या हो गया था!" रूपेश ने अपनी शर्मिंदगी जाहिर की।

"चला, बला टलल बबुआ! ना ता हम ता एकदम घबराइए गइल रहीं कि ऊ लड़िकवा पूजा के गोड़ पर गिरके माफी काहे माँगे लागल!" सामने बैठे वृद्ध यात्री ने आँखें फैलाकर ऐसे बताया जैसे कोई आठवाँ अजूबा देख लिया हो।

"लगता है कोई स्टेशन आने वाला है! हम कुछ लेकर आते हैं।" रूपेश ने कहा और खिड़की से बाहर झाँकने लगा। ट्रेन की रफ्तार अब धीमी होने लगी थी और वह किसी स्टेशन के भीतर प्रवेश कर रही थी। सीट से उठकर रूपेश दरवाजे की तरफ बढ़ने लगा। मनचले पर नजर पड़ी जो चप्पल में पाँव डाल रहा था। रूपेश को देख उसने अपने दाँत निपोर दिए। उसे नजरअंदाज कर रूपेश दरवाजे की तरफ

बढ़ता रहा। ट्रेन प्लेटफॉर्म पर अब धीरे-धीरे स्थिर होने लगी थी। दरवाजे पर आकर रूपेश बाहर प्लेटफॉर्म पर रेंगते रेलमपेल को निहारता रहा। हर तरफ से कनफोड़ू कोलाहल रूपेश के कानों से होकर गुजर रहे थे।

च्चाय्य बोल्लिए··· च्चाय्य।

अरे चोट्टा बाहरे रहो, ई एसी बोगी में कहाँ घुसल आ रहा है!

अरे उतरिए न जी जल्दी, दरवजवे पे खड़ा रहिएगा!

लेSSमचूस, बाल-बच्चा खुश, एक रुपए में तुम खुश-हम खुश, ल्लेSSSमचूस!

कृपया ध्यान दीजिए। कानपुर से होती हुई इलाहाबाद और मुगलसराय के रास्ते दिल्ली से चलकर पटना जाने वाली ट्रेन प्लेटफॉर्म संख्या एक पर आ चुकी है।

स्टेशन के बेसब्र कोलाहल के बीच रूपेश किसी बगुले की भाँति अपने मतलब की चीज तलाशता रहा। ट्रेन पटरी पर स्थिर हुई और रूपेश प्लेटफॉर्म पर उतर अपने मतलब के स्टाल की तरफ बढ़ गया।

"एक्सक्यूज मी! दो वाटर बॉटल, एक चिप्स, केक और एक डेरी मिल्क देना।" जल्दी लेने को आमादा खरीदारों के नाक, मुँह, कपार को पार करते हुए रूपेश का ढाई किलो का हाथ पाँच सौ रुपए की हरी पत्ती के इंजन के साथ स्टालवाले के सामने प्रकट हुआ जिसे बिना सोचे-समझे पहले तो स्टालवाले ने अपने गल्ले में लैंड कराया।

"अबे, एक चिप्स और वाटर बोतल मुझे भी देना बे!" पीछे से मनचले की आवाज आई। उसने ध्यान नहीं दिया कि अनजाने में वह रूपेश के सुर में सुर मिला रहा था। जब रूपेश पर नजर पड़ी तो उसके सुर ढीले पड़ गए और शक्ल पर घिग्घी बँधती नजर आई।

"म···मेरा मतलब, भैया मुझे भी एक चिप्स और वाटर बॉटल देना! ही-ही-ही···भइया!" कहकर मनचले ने कानों तक दाँत निपोरे और बगल वाले को केहुनी से पीछे ढकेल एक भला मानुस बनकर खड़ा रहा। स्टाल पर भीड़ बढ़ने लगी थी और खड़ी ट्रेन की सवारियाँ अपना सामान पहले पाने के लिए धक्का-मुक्की कर रही थीं, जिससे बार-बार वह मनचला रूपेश से जा टकराता। एक-दो बार तो रूपेश ने झिड़का भी कि "ठीक से खड़े रहो बे!" पर उस भीड़ में बेचारा मनचला करता भी तो क्या!

"छी-छी-छी! बेशर्मी की भी हद है!" जनाना आवाज सुनकर रूपेश पलटा तो पीछे भीड़ में एक मानुस चेहरा खड़ा दिखा। यह वही महिला यात्री थी, जिसने

रूपेश को गे समझ लिया था और उसकी नजर रूपेश और उससे सटकर खड़े मनचले पर ही टिकी थी। रूपेश ने भी देखा कि वह मनचला भीड़ में उससे बिल्कुल चिपका हुआ था।

"दूर हटो बे! काहे घुसे जा रहा है!" मनचले को कंधे पर धक्का देकर रूपेश ने उससे दूरी बनाई।

"का हुआ भइया?" अचानक धक्का दिए जाने से मनचले ने अचकचाकर पूछा। तब तक रूपेश हाथ में पैकेट लिए आगे के स्टाल की तरफ बढ़ चुका था। वह गे नहीं था फिर भी अपराधबोध में सिर झुकाए वहाँ से निकल गया। एकटक निगाहों से वह महिला उसे घूरती रही। कुछ कदम आगे जाकर रूपेश दूसरे स्टाल पर रुका और जेब से सिगरेट निकाल कश फूँकने लगा। वहीं पास ही प्लेटफॉर्म की छत से झूलता 'नो स्मोकिंग' का एल.ई.डी. बोर्ड स्थिर होकर जगमगाने की जिजीविषा में संघर्ष कर रहा था।

ट्रेन के भीतर अकेली बैठी पूजा साथ वाले वृद्ध यात्री के साथ अपना दिमाग खपा रही थी।

"बबुनी, ते तू रेडियो में काम करेलू?"

"जी अंकल!"

"हमहूँ सालों से रेडियो सुन रहल बानी। कभी विविध भारती सुनी ला, त कभी बीबीसी लंदन, त कभी रेडियो सिलोन! तू केकरा में काम करेलू?" वृद्ध की बातें सुन पूजा मुसकराई।

"अंकल, मैं प्राइवेट रेडियो चैनल में बतौर रेडियो जॉकी काम करती हूँ।"

"अच्छा! माने तू समाचार पढ़ेलू?" वृद्ध यात्री के चेहरे पर समझदारी के भाव उभरे।

तभी पूजा ने महसूस किया कि ट्रेन हिली और धीरे-धीरे आगे बढ़ने लगी। रूपेश अब तक नहीं आया था। दूसरी तरफ के साइड लोअर पर नजर फिराई तो वह मनचला अपनी सीट पर बैठा आइसक्रीम चूस रहा था। पूजा ने उसे रूपेश के पीछे-पीछे जाते हुए देखा था। पूजा को अब चिंता होने लगी थी। किसी अनहोनी का भी डर सताने लगा था।

"का भइल बबुनी? ऊ बऊआ अब तक ना अइलन का?" पूजा को परेशान देख वृद्ध यात्री ने पूछा तो पूजा ने सहमति में सिर हिला दिया। ट्रेन अब रफ्तार पकड़ चुकी थी। परेशान होकर पूजा इधर-उधर झाँकने लगी। जब रहा नहीं गया तो उठकर

दरवाजे की तरफ बढ़ी और रूपेश को ढूँढ़ना शुरू कर दिया। उसका रोने का मन कर रहा था। तभी पीछे से किसी ने उसके कंधे पर हाथ रखा और वह पलटी। यह रूपेश था।

"क्या मतलब है! कहाँ चले गए थे आप? समझ में आता है मैं कितना परेशान हो रही थी!" गुस्से में पूजा बरस ही पड़ी।

"होल्ड-होल्ड-होल्ड मैडम! मैं ट्रेन में कब का चढ़ चुका था! वो टीटीई मिल गया। तुम्हारे बारे में पूछ रहा था। उसी से बात करने लगा।" रूपेश ने बताया और देखा कि पूजा की आँखें भरी हुई थीं।

"हाँ न तो! पता है आपको मैं कितना परेशान हो गई थी! मुझे लगा आप चढ़े ही नहीं! मैं तो चेन खींचने वाली थी।" पूजा ने कहा और अपने बाएँ हाथ की तर्जनी से आँखों के पोरों पर सेंध लगाते आँसू को परे किया। रूपेश कुछ न बोला और दोनों अपनी सीट की तरफ बढ़ने लगे।

रूपेश ने देखा कि वहीं थोड़ी दूर पर एक महिला अपनी सीट से सिर निकालकर उसे घूर रही थी। नजर मिलते ही रूपेश ने अपनी आँखें फेर लीं। यह वही महिला थी जिसने मान लिया था कि रूपेश गे है। उसे देखकर रूपेश कुढ़ गया। दोनों फिर अपनी सीट पर आ गए और रूपेश ने हाथ आगे बढ़ाकर पैकेट पूजा को पकड़ा दिया।

"मैंने तो केवल पानी लाने के लिए कहा था। खाना तो था मेरे पास! खैर, कोई बात नहीं! इसे हम लोग बाद में खाएँगे!" पूजा ने अधिकार भाव से कहा और हाथ बढ़ाकर प्लास्टिक की थैली को रूपेश के हाथ से ले लिया। पर इस क्रम में उसकी हथेली रूपेश की अंगुलियों से टकराई। मर्दाना स्पर्श पाकर वह सिहर उठी। रूपेश समझ गया और पूजा खुद में सिमटती दिखी। हालाँकि पूजा ने ही खुद को सामान्य किया और अपने बैग से खाने का डिब्बा निकाल सामने सीट पर खोलकर फैला दिया। रूपेश ने देखा कि खाने के डिब्बे में मसालेदार तरकारी और पराँठे रखे थे।

"चलिए, उठाइए आप भी।" खाने की तरफ इशारा करते हुए पूजा ने कहा।

"पर यह तो आपका खाना है। मैं लूँगा तो आपको कम पड़ जाएगा!" रूपेश तकल्लुफ से पेश आया।

"कोई कम-वम नहीं पड़ेगा! लीजिए न!" बेतकल्लुफ होकर टिफिन बॉक्स के ढक्कन पर पराँठे और तरकारी निकालकर पूजा ने रूपेश की तरफ

बढ़ा दिया। रूपेश उसे मना न कर पाया और एक-एक करके कौर मुँह में डालने लगा।

"इस्स...स्सू! मिर्ची! ओह गोश!" पूजा ने सिसियाते हुए कहा। उसके दाँतों तले मिर्ची आ गई थी।

रूपेश ने देखा कि पूजा के दोनों हाथ जूठे होने की वजह से उसे वाटर बॉटल खोलने में काफी मशक्कत करनी पड़ रही थी। वह जोर से सिसिया रही थी और आँखों से आँसू भी निकलने लगे थे।

रूपेश से रहा नहीं गया और झट से पूजा के हाथ से बोतल लेकर उसका ढक्कन खोला और उसके मुँह से लगा दिया। पहले तो पूजा झिझकी फिर गट-गट की आवाज के साथ पानी गले से नीचे उतारने लगी। जब थोड़ा आराम मिला तो सिर हिलाया और रूपेश ने बोतल बंद कर किनारे रख दिया। रूपेश ने देखा कि पूजा झेंपने लगी थी। हालाँकि सिसकी अब बंद हो चुकी थी। बिना कुछ बोले वह चुपचाप अपना खाना खत्म करने लगी। आसपास बैठे यात्री भी इस दृश्य को देख मुसकरा रहे थे। साइड लोअर पर बैठी नवविवाहिता का मन हुआ कि उसका पति भी उसे ऐसे ही पानी पिलाए और उसने झपकी ले रहे अपने पति को जोर से चिमोटी काटी और वह चिल्लाया "अग्गे मईय्या! मच्छर।"

खाने-पीने से निपटकर रूपेश और पूजा इधर-उधर की बातचीत में खोए रहे।

पूजा से मिलने के बाद से रूपेश तो जैसे भूल ही गया था कि अभी कुछ ही घंटे पहले वह सदमे में था। वह भूल चुका था कि इंजीनियरिंग की पढ़ाई पूरी करने के बाद उसने अपने पाँच साल आई.ए.एस. बनने के जुनून में गँवा दिए थे। रूपेश के समान ही देश के कई नौजवान इंजीनियरिंग की पढ़ाई केवल इसलिए करते हैं, क्योंकि उन्हे आई.ए.एस. बनना है और यह कटु सत्य है कि कई भारतीय आज इंजीनियर केवल इसलिए हैं, क्योंकि वे आई.ए.एस. नहीं बन सके। रूपेश भी आई.ए.एस. बनने की परीक्षा में फेल हो चुका था और अब देखने वाली बात यह थी कि वह अपनी इंजीनियरिंग की डिग्री के साथ क्या करता।

रूपेश और पूजा काफी देर तक एक-दूसरे से बातचीत में खोए रहे। जब पलकें झपकने लगीं तो अपनी-अपनी बर्थ पर दोनों लेट गए। फिर काफी देर तक दोनों पर निद्रा तारी रही। नींद तब टूटी जब कोई पैंट्रीवाला रात के खाने का ऑर्डर लेने आया। रूपेश नींद से जागा और नीचे झाँककर देखा। पूजा जाग चुकी थी। वह नीचे उतरा और पूजा के बगल में आकर बैठ गया।

पूजा ने देखा कि उसके आसपास की दो-तीन बर्थ अभी तक खाली ही थीं।

"ये सभी बर्थ अभी तक खाली क्यों हैं? इनके पैसेंजर नहीं आए?" खाली बर्थ की तरफ इशारा करते हुए पूजा ने पूछा।

"इनकी बुकिंग मिर्जापुर से है। हम गेट पर सटे चार्ट में देखे थे।" रूपेश ने बताया फिर पूजा की तरफ देख उससे पूछा, "रात के खाने के लिए क्या ऑर्डर करें?"

रूपेश के बात-व्यवहार में छिपा अपनापन पूजा के मन को बड़ा भाया और मुसकराकर उसे देखती रही।

"क्या हुआ? ऐसे क्या देख रही हो?" रूपेश ने मुसकराकर पूछा। इससे पहले कि पूजा कुछ बोलती, एक "आ!" की आवाज हुई। पूजा ने देखा कि बगल वाले साइड लोअर पर बैठी नवविवाहिता चीखी थी। उसके पति ने छेड़खानी में उसको जोर से चिमोटी काटी थी, जिससे उसकी सीत्कार निकल गई। उसकी चीख सुन सामने वाली लोअर सीट पर आराम फरमा रहा सीनियर सिटिजन मुसाफिर हड़बड़ाकर उठ गया और बोला, "का भईल बउआ?"

"कुछ नहीं चाचा, मच्छर था।" साइड लोअर से आवाज आई। अपने पति की बातों में हाँ मिलाते हुए नवविवाहिता मुसकराते हुए बोली, "हाँ चचा, बहुत बड़ा मच्छर था।"

उनकी बातें सुन रूपेश और पूजा के चेहरे पर मुसकान उभर आई। पर शायद सामने की सीट पर बैठा वृद्ध यात्री समझ न पाया और अपने साथ रखे झोले में कुछ तलाशने लगा। रूपेश और पूजा ने देखा कि उसने मच्छर भगाने का एक क्वाइल निकाला और साइड लोअर पर बैठी नवविवाहिता की तरफ बढ़ा दिया।

"ले बेटा, एकरा जला ले! मच्छर भाग जाई।" बड़ी मासूमियत से वृद्ध यात्री ने कहा। वे नवयुगल उसे देखते रह गए। अब बोलते भी तो क्या? पूजा और रूपेश, जिन्होंने बड़ी मुश्किल से अपनी हँसी भीतर दबा रखी थी, उनसे अब रहा न गया और दोनों खिलखिलाकर हँस पड़े।

"थैंक यू अंकल! रहने दीजिए। अब नहीं चाहिए। मैंने उस मच्छर को समझा दिया है। अब नहीं काटेगा।" नवविवाहिता ने ऐसे समझाया कि वह वृद्ध भी मान गया और क्वाइल वापस अपने थैले में डाल लिया।

शाम के सात बज चुके थे। बाहर फैले अंधकार को चीरते हुए ट्रेन पूरी रफ्तार से आगे बढ़ी जा रही थी। डिब्बे के भीतर हर तरफ दूधिया प्रकाश फैला हुआ था।

रूपेश ने पैंट्रीवाले को बुलाकर खाने का ऑर्डर दिया और दोनों फिर से बातचीत में गुम हो गए।

सफर में अगर हमसफर अच्छा हो तो सफर की दूरी का खयाल नहीं रहता। रूपेश और पूजा को भी नहीं रहा था। झगड़े से शुरू हुई उनकी मुलाकात एक अच्छी दोस्ती में तब्दील हो चुकी थी और अच्छी दोस्ती के संबंध में खुद मोहनीश बहल ने सालों पहले टिप्पणी की थी कि एक लड़का और लड़की कभी अच्छे दोस्त नहीं हो सकते।

खैर! अगली सुबह 'चाय···चाय' वाले के आलाप के साथ उनकी नींद खुली। ट्रेन कुछ ही घंटे में पटना स्टेशन पहुँचने वाली थी। रूपेश ने देखा सारी बर्थ भर चुकी थी और सफेद चादर के पीछे सवारी लोथ बनकर खर्राटे भर रही थी।

"पूजा?" रूपेश की आवाज सुन पूजा ने चादर चेहरे से हटाया।

"पटना आ गया क्या?" पूजा ने लेटे-लेटे ही पूछा।

"नहीं, अभी नहीं। अभी दो घंटा बाकी है। चाय पियोगी?"

"हम्म।" पूजा ने हामी में सिर हिलाया।

"चाय···चाय!" चायवाले की आवाज फिर से नजदीक आती महसूस हुई। उससे चाय लेकर रूपेश ने प्याला पूजा की तरफ बढ़ा दिया और खुद भी सुड़क-सुड़ककर पीने लगा।

"भइया, खड़ा काहे हैं! एने आके बैठिए न!" दूसरी तरफ की साइड लोअर पर बैठे उस मनचले ने रूपेश के लिए जगह बनाते हुए कहा।

"नहीं!" रूपेश ने झिड़ककर उसे मना कर दिया और लोअर बर्थ पर पूजा के पैताने बैठ वापस से चाय सुड़कने लगा।

घंटे भर बाद पूजा अपना सामान समेटने लगी। मिडिल बर्थ वाले ने भी अब तक अपनी बर्थ को खोलकर गिरा दिया था। रूपेश और पूजा दोनों खिड़की के पास बैठ बाहर झाँकते रहे।

थोड़े ही देर में यह सफर समाप्त होने वाला था और पूजा का मन कर रहा था कि ट्रेन बस ऐसे ही चलती रहे और वह रूपेश के बगल में बैठ ऐसे ही हमेशा खिड़की से बाहर झाँकती रहे।

"दिल्ली से पटना का सफर कैसे कट गया, पता ही नहीं चला। इसी बहाने एक अच्छा दोस्त भी मिल गया। आप मुझे अपना मोबाइल नंबर दे दीजिए।" पूजा ने कहा और रूपेश ने उसे अपना नंबर दे दिया। पूजा ने अपने मोबाइल से उसे एक

मिस कॉल दिया और मुसकराकर देखने लगी। दोनों में ही प्रेम में पड़ने के प्राथमिक लक्षण दिखने लगे थे।

"अइसन दोस्त के सँभाल के रखा! बढ़िया दोस्त कोहिनूर हीरा बानी आऊ कोहिनूर हीरा धरती पर बड़ी कम बा!" सामने बैठे वृद्ध ने लाख टके की बात कही जिसपर पूजा ने मुसकराकर सिर हिला दिया। ट्रेन के कुछ घंटों का यह सफर पूजा और रूपेश दोनों को जिंदगी भर याद रहने वाला था।

कुछ ही देर बाद ट्रेन पटना जंक्शन पर आकर खड़ी हुई। पूजा और रूपेश दोनों का मन भारी होने लगा था, क्योंकि दोनों के बिछुड़ने का समय आ चुका था। पर दोनों ने अपना मोबाइल नंबर एक्सचेंज कर लिया था और सबसे बड़ी बात कि इस छोटे से अंतराल में वे दोनों एक-दूसरे के अच्छे दोस्त बन चुके थे या फिर दोस्त से भी ज्यादा!

"भाई, कंकड़बाग चलोगे?" पटना जंक्शन के बाहर आकर रूपेश ने एक ऑटोवाले को आवाज दी। पूजा पास ही खड़ी थी। पर वह ऑटोवाला जैसे कनघटिया कर आगे निकल गया।

"आजकल ऑटोवाला का भी न भाव बढ़ गया है! मन करता है दें एक चमाट!" रूपेश ने खीजते हुए कहा।

"अच्छा ठीक है! इतना गुस्सा नहीं करिए। दूसरा ऑटो मिल जाएगा।" पूजा ने रूपेश को शांत किया फिर एक ऑटो पर नजर पड़ते ही आवाज लगाई, "ओ ऑटोवाले भइया?"

दूर से ही पूजा की आवाज सुन ऑटोवाला उसके पास आया।

"चोट्टा कहीं का! हम एतना देर से बुला रहे हैं। कोई नहीं सुना। देखो जरा! लड़की की आवाज पर झट से चला आया।" रूपेश बुदबुदाया। पास खड़ी पूजा ने उसकी बातें सुन ली थीं।

"एतना गाली काहे देते हैं? यह अच्छी बात नहीं है!" पूजा ने नाराजगी व्यक्त की।

"अच्छा ठीक है, अब से नहीं देंगे। घर जाओ और पहुँचकर फोन कर देना।" रूपेश ने कहा।

"ओ भइया, जरा बैग उठाने में मदद करो।" पूजा का भारी-भरकम बैग देखकर रूपेश ने ऑटोवाले से कहा।

"हाँ भइया, रहे दीजिए न आप! हम रख देंगे।" ऑटोवाले ने कहा और एक-एक करके बैग को ऑटो के पीछे डालने लगा।

"चलिए, हम चलते हैं।" ऑटो में बैठकर पूजा ने रूपेश से कहा। पर उसका चेहरा बुझा हुआ था। रूपेश से बिछुड़ने का समय जो आ चुका था।

"ठीक है, जाओ।" रूपेश ने कहा फिर ऑटोवाले से बोला, "भइया, हचका सँभाल के ले जाना। कंकड़बाग के साइड में रोड ठीक नहीं है।"

"बहुत दिन बाद पटना आए हैं का भइया? कंकड़बागवाला रोड तो एकदम चकचका गया है।" ऑटोवाले ने बताया तो रूपेश को याद आया कि उसे पटना आए तो एक साल से भी ज्यादा समय बीत चुका है।

"अच्छा ठीक है, ऑटो आगे बढ़ाओ नहीं तो यहाँ जाम लग जाएगा।" भीड़भाड़ से भरे पटना स्टेशन पर खड़े रूपेश ने कहा और हाथ हिलाकर पूजा को अलविदा किया। पूजा ने भी मुसकराकर अपना हाथ हिलाया, पर चेहरा बुझा हुआ था। ऑटो आगे बढ़ गया और रूपेश उसे तब तक देखता रहा जब तक वह उसकी आँखों से ओझल नहीं हो गया। उसे अच्छा नहीं लग रहा था, क्योंकि पूजा चली गई थी। बुझे मन से एक ऑटो पर सवार हो वह भी अपने घर की तरफ बढ़ गया।

□

3

इनसान जब अपने जीवन में किसी मनचाहे मुकाम पर पहुँचने में पीछे छूट जाता है, तब वह स्वाँग रचता है। वे सारे सपने जो खुद पूरे नहीं कर सका, चाहता है उसकी संतान पूरी करके दिखाए। फिर अपनी सारी गाढ़ी कमाई उस सपने को पूरा करने में झोंकने लगता है। पर पैसा ऊँचे ख्वाब तो दिखला सकता है, उसे मुकम्मल नहीं बना सकता।

कमला प्रसाद ने बेटे रूपेश के पीछे पैसा पानी के जैसे झोंका। पर रूपेश उनके सपने को पूरा नहीं कर सका और आज खाली हाथ घर लौट आया। साल भर बाद बेटे का चेहरा देख माँ का हृदय सुकून से भर उठा। पर कमला प्रसाद का मन भारी हुआ जा रहा था, क्योंकि बेटा आई.ए.एस. की जंग हार चुका था। माँ के सामने रूपेश भले ही खुद को सहज दिखाता रहा। पर पिता के चेहरे पर स्थिर भाव उसके कानों में शोर मचा रहे थे।

"पापा प्रणाम!" पिता का चरणस्पर्श कर रूपेश बोला।

"आओ बैठो। दिल्ली से सब सामान ले आए वापस?" कमला प्रसाद ने रूपेश से पूछा जिन्होंने पहले ही देख लिया था कि रूपेश कई भारी-भरकम बैग साथ लिए घर लौटा था। पर शायद मन में कहीं एक आस बँधी थी कि रूपेश फिर से दिल्ली जाएगा और आई.ए.एस. बनकर घर आएगा। पर सिविल सर्विस परीक्षा में पाँच अटेंप्ट के बाद भी जब फाइनल में नहीं हुआ तो रूपेश ने घुटने टेक दिए और घर लौट आने का निश्चय किया।

"जी पापा, हम हॉस्टल का पूरा हिसाब करके आए हैं।" रूपेश का जवाब सुन कमला प्रसाद की बची-खुची आस ने भी दम तोड़ दिया और उन्होंने दिल पर पत्थर रख लिया। मन अब भी स्वीकार करने को तैयार नहीं था कि जो सपना उन्होंने अपनी जवानी में देखा था वह बुढ़ापे में आकर बेटे की वजह से दम तोड़ देगा।

"आगे क्या करने का सोचे हो?" कमला प्रसाद ने पूछा।

"कुछ प्राइवेट कंपनी में इंजीनियर का वैकेंसी निकला है। सोचे हैं उसमें अप्लाई कर देंगे।" रूपेश ने जवाब दिया।

"हम्म···ठीक है। रिंकी के लिए लड़का देख रहे हैं। तुम आ ही गए हो तो हमको भी थोड़ा मदद मिल जाएगा। जाओ, सफर से थके होगे। खाना-पीना खाके आराम करो।" कमला प्रसाद ने कहा। रिंकी रूपेश की छोटी बहन थी और कमला प्रसाद चाहते थे कि अगले साल रिटायर होने से पहले उसके हाथ पीले कर दें। आदर से सिर झुकाए रूपेश उनके कमरे से बाहर निकल आया।

"का रे रिंकिया? कइसन है? पापा बोल रहे थे तुम्हारे लिए लड़का देख रहे हैं।" खाने की टेबल पर बैठे रूपेश ने अपनी बहन का हाल-समाचार लिया।

"भैया, समझाओ न पापा को कि हम अभी बियाह नहीं करना चाहते। हमको अभी अपना कॅरियर बनाना है।" रूपेश की थाली में गरम-गरम फुलके डालते हुए रिंकी ने अपनी पैरवी लगाई।

"काहे नहीं करेगी बियाह? पापा अगले साल रिटायर हो रहे हैं। चाहते हैं नौकरी में रहते तुम्हारा हाथ पीला कर दें। कितना मुश्किल से एक ठो बढ़िया लड़का मिला है। सेंट्रल गोरमेंट में नौकरी करता है। ऊपर से यहाँ दानापुर में दो जगह मकान भी है। दहेज का भी कोई खास डिमांड नहीं है उन लोग का। बताओ! इतना बढ़िया परिवार मिलता है कहीं!" रसोई से बाहर निकल माँ ने रिंकी को फटकार लगाई। रिंकी के प्रतिवाद में उन्होंने सारे सबूत गिना दिए थे और रिंकी कुढ़कर उन्हें देखती रही।

"जब बियाहे करना था तो पापा हमको एतना काहे पढ़ाए-लिखाए? काहे एतना पैसा एम.बी.ए. पढ़ावे के पीछे खरचा कर दिए?" रिंकी ने झुँझलाकर कहा।

"मार देंगे एक थप्पड़ रिंकी, जे पापा के बारे में कुछ उलटा-पुलटी कही तो! पढ़ा-लिखा दिए तब्बे तो आज एतना मुँह चले लगा है तुम्हारा!" हथेली से थप्पड़ दिखाते हुए माँ ने रिंकी से कहा।

रोटी चबाता रूपेश माँ और बहन दोनों की दलीलें सुनता-समझता रहा। बिहार-यूपी में लड़की चाहे कितना भी पढ़-लिख ले। माँ-बाप को असली सुकून उसके हाथ पीले करके ही मिलता है। ऊपर से लड़का अगर सरकारी नौकरी वाला मिल जाए तो कर्ज चाहे कितना भी क्यों न लेना पड़े, लड़की के माँ-बाप उसे हाथ से जाने नहीं देना चाहते। फिर रिंकी के मामले में तो लड़के वालों ने दहेज की

भी कोई खास माँग नहीं रखी थी। दोनों पक्षों को सुनने के बाद रूपेश को निष्पक्ष फैसला सुनाना था।

"रिंकी, तुम मम्मी का बात समझ नहीं रही हो! मम्मी तुमको शादी करे ले कह रही है। नौकरी करे से मना थोड़े कर रही है। ऊ तो तुम शादी के बादो कर सकती हो। मम्मी, तुम लड़का वाला को बोल देना कि रिंकी शादी के बाद नौकरी करना चाहती है। कोई दिक्कत है तो अभीए क्लीयर कर दे। हम दूसरा लड़का देख लेंगे।" रूपेश ने बीच का रास्ता निकालते हुए कहा।

"पापा बात किए हैं लड़कावाला से। उनलोग को कोई दिक्कत नहीं है।" माँ ने बताया।

"चलो फिर, तब क्या दिक्कत है! हो गया प्रॉब्लम सॉल्व! तुम फालतू के एतना टेंशन ले रही थी रिंकी। जाओ, एगो रोटी और लेके आओ।" रूपेश ने कहा। रिंकी और माँ दोनों रसोई की तरफ बढ़ गईं। रिंकी की समस्या का हल तो निकल गया था पर उसके मन में एक अनजाना-सा डर बैठा था। डर, जो हरेक लड़की को शादी से पहले होता है। शादी के बाद अनजान घर, अनजाने नाते-रिश्तेदार, अनजाने चाल-चलन और इन सबको जोड़े रखने वाला वह अनजाना चेहरा जिसका हाथ थाम लड़की अपने माता-पिता के घर को सदा के लिए पीछे छोड़ आती है।

अपने पीछे तो बहुत कुछ रूपेश भी छोड़कर आया था। पाँच साल की मेहनत, पिता का देखा हुआ सपना, अपने दोस्त-यार और भी न जाने क्या-क्या! पर इन सबके बीच किसी ने उसकी जिंदगी में दबे पाँव दस्तक भी तो दी थी। ट्रेन में पूजा की बातें बार-बार उसके दिल-ओ-दिमाग में उमड़ रही थीं। वह सोच रहा था कि न जाने फिर अब दोबारा कब उससे मुलाकात होगी। पर जिंदगी भी बड़ी चालबाज होती है। जीवन में किसी से मिलाना हो तो कई साजिशें रचती है। जैसे उसने रूपेश के लिए रचा था और जो इस वक्त रूपेश के कमरे में एक बैग की शक्ल में मौजूद था। दरअसल पटना जंक्शन पर ऑटोवाले की गलती से रूपेश और पूजा के बैग की अदला-बदली हो गई थी और इसका पता रूपेश को तब चला जब पूजा ने उसे कॉल करके बताया।

"हैलो! इज दिस रूपेश?"

"हाँ पूजा, बोलो! हम रूपेश ही बोल रहे हैं। पहुँच गई घर? कोई दिक्कत तो नहीं हुआ?" मोबाइल पर पूजा की आवाज पहचानने में रूपेश को जरा भी देर नहीं लगी।

"हाँ, पहुँच गए। वो, ऐक्चुली, मेरा बैग गलती से आपके बैग से एक्सचेंज हो गया है।" पूजा ने बताया तो रूपेश ने सामने पड़े अपने बैग की तरफ ध्यान से देखा और वहाँ उसे पूजा का बैग दिख गया।

"अच्छा ठीक है! तुम टेंशन मत लो। अपना पूरा ऐड्रेस सेंड कर दो। हम पहुँचा देंगे।"

"थैंक यू! मेरी वजह से पहले ही आप कितना प्रॉब्लम झेल चुके हैं। अभी भी मैंने आपको तंग करना नहीं छोड़ा।" पूजा ने तकल्लुफ से कहा।

"तुम फालतू का ज्यादा मत सोचो। चलो, हम फोन रखते हैं। एकाध घंटा बाद बैग तुम्हारे घर पहुँच जाएगा।" रूपेश ने कहा और फोन कट कर दिया। दरवाजे पर खड़ी रिंकी ने रूपेश और पूजा की बातें सुन ली थीं।

"हम्म···गर्लफ्रेंड?" बत्तीसी दिखाते हुए रिंकी ने पूछा और कमरे के भीतर दाखिल हुई।

"भक्क···तुम ज्यादा दिमाग मत चलाओ! कोई गर्लफ्रेंड-वर्लफ्रेंड नहीं है। दिल्ली से आते समय ट्रेन में मिली थी। मेरे साथ वाली सीट पर ही बैठी थी।" रूपेश ने कहा फिर ट्रेन में घटी सारी बातें बताईं।

"गलती से उसका बैग मेरे बैग से एक्सचेंज हो गया है।"

"···और यह गलती सुधारने अब तुम्हें उसके पास जाना पड़ेगा! है न?" रिंकी के चेहरे पर शरारत भरी मुसकान तिर गई थी।

"देखो रिंकी, हम बोल रहे हैं न कि तुम ज्यादा अपना दिमाग मत चलाओ!" रूपेश ने आँखें दिखाकर कहा।

"अरे! तो हम भी तो वही कह रहे हैं कि 'जाओ' जाके पहुँचा आओ बैग।" 'जाओ' पर ज्यादा तवज्जो देकर रिंकी ने हँसी भीतर दबाते हुए कहा।

"हाँ, जाएँगे एक घंटा बाद! तुम जाओ यहाँ से। अभी हमको थोड़ा आराम करने दो।" रूपेश बोला।

"वैसे भैया! सच कहें तो ऐसे ही तो बात आगे बढ़ती है। पहले ऊ तुमसे ट्रेन में मिली। फिर तुम दोनों की दोस्ती हुई। फिर अपना बैग गलती से तुम्हारे पास छोड़ दी और अब तुम उसे पहुँचाने उसके पास जा रहे हो! सही है···जाओ-जाओ! मेरा नमस्ते कहना उनको! वैसे···नाम क्या बताया ट्रेनवाली का?" दो कदम पीछे हटते हुए रिंकी ने रूपेश को फिर से छेड़ा।

"पूजा नाम है उसका और हम तुमको बोल रहे हैं न कि मेरा भेजा मत खाओ!

भागती है कि नहीं यहाँ से! हमको सोना है अभी!" रूपेश ने झिड़का तो रिंकी खिखियाते हुए कमरे से बाहर निकल गई।

***

बिस्तर पर पड़ी पूजा ट्रेन की बातें सोच मुसकराती रही। कैसे वह रूपेश से मिली। कैसे उसके साथ बदतमीजी से पेश आई। कैसे फिर रूपेश ने उसे मनचले के चंगुल से निकाला। कैसे फिर रूपेश से उसकी दोस्ती हुई और ट्रेन का यह सफर कभी न भूलने वाले वाकये में बदल गया। रूपेश की यादों में खोई पूजा को ध्यान ही न रहा कि कैसे इन सबमें घंटों निकल गए।

"पूजा बेटा, कब तक यूँ ही पड़ी रहोगी? चलो उठो, कुछ खा लो। पापा बोल-बोलकर मेरा सिर खाए जा रहे हैं कि बेटी को कुछ खिलाओ! जब से आई है कमरे में ही पड़ी है। पर उनकी बेटी कुछ सुने तब न! सबकुछ ठीक तो है न बेटा? जब से आई हो बड़ी गुमसुम सी दिख रही हो! मैं तेरी माँ हूँ बेटा। मन में कोई बात है तो बता मुझे!"

तकिए में मुँह घुसाए पूजा के सिर पर हाथ फेरकर उसकी माँ ने पूछा।

पूजा पटना के कंकड़बाग निवासी आशा शर्मा और सुरेश शर्मा की इकलौती संतान थी, जिसे उन दोनों ने भगवान् से अनगिनत मान-मनौवल के बाद प्राप्त किया था। शादी के दस साल तक बच्चे के लिए हर प्रयास करने के बाद जब विज्ञान से उनका भरोसा उठा तब भगवान् और मंदिर की शरण में आए और अगले दो ही वर्षों में उनकी झोली हरी-भरी हो गई। तब से घर में दो चीजों का बड़ा खयाल रखा जाता। एक भगवान् और दूसरा पूजा। पूजा के पिता सुरेश शर्मा सरकारी विभाग में अधिकारी थे। यूँ तो खुद वे बड़े उसूलपसंद व्यक्ति थे और विभाग या टोले-मोहल्ले में कभी किसी को कोई सलाह लेनी हो तो बेरोकटोक उनके पास चला आता। पर कहते हैं न कि दाग तो चाँद में भी है। फिर सुरेश शर्मा काहे इससे अछूते रहते। शर्माजी के नाम से सुप्रसिद्ध सुरेश शर्मा को अपने शर्मा टाइटल पर बड़ा फख्र था। उनकी आँखों पर चढ़ा जातीयता का चश्मा लोगों को दो कैटेगरी में बाँटता था—फॉरवर्ड और बैकवर्ड। चाहे ऑफिस में चाय पिलाने वाला हो या फिर घर में अखबार पहुँचाने वाला। उससे उसकी जात पूछे बिना उन्हें तसल्ली न मिलती। पर उन्हें कहाँ पता था कि इनसान अपने लिए जो उसूल बनाता है, उनसे ठोकरें भी सबसे पहले खुद ही खाता है! कैसे? चलिए, देखते हैं।

"शर्माइन ? देखिए जरा! दरवाजे पर कोई आया है।" ड्राइंग रूम में अखबार पढ़ते सुरेश शर्मा ने अपनी पत्नी को आवाज लगाकर कहा।

"चल बेटा, जल्दी से बाहर आ। मैं खाना लगा देती हूँ। देखूँ जरा! बाहर कोई आया है।" पूजा से उसकी माँ ने कहा और कमरे से बाहर जाने लगी।

पूजा को खयाल आया कि उसने रूपेश से कहा था उसका बैग पहुँचाने को। हो- न-हो यह रूपेश ही होगा। बिस्तर से उठ आईने में अपने चेहरे की जाँच-परख की, फिर सीने पर दुपट्टे का लिहाफ ले कमरे से बाहर आई।

"जी कहिए ? किससे मिलना है ?" आशा शर्मा ने दरवाजे पर खड़े अनजान युवक से पूछा।

"मैं रूपेश। आप पूजा को बुला दीजिए। उसी से काम है।" दरवाजे पर खड़े रूपेश ने कहा।

"मैं पूजा की माँ हूँ। कहिए ? उससे क्या काम है ?"

"जी, नमस्ते आंटी। वो, पूजा को उसका बैग वापस करने आए हैं।"

"बैग!" आशा शर्मा ने सवालिया निगाहें रूपेश के हाथ में पकड़े बैग पर फिराईं। थोड़ा आश्चर्य भी हुआ फिर बोली, "ठीक है। मुझे दे दो।"

"ज जी, और मेरा बैग पूजा के पास···" रूपेश अभी बोल ही रहा था कि···

"आ गए आप! हम आपका ही इंतजार कर रहे थे। माँ, ये रूपेश हैं। ट्रेन में इन्होंने मेरी बड़ी मदद की थी। पर पता नहीं कैसे, हम दोनों के बैग्स की अदला-बदली हो गई। आइए रूपेशजी, अंदर आइए!"

रूपेश का परिचय कराते हुए पूजा ने कहा और उसे ड्राइंग रूम में लेकर आई जहाँ पिताजी पहले से अखबार पढ़ रहे थे।

"बैठिए न रूपेशजी।" पूजा ने बड़े स्नेह से कहा और रूपेश मुसकराकर सोफे पर बैठ गया।

"माँ, कुछ चाय-नाश्ता ?" धीरे से पूजा ने अपनी माँ के कान में कहा और वह रसोई की तरफ बढ़ गई। अपना अखबार एक तरफ रख सुरेश शर्मा घर में आए अतिथि को देखते रहे।

"पापा, इनसे मिलिए! ये रूपेशजी हैं।" कहकर पूजा ने रूपेश का परिचय दिया और ट्रेन में घटी सारी बातें बताईं सिवाय छेड़खानी की बात को छोड़कर। क्योंकि उसे पता था कि छेड़खानी की बात सुन पिता चिंतित होकर पूरा घर सिर पर उठा लेंगे। इसलिए उसने यह बात माँ से भी छिपाई थी।

कमरे में मौजूद रूपेश ने शिष्टाचारवश हाथ जोड़ सुरेश शर्मा का अभिवादन किया। अकेले सफर के दौरान इकलौती बेटी की मदद की बात सुन उनके चेहरे पर कृतज्ञता के भाव दिखे।

"बेटा, पूजा की मदद करके तुमने इस बाप को कर्जदार बना दिया।"

"ऐसे बोलकर आप मुझे शर्मिंदा कर रहे हैं, अंकल! ट्रेन में पूजा को परेशान देख मुझसे रहा नहीं गया! फिर मुझे जो ठीक लगा मैंने बस वही किया।" रूपेश सहज होकर बोला।

"पूजा बेटा, घर आए मेहमान को कुछ चाय-नाश्ता नहीं कराओगी!" सुरेश शर्मा ने कहा तो पूजा सिर हिलाकर मुसकराती हुई रसोई की तरफ बढ़ गई।

"वैसे बेटा! तुम रहने वाले कहाँ के हो?" सुरेश शर्मा ने पूछा।

"मेरा घर बोरिंग रोड में है, अंकल।"

"ओ! और घर पर कौन-कौन हैं तुम्हारे?"

"माँ-पापा और एक छोटी बहन। पापा यहीं स्टेट गवर्नमेंट में नौकरी करते हैं।"

"गुड-गुड, वेरी गुड ! और तुम क्या करते हो?" सुरेश शर्मा ने पूछा तो रूपेश का मन झन्न हो गया। उसे समझ में नहीं आया कि क्या बताए? पीछे हारे हुए पाँच साल के बारे में बताए या फिर उस अनजान-अनिश्चित भविष्य के बारे में, जिसका अभी उसे खुद कोई अंदाजा नहीं था। फिर डूबते को तिनके का सहारा मिला और रूपेश इंजीनियरिग की डिग्री का दामन पकड़ किनारे लगा।

"इंजीनियरिंग कंप्लीट कर ली है और ढंग की नौकरी की तलाश में हूँ।" बताकर रूपेश ने राहत की साँस भरी।

"हम्म···इंजीनियरिंग। गुड!" इंजीनियर शब्द सुनकर सुरेश शर्मा के चेहरे पर एक गौरवान्वित मुसकान तिर गई। भले ही आज देश के हर गली-नुक्कड़ पर इंजीनियर चाय बेचते नजर आएँ। फिर भी इंजीनियरिंग का एक अलग ही रुतबा है, जिसने चाय के कारोबार को भी व्हाइट कॉलर जॉब में परिणत कर दिया।

"बेटा, तुम्हारा पूरा नाम क्या है?" सुरेश शर्मा ने अब अपने मतलब की बात पूछी। दरअसल उनकी असली मंशा रूपेश से जात पूछने की थी। भद्र लोग जात नहीं पूछते। वे टाइटल से उसका अंदाजा लगा लेते हैं। शर्मा, वर्मा, सिंह, शुक्ला, सिन्हा, गुप्ता, दास आदि कोई तो टाइटल लगाया होगा रूपेश ने, जिसे सुनकर सुरेश

शर्मा को रूपेश की जात का अंदाजा लग जाता। पर उनकी उत्कंठा मन में ही दबी रह गई और चाय-नाश्ता का ट्रे लिये पूजा कमरे में दाखिल हुई।

बेटी के सामने पिता को हिम्मत न हुई कि अपनी उत्कंठा मिटा सकें। चाय-नाश्ते के साथ फिर विचारों का आदान-प्रदान होता रहा।

"मैं चलता हूँ। अब मुझे देर हो रही है। मुझे कुछ जरूरी काम है।" दीवार पर टँगी घड़ी की सुइयों को देख रूपेश ने जाने की अनुमति माँगी। पर बेगार आदमी को काहे की देर! यह तो मेहमानों के खिसकने का तुरुप का पत्ता है, जिसे मेजबान के सामने फेंकते ही शह और मात।

"यह रहा आपका बैग।" पूजा ने रूपेश को उसका बैग बढ़ा दिया।

"तुमसे मिलकर अच्छा लगा बेटा! आते रहना।" आशा शर्मा ने दूरदर्शिता से कहा। सबसे विदा लेकर रूपेश जाने लगा। पूजा भी मेहमान को विदा करने दरवाजे तक आई।

"ठीक है पूजा, मैं निकलता हूँ।" दरवाजे पर आकर रूपेश बोला।

"हम्म···आते रहना! वैसे मैसेज पर तो बातें होती ही रहेंगी।" पूजा ने कहा जिसके गालों पर उभरे डिंपल उसके दिल का हाल बयाँ कर रहे थे।

अगले कुछ दिन रूपेश नौकरी ढूँढ़ने की जद्दोजहद में व्यस्त रहा। पूजा भी अपनी दिनचर्या में रम चुकी थी। एक रेडियो जॉकी के रूप में कई लोग उसके फैन थे। अब इसमें एक और नाम जुड़ चुका था—रूपेश। रोज मैसेज पर उन दोनों की बातचीत होती और दिल के कई इमोजिज पर एंटर बटन दबाया जाता।

रूपेश की छोटी बहन रिंकी की शादी की डेट भी फिक्स हो चुकी थी। पर रूपेश के पिता को जो बात भीतर-ही-भीतर सता रही थी, वह थी—रूपेश का बेरोजगार रहना। बड़ी मुश्किल से उन्होंने अपने बेटे के वजूद को नन-आई.ए.एस. के रूप में स्वीकार किया था। हालाँकि रूपेश जानता था कि अब वह कभी आई.ए.एस. नहीं बन पाएगा। पर आई.ए.एस. के लिए अटेंप्ट करने वाला हर एक असफल अभ्यर्थी खुद को सूडो आई.ए.एस. (Psudo IAS) ही समझता है, जिसे यह ख़ुशफहमी रहती है कि वह आई.ए.एस. नहीं हुआ तो क्या हुआ आई.ए.एस. जैसा तो है ही। सूडो आई.ए.एस. वाला रूपेश का व्यक्तित्व उसके इंजीनियरिंग की डिग्री को पेशे के रूप में अपनाने के आड़े आ रहा था। जिस कंपनी में भी उसे इंटरव्यू के लिए बुलावा आता, इंटरव्यू बोर्ड उसे खुद से बेहतर पाता और यह बात उनके ईगो को लग जाती जिसकी खीज वे फाइनल मार्किंग में कम नंबर बिठाकर निकालते।

पर सूरज को उदित होने से कौन रोक पाया है भला! जितने भी अभ्यर्थी आई.ए.एस. की मंजिल के करीब पहुँचकर राह में पीछे छूट गए, आई.ए.एस. ने कभी भी उन्हें मायूस होकर जाने नहीं दिया। भले ही कलेक्टर बन पाने का उनका सपना पूरा न हो पाया हो पर खुद को आई.ए.एस. के रूप में तैयार करने के क्रम में उन्होंने जीवन की हरेक कठिनाइयों को पार करना अच्छे से सीख लिया। रूपेश ने भी सीख लिया था। आज फिर से उसे नौकरी के लिए एक इंटरव्यू में बैठना था। कंपनी के शीर्ष अधिकारी पटना के ही किसी होटल में उसका इंटरव्यू लेने वाले थे। सूट-बूट, टाई-साई पहने रूपेश रूपी सूडो आई.ए.एस. इंटरव्यू बोर्ड के सामने बैठा। इंटरव्यू बोर्ड में कुल तीन सदस्य थे, जिनमें एक महिला सदस्य भी थी और जिसने रूपेश के व्यक्तित्व को अपने ईगो पर न लेकर अपने दिल पर ले लिया। हालाँकि अबकी बार बोर्ड के बाकी सदस्यों को भी रूपेश अपनी कंपनी के लिए लाभकारी लगा। मिलाजुलाकर नतीजा यह निकला कि रूपेश की परिणति एक पेशेवर इंजीनियर के रूप में हो गई। ऊपर से राहत देने वाली बात यह हुई कि कंपनी ने रूपेश को पटना वाले ब्रांच में ही डाल दिया और उससे यह आशा रखी कि बदलते बिहार के उज्ज्वल माहौल में वह कंपनी को बुलंदी पर ले जाएगा। रूपेश के पिता के लिए यह बड़ी राहत देने वाली बात थी। जहाँ एक तरफ बेटी के हाथ पीले होने वाले थे, वहीं दूसरी तरफ बेटा अपने पैरों पर खड़ा हो चुका था।

रूपेश का ऑफिस पटना के बिस्कोमान भवन के पास ही था और वहाँ से कुछ ही दूरी पर पूजा का रेडियो स्टेशन।

"हाय, लेट्स हैव ए कॉफी?"

पूजा के मोबाइल पर रूपेश का भेजा मैसेज फ्लैश किया।

"ओके, फाइव पी.एम.।"

बिना लाग-लपेट के पूजा ने सीधे-सीधे जवाब में लिखा और दोनों अपने काम में व्यस्त हो गए।

शाम पाँच बजे पूजा जब ऑफिस से छूटी तो रूपेश को बाहर बाइक पर इंतजार करते पाया। एक-दूसरे पर नजर पड़ते ही दोनों के चेहरे पर मुसकान तिर आई।

"मैंने ज्यादा इंतजार तो नहीं कराया?" रूपेश के पास आकर पूजा ने मुसकराकर पूछा। रूपेश ने भी मुसकराकर ना में सिर हिला दिया फिर बोला, "बताओ, चलना कहाँ है?"

"जहाँ तुम ले चलो।" बिखरे बालों को कानों के पीछे समेटकर पूजा बोली और बाइक पर रूपेश के पीछे बैठ उसके कंधे पर अपना हाथ रख दिया।

"बिस्कोमान भवन चलें? वहाँ रिवॉल्विंग रेस्टोरेंट में कॉफी बड़ी अच्छी मिलती है।" रूपेश ने अपने पीछे बैठी पूजा से कहा।

"ठीक है, चलो।" पूजा ने सहमति जताई और रूपेश की बाइक हवा से बातें करती हुई गंतव्य की तरफ निकल गई।

कुछ ही देर बाद दोनों बिस्कोमान भवन के सबसे ऊँचे माले पर बने घूमने वाले रेस्टोरेंट में बैठे थे, जहाँ से एक तरफ गंगा नदी की कलकल बहती धारा को देख आँखों को सुकून मिलता था तो दूसरी तरफ पटना में हो रहे चहुँमुखी विकास को वे दोनों अपनी आँखों में कैद कर रहे थे।

"लगता है, आप तो मुझे भूल ही गए! है न?" अपने सामने बैठे रूपेश पर पूजा ने तंज कसा।

"भूल गया! वो कैसे?"

"और नहीं तो क्या! आप ही बताइए, पिछली बार हम कब मिले थे?"

"हम्म...जब तुम्हारा बैग पहुँचाने हम तुम्हारे घर आए थे।" रूपेश ने सोचकर जवाब दिया।

"...और उस दिन से आज तक दो महीने बीत चुके। अगर मोबाइल का चलन नहीं होता तो शायद मैं आपको याद भी नहीं रहती। है न?" उपालंभ भरे अंदाज में पूजा ने कहा।

"नहीं पूजा, ऐसी बात नहीं है। ऐक्चुअली, बहुत सारा कंपनी में इंटरव्यू के लिए हम अप्लाई किए थे। उसके लिए भी तैयारी करना रहता था। फिर रिंकी का शादी भी ठीक हो गया है। पापा एक्के बार बहुत सारा काम सौंप दिए हैं। टाइम कैसे निकल जाता है, पता ही नहीं चलता। फिर रात को तो तुमको हम डेली मैसेज करते ही थे।" रूपेश ने बताया और उसकी नजरें आकाश से गुजर रहे हवाई जहाज पर टिकी रहीं जो काफी नीचे ही उड़ान भर रहा था, क्योंकि उसे कुछ ही दूरी पर स्थित पटना एयरपोर्ट पर लैंड करना था। हवाई जहाज के इंजन की आवाज पूजा के कानों में भी पड़ी और एक नजर उसने भी बाहर फिराई फिर रूपेश की तरफ देखकर बोली, "जनाब, बिजी होने वाला आपका बहाना अब नहीं चलेगा! अब आपकी नौकरी लग चुकी है।"

"तभी तो हम तुमको मिलने के लिए बुलाए हैं। छोड़ो वो सब, बोलो क्या पियोगी!" रूपेश ने कहा और वेटर को पास बुलाया।

"टू लाते विद सम एक्स्ट्रा सुगर," पूजा ने वेटर को ऑर्डर दिया। लाते शब्द सुनकर रूपेश की सोच की पतंग एक बार फिर से गगनचुंबी रेस्टोरेंट की खिड़की पार कर अनंत में विचरने लगी। उसे याद आया कि कैसे वह मुखर्जी नगर में हॉस्टल के अपने कमरे में रोज सुबह लात मारकर अपने रूममेट बंटी को नींद से जगाया करता, जब उसका पिछवाड़ा मुरगे की बाँग से पहले जोर का बवंडर छोड़ पूरे कमरे में गंध फैला देता। फिर नींद में ही अपना पिछवाड़ा सहलाता हुआ बंटी किसी अंग्रेज की भाँति जुबान बनाकर बोलता, "टू लाटे विद सम एक्स्ट्रा सुगर!" और दूसरी लात खाकर रूपेश के साथ हॉस्टल से बाहर चाय पीने निकल जाता।

"क्या हुआ मिस्टर रूपेश? कहाँ खो गए?" चुटकी बजाकर रूपेश को वर्तमान में लाते हुए पूजा बोली।

"नहीं! कहीं नहीं।" पुराने दिनों से बाहर निकल रूपेश ने अपना सिर हिलाया।

"मम्मी तो आपको हमेशा याद करती है। एक दिन पापा भी पूछ रहे थे आपके बारे में।" पूजा ने बताया। तभी वेटर कॉफी लेकर उनकी टेबल पर आया और दोनों के सामने कॉफी रखकर चला गया।

"काहे, हममें अइसन क्या बात दिख गया उनको? वो दोनों तो हमसे एक्के बार मिले हैं!" लाते के ऊपर से दिल वाला झाग निकालकर चम्मच मुँह में फेरते हुए रूपेश बोला।

"अब ये तो वही जानें! मुझे कैसे पता होगा?" पूजा ने कहा और लाते को चुसकने लगी।

"वैसे काफी अच्छी आवाज है तुम्हारी! हम कितना भी बिजी रहें, एफ.एम. पर तुमको रोज सुनते हैं।" रूपेश रेडियो एफ.एम. पर पूजा के टेलिकास्ट की बात कर रहा था।

"बुद्धूराम!" पूजा ने छेड़खानी से कहा और सोचती रही कि कैसा फट्टू आदमी है। लड़की से मिलने आया है और यहाँ-वहाँ की बातों में ही वक्त जाया कर रहा है।

"अच्छा सुनो, एक बात तो बताना हम तुमको भूल ही गए। चार दिन बाद रिंकी का शादी है। तुम आओगी तो हमको अच्छा लगेगा। वैसे कार्ड लेकर हम आएँगे तुम्हारे घर पर अंकल-आंटी को इनवाइट करने के लिए।" रूपेश ने कहा।

"हम्म···अगर मेरा आना आपको अच्छा लगेगा, तब तो मुझे आना ही पड़ेगा!" पूजा ने छेड़खानी से कहा और खिलखिलाकर हँस पड़ी।

"हम सब समझते हैं! अकेला लड़का को देखकर छेड़ रही हो।" भोली सूरत बनाकर रूपेश बोला।

"अब लड़का अगर तुम्हारे जैसा लल्लू बनकर बैठा रहे, तब लड़की छेड़े न तो और क्या करें! हम्म?" पूजा ने कहा और दोनों खिलखिलाकर हँस पड़े।

"अब मुझे जाना होगा। देर हो रही है। नहीं तो पापा चिंता करने लगेंगे। चलो, मुझे घर तक छोड़ दो।" पूजा ने कहा। दोनों फिर लिफ्ट की तरफ बढ़ गए।

लिफ्ट जिसका काम है सवारियों को ढोकर ऊपर-नीचे लाना-ले जाना। आज प्यार में परवान चढ़ते दो सवारियों की सफर का साधक बना था। दरअसल लिफ्ट में सवारी अपनी पूरी क्षमता तक भरे हुए थे और उन सबके बीच पूजा रूपेश से बिल्कुल सटकर खड़ी थी। भीड़ में रूपेश को शरारत सूझी और उसने पूजा का हाथ कसकर थाम लिया। अचानक से रूपेश की इस हरकत से पूजा का दिल जोरों से धड़कने लगा था। रूपेश ने उसे देखकर प्यार भरी मुसकान दी और उन दोनों की नजरें एक-दूसरे में डूबी रहीं। अब तक उन दोनों के भीतर एक-दूसरे के लिए जो अनुभूति थी, स्पर्श पाकर एक से दूजे में उसका संचार होने लगा था।

***

चार दिन बाद पूजा और रूपेश फिर से मिले, जब पूजा अपने माता-पिता के साथ रूपेश के घर उसकी बहन रिंकी की शादी में आई। रूपेश ने खुद पूजा के घर जाकर उसके माता-पिता को शादी का निमंत्रण दिया था।

"प्रणाम अंकल! प्रणाम आंटी!" रूपेश ने आगे आकर मेहमानों का स्वागत किया, फिर पूजा की तरफ देख मुसकान भरी।

"आप लोग यहाँ आए, हमको बहुत अच्छा लगा अंकल!" रूपेश ने पूजा के पिता सुरेश शर्मा से कहा जो शादी के लिए किया गया इंतजाम देखकर रूपेश के परिवार की माली हालत का अंदाजा लगा रहे थे।

"बैठिए अंकल।" रूपेश ने सुरेश शर्मा को बड़े सत्कार से बिठाया फिर एक लड़के को आवाज लगाया, "ए भोलू, तुम मेहमानों का ठीक से खयाल नहीं रख रहे हो रे! जाओ, जल्दी से एक ठो कोल्ड ड्रिंक लेकर लाओ।"

"आओ पूजा, तुमको रिंकी से मिलाते हैं। आप भी आइए न आंटी!" रूपेश ने पूजा और उसकी माँ से कहा तो शर्माइन ने अपने पति की आँखों में झाँक उनसे अनुमति ली और रूपेश के साथ भीतर चली गई। सुरेश शर्मा वहीं बैठ कोल्ड ड्रिंक चुसकते रहे।

भीतर कमरे में रिंकी मेहमानों से घिरी थी। कोई उसके झुमके ठीक कर रही थी, तो कोई उसकी साड़ी की फिटिंग सुधार रही थी। रिंकी के चेहरे पर उत्साह और दु:ख के मिश्रित भाव थे, जिसे वहाँ मौजूद मेहमानों से वह बड़ी मुश्किल से छिपाती दिखी।

"रिंकी?" भाई की आवाज सुन रिंकी के चेहरे से दु:ख फुर्र होकर खुशी में कायांतरित हो गई और मेहमानों से भरे कमरे में उसने आवाज की तरफ निहारा।

"रिंकी, इनसे मिलो। ये पूजा हैं। हम तुमको बताए थे न ऊ ट्रेन वाला घटना। और ये पूजा की माँ हैं।" रूपेश ने पूजा का परिचय कराते हुए कहा।

"अच्छा···आप ही पूजाजी हैं! आइए बैठिए। बैठिए न आंटी?" शादी के जोड़े में सजी रिंकी ने पूजा और उसकी माँ को अपने पास बिठाते हुए कहा।

"तुम जानती हो मुझे?" पूजा ने विस्मित होकर पूछा।

"हाँ, भइया बताए थे आपके बारे में।" रिंकी ने बताया और पास रखा गजरा उठाकर पूजा के हाथ में थमा दिया। दोनों फिर आईने के सामने आकर खड़ी हो गईं और पूजा बड़े ध्यान से रिंकी के बालों में गजरा सजाने लगी। पर उसने ध्यान नहीं दिया कि रिंकी सामने आईने में एकटक उसे ही निहार रही थी।

"एक बात पूछें?" दबी हुई मुसकान लिये रिंकी ने पूजा से पूछा।

"हाँ, पूछो न?"

"भैया आपको कैसे लगे?"

"धत्त···!" मुसकराकर पूजा झेंप गई और रिंकी ने देखा कि शर्म से पूजा के गालों पर डिंपल उभरने लगे थे।

"क्या हम आपको भाभी कह सकते हैं?" रिंकी ने पूछा और आईने में पूजा के प्रतिबिंब से उसके जवाब का इंतजार करती रही। रिंकी के जूड़े का गजरा ठीक करते हुए पूजा ने सामने आईने में देख मुसकराकर धीरे से अपना सिर हाँ में हिला दिया।

"जल्दी करो रिंकी बेटा! बारात आने ही वाली है।" कमरे में दाखिल होते हुए रिंकी की माँ सुलोचना ने हड़बड़ी में कहा।

"मैं तैयार हूँ माँ।" रिंकी बोली और पूजा की तरफ मुँह करके खड़ी हो गई।

"माँ, इनसे मिलो। ये पूजाजी हैं। भैया की फ्रेंड और···" रिंकी ने अपनी माँ से कहा, फिर पूजा के कानों में धीरे से बोली, "···और मेरी भाभी।"

रिंकी की बातों से पूजा असहज होती दिखी और फिर झुककर रूपेश की माँ के पैर छूकर उनसे आशीर्वाद लिये। सुलोचना मुसकराकर अपने बेटे की फ्रेंड को

निहारती रही। शायद वह भी मोहनीश बहल की धारणा पर यकीन करती थी कि लड़का और लड़की कभी फ्रेंड नहीं हो सकते। उनके चेहरे के भाव बता रहे थे कि लड़की उन्हें पसंद है। रिंकी ने फिर अपनी माँ को कमरे में मौजूद पूजा की माँ से भी मिलाया। कहने को तो आज रिंकी घर से विदा हो रही थी। पर आज परिवार में दो नए सदस्यों का आगमन हो चुका था—एक घर का दामाद और दूसरा पूजा के रूप में घर की भावी बहू।

बारात आ चुकी थी। सबने मिलकर शादी को खूब एंजॉय किया। रूपेश ने भी अपने पिता कमला प्रसाद को पूजा के पिता सुरेश शर्मा से मिलवाया और कुछ ही देर में वे दोनों एक-दूसरे से काफी घुल-मिल चुके थे। हालाँकि जब तक रिंकी की विदाई नहीं हुई तब तक रूपेश और कमला प्रसाद को साँस लेने जितनी फुर्सत भी बड़ी मुश्किल से मिलती। पर रूपेश देख सकता था कि बीच-बीच में सुरेश शर्मा ही उसके पिता को अपने पास बिठाकर हिम्मत बँधाते रहते। अंतत: विवाह संपन्न हुआ। विदा होते हुए रिंकी जितना अपने माँ-बाप और भाई के कंधे पर सिर रखकर रोई उतना ही पूजा के कंधे पर भी। भावी भाभी के रूप में पूजा ने भी अपने कर्तव्यों का अच्छे से निर्वहन किया और फूट-फूटकर रोती रिंकी का हाथ उसके पति के हाथ में सौंपकर उसे हँसी-खुशी बाबुल के घर से विदा किया।

बाबुल के घर से विदाई तो आज मन-ही-मन पूजा ने भी स्वीकार कर ली थी। सशरीर विदाई में समय अभी बाकी था।

आने वाले दिनों में रूपेश और पूजा एक-दूसरे से मिलते रहे, जिन्होंने यह मान लिया था कि अब उनका एक होना तय है।

"पूजा, अब हमसे रहा नहीं जाता। हम सोच रहे हैं, मम्मी-पापा को बोलें कि तुम्हारे घर पर रिश्ते की बात चलाएँ। हमको नहीं लगता कि तुम्हारे मम्मी-पापा को भी इस रिश्ते से कोई ऐतराज होगा! अपने पापा को देखी थी रिंकी की शादी में मेरे पापा के साथ कितना घुल-मिल गए थे!"

पूजा का हाथ थामे रूपेश ने कहा। वे दोनों एक रेस्टोरेंट में बैठे थे। रिंकी की शादी में दोनों परिवार की बढ़ी नजदीकियों को उन दोनों ने अपने रिश्ते की मंजूरी मान ली थी।

"हाँ, मुझे भी लगता है कि हम दोनों का परिवार हमारे रिश्ते को हँसी-खुशी स्वीकार कर लेगा। कई बार जी में आया कि माँ से बात करूँ, पर हिम्मत नहीं जुटा

पाई। क्या करूँ, लड़की हूँ न! खुद से अपनी शादी की बात करने के लिए मुँह नहीं खुल पाता!" दिल के हाथों मजबूर पूजा ने लड़की होने की असमर्थता जताई।

"तुम टेंशन मत लो। हम बात करते हैं घर पर। चलो, हमें ऑफिस के लिए निकलना है। मेरा लंच टाइम ओवर हो गया।" रूपेश ने पूजा को हिम्मत देते हुए कहा और दोनों रेस्टोरेंट से बाहर आए।

रूपेश मौका तलाशता रहा ताकि अपने और पूजा के रिश्ते के बारे में घर पर बात चला सके। पर माता-पिता के सामने अपनी शादी की चर्चा छेड़ने की हिम्मत नहीं जुटा पाया। उसने तब जाना कि चाहे लड़का हो या लड़की, दोनों की अपनी मजबूरियाँ होती हैं और अपनी-अपनी सीमा-रेखाएँ। यही सीमा-रेखा समाज और उसमें रहने वालों के मध्य तारतम्य बिठाने का काम करती है। पर प्रेम इस तारतम्य के मध्य अपना रास्ता निकाल ही लेता है। रूपेश ने तय किया कि वह इस काम के लिए अपनी छोटी बहन रिंकी की मदद लेगा।

"हैलो रिंकी! कैसी है तू? मेहमान बाबू कैसे हैं?" फोन पर रूपेश अपनी बहन से बात कर रहा था।

"अच्छी हूँ भैया! तुम बताओ? तुम कैसे हो? माँ-पापा कैसे हैं?" रिंकी ने अपने मायके की हालचाल ली।

"यहाँ सब ठीक हैं। तू बता, तू आ कब रही है?"

"भैया, अभी तो आना मुश्किल होगा। हम चले आएँगे तो इनको खाने-पीने में तकलीफ हो जाएगा। एक ठो जॉब के लिए अप्लाई किए हैं। उसके लिए तैयारी कर रहे हैं अभी। पर तुम चिंता नहीं करना! टाइम निकाल के आते हैं एकाध दिन के लिए।" रिंकी ने कहा जो अपने मायके, ससुराल और कॅरियर के बीच संतुलन बनाती दिखी।

"छोड़ो ऊ सब? ये बताओ, हमरा होने वाली भाभी का क्या खबर है?" फोन के दूसरी तरफ से रिंकी ने पूछा।

"क्या बताए रिंकी, हमको तो कुछ भी समझ में ही नहीं आ रहा! सोचे थे माँ-पापा से पूजा के बारे में बात छेड़ते। पर हिम्मत ही नहीं जुटा पा रहे हैं रे! तुम मेरा एगो मदद करेगी?"

बड़ी आसानी से रूपेश ने अपने दिल का हाल बहन के सामने खोलकर रख दिया। कच्चे धागे से जुड़े भाई-बहन के रिश्ते इतने अटूट होते हैं कि जो बातें हम अपने माता-पिता के समक्ष रखने की हिम्मत नहीं जुटा पाते, बड़ी ही सहजता से

भाई–बहन न केवल उसे एक–दूसरे से बाँट लेते हैं, बल्कि जरूरत पड़े तो साथ मिलकर माता–पिता से उसपर रजामंदी की मुहर भी लगवा लेते हैं। रूपेश खुद से अपने दिल की बात माता–पिता तक पहुँचा नहीं पाया। पर बहन रिंकी ने उसे संभव कर दिखाया। रूपेश के फोन रखते ही रिंकी ने अपनी माँ से बात की और पूजा को भाभी बनाने की बात छेड़ डाली।

"पूजा तो हमको भी पसंद है, रिंकी। पर तुम्हारे पापा मानेंगे तब न!" सुलोचना ने फोन पर बेटी से अपनी शंका जाहिर की।

"मानेंगे न माँ! काहे नहीं मानेंगे! पूजा में बुराई ही क्या दिखा तुमको? तुम एक बार पापा से बात करके तो देखो!" फोन के दूसरी तरफ से रिंकी ने अपने भाई की पैरवी लगाई।

"ठीक है! आने दो पापा को ऑफिस से! हम बात करते हैं उनसे! और तुम बताओ? हमको नानी बनने की खुशखबरी कब दे रही हो?"

"नानी! माँ, लगता है तुम भूल गई हम क्या बोलके शादी किए थे? पहले हमको नौकरी लेना है। फिर सोचेंगे तुमको नानी बनाने के बारे में। चलो, हम फोन रखते हैं अभी! बाद में बात करते हैं। प्रणाम!" कहकर रिंकी ने फोन काट दिया।

रिंकी की महत्त्वाकांक्षी बातें सुन सुलोचना को चिंता सताने लगी थी। नई सदी में जनमी और पली–बढ़ी बेटी की आकांक्षा को समझ पाना उनके बूते से बाहर की बात थी। वर्तमान युग में जब पालने में पल रहे बच्चों को उनके महत्त्वाकांक्षी माँ–बाप चलना सीखने से पहले किताबी ज्ञान सिखाने की फिराक में रहते हैं तो आगे चलकर बच्चों के महत्त्वाकांक्षी कदम अपनी जमीन को छोड़ आकाश की अनंत ऊँचाइयों में कहीं गुम हो जाना चाहते हैं। रिंकी के बारे में सुलोचना काफी देर तक मन–ही–मन तानेबाने बुनती रही। फिर खयाल आया कि रिंकी ने पूजा में उसके घर के भावी बहू होने के गुण देखे थे। वैसे पूजा पसंद तो उन्हें भी थी। शाम को मौका देखकर उन्होंने पति से इस बारे में बात छेड़ दी।

"ए जी? एगो बात कहें?" मुतमईन होकर चाय सुड़कते कमला प्रसाद से रूपेश की माँ ने कहा।

"हम्म···कहो।"

"वो, रूपेश की दोस्त है न पूजा, जो रिंकी की शादी में आई थी! आपको कैसी लगी?" सुलोचना ने मन की बात कही और पति के चेहरे पर नजरें टिका उसपर उनके जवाब तलाशती रही। सवाल पूछे जाने के अंदाज से कमला प्रसाद समझ चुके

थे कि पत्नी के मन में चल क्या रहा है। उन्होंने चाय की एक सिप सुड़की और कप को टेबल पर बड़े इतमीनान से टिका दिया। सामने बैठी पत्नी को जरा भी अंदाजा न हुआ कि इतमीनान से दिख रहे कमला प्रसाद के मन में ढेर सारी बातें एक साथ चलने लगी थीं। अपने विचारों को शब्दों की शक्ल देते हुए वह बोले।

"रूपेश की माँ, आप जो कहना चाह रही हैं, वो हम समझ रहे हैं। वैसे तो पूजा में कहीं से भी कोई बुराई नहीं। उसके माता-पिता ने उसमें वो सारे गुण भरे हैं, जो हमारे घर की बहू में होने चाहिए।" कमला प्रसाद की बातें सुन सुलोचना का मन हलका हुआ पर वह क्षणिक ही था।

"पूजा के पापा भी मुझे बड़े नेकदिल इनसान लगे। आपने देखा होगा कैसे रिंकी की शादी में मेरी हिम्मत बढ़ाते रहे थे। पर वह ज्यादा पढ़े-लिखे एक अतिरंजित बुद्धिजीवी हैं और ऐसे बुद्धिजीवी अपनी धरातल छोड़ गैरों की जमीन पर अपना महल खड़ा नहीं करते और न ही औरों को अपनी जमीन पर आशियाना बसाने की इजाजत देते हैं।" कमला प्रसाद ने दार्शनिक अंदाज में अपने मन की बात बताई।

सुलोचना जो अभी कुछ ही क्षण पहले पति के मुख से पूजा की बड़ाई सुन प्रसन्नचित्त थी, पति की बातों ने उसे उलझा दिया।

"अरे, ये आप क्या अनाप-शनाप बोले जा रहे हैं! कहीं गलती से हम कप में आपको चाय की जगह भाँग-वाँग तो नहीं दे दिए! हम रूपेश और पूजा के शादी की बात कर रहे हैं, तो आप जमीन और महल खड़ा करे के बात शुरू कर दिए!"

पत्नी की झुँझलाहट पर कमला प्रसाद मुसकराए। उनकी व्यंग्य भरी मुसकान पत्नी के लिए नहीं बल्कि वर्तमान सामाजिक व्यवस्था पर थी।

"सुरेश शर्मा ऊँची जातवाले पढ़े-लिखे एक सैद्धांतिक इनसान हैं, जो अपने से निचले दर्जेवाले जात के साथ बैठकर जाति व्यवस्था खत्म करने की बड़ी-बड़ी बातें तो कर सकते हैं। पर उनके साथ रिश्ते जोड़ने जैसे व्यावहारिक कदम नहीं उठा सकते।"

"हमको तो अइसन कुछो नहीं लगा! बल्कि हमको तो भाईसाब और भाभी दोनों बड़े अच्छे नेचर वाले लगे। हम न सब समझते हैं। आपको बेटा का शादी उस घर में नहीं करना है तो सौ गो बहाना बना रहे हैं!" सुलोचना ने मुँह बनाते हुए कहा।

"अब हमको जो लगा वो हम बोल दिए। तुम्हारा मन ही है तो चलो एक बार चलके बात करते हैं शर्माजी से। पर पहले अपने बेटा से पूछ लो। उसकी क्या राय है?" कहकर कमला प्रसाद दूसरे कमरे में चले गए।

माँ-बाप की बातें अपने कमरे में बैठा रूपेश चुपचाप सुन रहा था। आखिर ये सब उसी का तो किया-धरा था। गेंद अब वापस से उसके पाले में आ गिरी थी, जिस पर उसने सहमतिरूपी बल्ला घुमाया और सभी उसके पीछे-पीछे पूजा के घर तक आ पहुँचे।

"आइए-आइए, कमला प्रसादजी! अहोभाग्य हमारे, जो आप इस दरिद्र की झोंपड़ी में पधारे!" शब्दों के धनी सुरेश शर्मा ने मेहमानों के स्वागत में शब्दों के फूल बिखेरे। रूपेश भी माता-पिता के साथ आया था। अपने आने की बात उसने पूजा को पहले ही बता रखी थी।

"कहो रूपेश बेटा? कैसे हो?" सुरेश शर्मा ने रूपेश से पूछा और उसका जवाब सुने बिना कमला प्रसाद की तरफ देखकर बोले, "भई कमला प्रसादजी, बेटे की नौकरी लग गई और आपने अभी तक अपने यार-दोस्तों का मुँह तक मीठा नहीं कराया! यह बहुत गलत किया आपने!"

कमला प्रसाद अब बोलते भी तो क्या! सुरेश शर्मा की बातों पर मुसकराते रहे, फिर अपनी पत्नी की तरफ देख आँखों-आँखों में उससे कुछ बातें कीं।

"आपकी शिकायत ही तो दूर करने आए हैं भाईसाहब! ये लीजिए, मुँह मीठा कीजिए।" सुलोचना ने मुसकराकर मिठाई का डब्बा खोल सुरेश शर्मा के आगे बढ़ा दिया।

"अरे···भाभी जी! आपके हाथ से मिठाई खाकर अब हम इतनी आसानी से शिकायत करने का मौका थोड़े ही न जाने देने वाले! अभी आप हमारे घर पर मेहमान हैं। मिठाई तो आज हम आप सबको खिलाएँगे अपने भतीजे रूपेश के सफल होने की खुशी में! क्यों रूपेश बेटा! सही कहा न हमने?" सुरेश शर्मा बड़बोलेपन से बोले।

कमला प्रसाद ने देखा कि पत्नी आँखों से इशारे कर उन्हें कुछ कहना चाह रही थी। शायद वह बताना चाह रही थी कि सुरेश शर्मा के बारे में उनकी कही सभी बातें गलत थीं। पर कमला प्रसाद के चेहरे की गंभीरता देख वह भीतर से खीज गई और ऊपर से दुगुनी प्रसन्नता वाला मुखौटा चेहरे पर मढ़ लिया।

"पूजा बेटा, मेहमानों के लिए कुछ चाय-नाश्ता लेकर आओ?" सुरेश शर्मा ने अपनी बेटी को आवाज लगाकर कहा। पूजा आज बहुत खुश थी, क्योंकि वह जानती थी कि रूपेश अपने माता-पिता के साथ उसका हाथ माँगने आया है। रसोई में आकर वह अपनी माँ का हाथ बँटाने लगी। कुछ ही देर बाद रूपेश की माँ भी रसोई के भीतर ही आ गई और तीनों इधर-उधर की बातें करते रहे।

थोड़ी देर बाद ड्राइंग हॉल में बैठे सभी चाय-नाश्ता करते हुए गप्पें हाँक रहे थे।

"कमला प्रसादजी, दाद देनी पड़ी आपकी! बड़ा लायक बेटा पैदा किया है आपने! इसने न केवल ट्रेन में मेरी बच्ची की मदद की बल्कि उसका बैग पहुँचाने घर तक चला आया। बताइए, आज की तारीख में अब कौन इतनी मदद करता है भला!" सुरेश शर्मा बोलते रहे और सभी चुपचाप उन्हें सुनते रहे। अपने पिता के मुख से रूपेश की इतनी प्रशंसा सुन पूजा ने उसमें पति से लेकर परमेश्वर तक के सभी गुण देख लिए थे।

मेहमान जिस प्रयोजन से सुरेश शर्मा के घर पर आए थे, कोई भी उस बारे में बात नहीं कर रहा था। रूपेश और पूजा को अब इस बात की चिंता सताने लगी थी। पर कोई और भी था, जो उन दोनों से कम चिंतित न था और अंततः बात भी उसी ने छेड़ी।

"भाई साहब, आपने रूपेश की तारीफ में तो इतने पुल बाँध दिए। पर हमको तो पूजा में उससे भी ज्यादा गुण दिखे। थोड़े ही समय में पूजा बिटिया ने हम सबका दिल जीत लिया। इतनी सर्वगुण-संपन्न लड़की जिस घर की बहू बनेगी, उसके तो भाग्य खुल जाएँगे। सच कहें तो कभी-कभार जी में आता है कि पूजा को हम अपने घर की बहू ही बना लें।" रूपेश की माँ ने पूजा के सारे गुण गिनाए और मन की बात कह डाली।

"भाभीजी की बात! अरे भाभीजी, पूजा आप ही की तो बेटी है! ले जाइए! रोका किसने है! क्या रे पूजा? जाएगी अंकल-आंटी के साथ?" सुरेश शर्मा ने बातों को हँसी में उड़ाते हुए कहा।

कमला प्रसाद जैसे कब से इसी मौके की फिराक में थे।

"ठीक है तब! मिल बैठकर डेट फाइनल कर लेते हैं और अगली ही लगन में दोनों का ब्याह करा देते हैं।"

कमला प्रसाद के कहने पर सुरेश शर्मा का ध्यान टूटा कि वे जिस बात को अभी तक हँसी-मजाक में ले रहे थे, दरअसल वैसा नहीं था। हालाँकि सुरेश शर्मा को छोड़कर उनके घर में सभी रूपेश को पसंद करते थे। पसंद तो खुद सुरेश शर्मा भी करते थे। पर इकलौती बेटी का हाथ बिरादरी से बाहर देना और वो भी अपने से नीची जात में, उन्हे कतई गँवारा न था। बोलने को तो उन्होंने रूपेश और उसके परिवार के लिए बड़ी-बड़ी डींग हाँक दी। पर जब अपनी बेटी के ब्याहने की बात

आई तो सामाजिक सुधार की सारी बातें हवा हो गईं और उनकी असली सोच खुलकर सामने आई।

"देखिए कमला बाबू, बुरा मत मानिएगा। पर पूजा के ब्याह को लेकर मेरी सोच आपसे मेल नहीं खाती। हम कहते हैं, काहे एतना बढ़िया दोस्ती को रिश्तेदारी में बदलने के चक्कर में लगे हैं! रूपेश इतना बढ़िया लड़का है, उसको तो कोई भी अच्छी लड़की मिल जाएगी! क्या पूजा की माँ? हम गलत बोल रहे हैं?" बड़ी चालबाजी से सुरेश शर्मा ने अपने मन की बात सबके सामने रखी और अपनी धर्मपत्नी से उसपर मुहर लगाने की पैरवी भी कर डाली। वहाँ मौजूद पूजा और रूपेश का खिला चेहरा अब मुरझा चुका था। सुरेश शर्मा के चेहरे पर भी तल्खी अब साफ झलकने लगी थी। अभी जो कुछ भी घट रहा था, इसकी भविष्यवाणी कमला प्रसाद ने पहले ही अपनी पत्नी से की थी। इसलिए सुरेश शर्मा की 'ना' से उन्हें कोई ज्यादा फर्क नहीं पड़ा। पर रूपेश की माँ इतनी आसानी से हार स्वीकार करने वाली नहीं थी।

"अरे भाई साहब, एक बार बच्चों की राय भी तो ले लीजिए। अब वे बड़े हो चुके हैं। पढ़ा-लिखाकर हमने उन्हें इस लायक बना दिया है कि वे अपने हक में फैसला खुद कर सकें!" सुरेश शर्मा को समझाकर रूपेश की माँ ने धूप को दीया दिखाने की कोशिश की।

"भाभीजी, बस! अब बहुत हो गया! आप लोगों ने रूपेश को कैसी शिक्षा दी, उससे मुझे कोई लेना-देना नहीं! पर मैंने अपनी लाड़ली को जो संस्कार दिए हैं, मेरी सहमति के बगैर वह उसे पार कभी नहीं करेगी!" सुरेश शर्मा का व्यक्तित्व अब खुलकर सामने आ चुका था, जो रूपेश को कतई बरदाश्त न था।

"माँ, चलो यहाँ से! पापा, चलिए!" रूपेश ने गुस्से से तमतमाकर कहा।

"पर बेटा···"

"नहीं माँ! बहुत सुन लिया मैंने! मेरे घर के संस्कार बड़ों पर ऊँचे शब्दों का इस्तेमाल करने की इजाजत नहीं देते वरना जवाब मेरे पास भी है। चलो यहाँ से!" सुरेश शर्मा की आँखों में आँखें डाल रूपेश ने कहा और अपनी माँ का हाथ थाम पूजा के घर से बाहर जाने लगा। आँखो में आँसू लिये पूजा अपने प्यार को दूर जाते देखती रही।

"पूजा! तुम भीतर अपने कमरे में जाओ!" सुरेश शर्मा अपनी लाड़ली पर चिल्लाए। अपने माता-पिता के साथ दरवाजे की तरफ बढ़ते रूपेश ने एक बार भी

पीछे पलटकर न देखा और हमेशा-हमेशा के लिए चला गया पूजा की जिंदगी से बाहर। पूजा की आखों से आँसू के धार बनकर बहते रहे। पर वे इतने न थे कि रूपेश का पीछा कर सकें। उन आँसुओं में माता-पिता के दिए संस्कार कूट-कूटकर भरे थे, जिसने आज एक बेटी से प्रेमिका के चरित्र को धोकर अलग कर डाला और अब बच गई थी तो मात्र एक निष्प्राण बेटी, जिसे अपने भविष्य से अब कोई चाह न रही थी। पिता जिस खूँटे से बाँध दे, यह बेटी उस खूँटे लगने को तैयार थी।

□

4

"हर तरफ हर जगह बेशुमार आदमी
फिर भी तनहाइयों का शिकार आदमी
सुबह से शाम तक बोझ ढोता हुआ
अपनी ही लाश का खुद मजार आदमी।"

भीड़भाड़ से भरे शादी के माहौल में आज पूजा अपने घर को छोड़कर ससुराल जा रही थी। निदा फाजली की ये पंक्तियाँ अब उसके जीवन का एकमात्र सहारा थीं, जो उसने कभी रूपेश के साथ बिताए क्षण में उसके मुख से ही सुने थे। आज सबके बीच वह खुद को तनहा महसूस कर रही थी। माँ-बाप, अधूरा प्यार, अधूरे सपने सब मायके की दहलीज के पीछे छूट रहे थे। उसके कदम पति के घर की तरफ बढ़ रहे थे और वह महसूस कर पा रही थी कि बाबुल के घर की चौखट लाँघते समय अपनी आत्मा भी पीछे छोड़ आई और अब ताउम्र उसे अपनी लाश की कब्र बनकर ही बिताना है।

बाबुल के घर से विदा होकर एक बेटी अब अपने पति के घर आ चुकी थी। इन सबमें पूजा का अस्तित्व तो कहीं विलीन हो चुका था। न चाहते हुए भी उसे अपने पिता के फैसले को स्वीकार करना पड़ा। समाज के खोखले संस्कार और दोगले रीति-रिवाज के आगे विशुद्ध प्रेम ने दम तोड़ दिया था।

ससुराल में नई-नवेली दुलहन पूजा अपने नए सगे-संबंधियों से घिरी होने के बावजूद खुद को अकेला महसूस कर रही थी। उसकी शादी पटना के ही एक व्यवसायी जतिन शर्मा से हुई थी। पेशे से आई.टी. सॉफ्टवेयर इंजीनियर जतिन शर्मा ने भी कभी आई.ए.एस. बनने के ख्वाब देखे थे। दो साल दिल्ली के मुखर्जी नगर में खाक छानने के बाद वह पटना वापस लौट आया। वह आई.ए.एस. तो बन नहीं

पाया, पर आई.ए.एस. की तैयारी के दौरान स्टार्टअप बिजनेस उसका फेवरेट चैप्टर जरूर बन गया, जिसमें उसने अपना उज्ज्वल भविष्य देख लिया था। पटना लौटकर किसी और की नौकरी करने के बजाय उसने अपना खुद का स्टार्टअप बिजनेस शुरू किया और जी-जान से उसमें जुट गया। जल्द ही उसकी मेहनत रंग लाई और एक से दो वर्षों में व्यवसाय अच्छे से फलने-फूलने लगा। जतिन स्वभाव से एक शांत प्रवृत्ति वाला युवक था। अभी दो साल पहले ही उसके पिता का लंबी बीमारी के बाद निधन हुआ था। घर में विधवा माँ और एक छोटा भाई गुड्डू था।

गुड्डू जतिन से तीन साल छोटा था और अपने बड़े भाई के व्यवसाय में अब वह भी हाथ बँटाने लगा था। पर स्वभाव से वह जतिन से बिल्कुल भिन्न प्रवृत्ति वाला युवक था। जतिन की नजरें बचाकर अकाउंट्स में हेराफेरी करना, यार-दोस्तों के संग देर रात तक पार्टी करना आदि उसकी आदतों में शुमार थे। कई मर्तबा जतिन ने उसे चेताया। पर उसके कानों पर जूँ तक न रेंगी। छोटे भाई का बचपना समझ जतिन हर बार उसकी गलतियों को नजरअंदाज कर दिया करता।

आज जतिन और पूजा की सुहागरात थी। दोनों के मिलन की रात। फूलों से सजी सेज पर बैठी पूजा अपने पति के आने का इंतजार करती रही। तभी दरवाजे पर किसी की दस्तक हुई और सज-धजकर बैठी पूजा ने घुटने मोड़ उसमें अपने चेहरे को छिपा लिया। अपनी आत्मा और दिल तो वह पीछे छोड़ आई थी। आज शरीर के जाने की बारी थी। पूजा ने सुना कि कदमों की वह आहट अब धीरे-धीरे उसके करीब आने लगी थी। खुद में सिमटती वह अपने सर्वस्व पर किसी के अतिक्रमण का इंतजार करती रही। उसे पता था कि पुरुष सत्तात्मक इस समाज में उसकी सुनने वाला कोई नहीं। एक पिता जिसपर उसे सबसे अधिक भरोसा था। एक प्रेमी जिसे उसने टूटकर चाहा। समय आने पर सभी उसे दरकिनार कर अपना मतलब साधने में लगे रहे। फिर पतिरूपी इस अनजान शख्स से क्या ही कोई आशा रखना! मन में ताने-बाने बुनती पूजा को पता ही न चला कि डर से उसका शरीर थर-थर काँपने लगा था। फिर उसका ध्यान इस तरफ गया कि कदमों की वह आहट अब शांत पड़ चुकी थी और उसके सामने आकर स्थिर खड़े थे। मारे भय के उसकी थरथराहट अब चरम पर थी। जी में तो आ रहा था कि जोर से चीखे, चिल्लाए। पर अफसोस! जहाँ जन्म लिया वहाँ किसी ने उसकी एक न सुनी तो यहाँ अनजानों की इस बस्ती में उसकी कौन सुनेगा! अब तो वह जतिन की ब्याहता थी। दिल में पति का स्थान होना-न-होना अब कोई मायने नहीं रखता। माँग में उसने अपनी जगह बना ली थी

और इस नाते अब पूजा के शरीर पर उसका पूजा से भी ज्यादा अधिकार था, जहाँ पूजा की रजामंदी कोई मायने नहीं रखती थी। कहने को कानून ने स्त्रियों को ढेर सारे अधिकार दे रखे हैं पर देखने वाली बात यह भी है कि उससे घर कितनों का बसा है! पूजा में अब इतनी हिम्मत न बची थी कि वह किसी का विरोध कर सके। मन में ढेर सारे विचार हिलोर मारने लगे थे। तभी उसके शरीर में रक्त संचार दुगुनी गति से भागने लगा जब उसने देखा कि जतिन बिस्तर पर उसकी तरफ झुकने लगा है। ऐसा महसूस हुआ जैसे जतिन का स्पर्श भर उसके शरीर को निष्प्राण कर देगा। पर यह किसी करिश्मे से कम न था कि जतिन ने उसे छुआ तक नहीं। बिस्तर पर झुककर उसने एक तकिया उठाया और पूजा से कहा—

"डरिए मत! मैं कुछ नहीं करूँगा। आप इतमीनान से सो जाइए। मैं वहाँ सोफे पर सो जाता हूँ।"

विस्मित होकर पूजा अपने घूँघट के भीतर से जतिन को सोफे की तरफ जाते हुए देखती रही। उसने आज जाना कि उसकी सोच से परे भी एक दुनिया है, जहाँ सही-गलत का फैसला समय पर छोड़ दिया जाता है। वह वहीं बिस्तर पर लेट गई और घूँघट का लिहाफ लेकर अपनी आँखें मूँद लीं। जब आँखें खुलीं तो जतिन को सामने खड़ा पाया जो शायद उससे कुछ कहने की कोशिश कर रहा था।

"चलिए, उठ जाइए। सुबह हो गई। नीचे सब हम दोनों का इंतजार कर रहे हैं। कोई अभी आवाज देकर गया है।" जतिन के कहने पर पूजा बिस्तर से उतरकर चुपचाप दरवाजे की तरफ बढ़ने लगी।

"पूजा?" जतिन ने आवाज दी तो पूजा के बढ़ते कदम रुक गए और पीछे मुड़कर जतिन की तरफ देखी।

"पूजा, ध्यान रहे, कमरे की बात कमरे से बाहर न जाने पाए।" जतिन ने पूजा से कहा और वाशरूम का दरवाजा खोल भीतर चला गया। पूजा की नजरें अब भी वाशरूम के दरवाजे पर टिकी थीं और इस कलियुग में जतिन के सतयुगी व्यवहार के बारे में सोचती रही।

"क्या मैंने इस इनसान के बारे में जो भी सोचा वो गलत था? या फिर ये मुझपर अपना इंप्रेशन जमाने की कोशिश कर रहा है! अगर ऐसा है भी तो मिस्टर जतिन, मैं तुम्हारी चाल में नहीं आने वाली!" कमरे के दरवाजे पर खड़ी पूजा मन-ही-मन बुदबुदाती रही। वह शायद भूल चुकी थी कि अभी पिछली रात तक वह जतिन से कितनी डरी-सहमी थी। उसे इस बात का भी अंदाजा न हुआ कि जतिन

की शालीनता ने ही उसे अपने बचाव के लिए सोचने को प्रेरित किया था।

"पूजा बेटा!" किसी के पुकारने पर पूजा सीढ़ियों से नीचे उतरने लगी।

"वाह भाभी! बहुत खूब! बड़ी मस्त लग रही हो यार!" साड़ी में लिपटी पूजा की खूबसूरती देख जतिन के छोटे भाई गुड्डू ने अपनी आँखें फैलाकर कहा। उसकी बातें सुन पूजा थोड़ी असहज होती दिखी। उसे नजरअंदाज कर फिर वहीं बैठी अपनी सास और कुछ वृद्ध मेहमानों के पैर छूकर उनके आशीर्वाद लिये।

"खुश रहो दुलहिन! दूधो नहाओ, पूतो फलो! अब बस जल्दी से पोते-पोतियों की किलकारी सुना दो। पता नहीं, कब भगवान् के घर से बुलावा आ जाए!" पूजा को उसकी सास शैल ने आशीर्वाद देते हुए कहा और उसकी बलाएँ लीं। उनकी बातें सुन पूजा झेंप गई।

"एतना महँगा आशीर्वाद दोगी मम्मी, तो आगे से भाभी कभी पैरवो न छुएगी! अब तो पैकेट के दूध का जमाना है और उससे भला कौन नहाता है! फिर आज के जमाना में एगो बच्चा हो जाए वो ही बहुत बड़ा बात है! नहीं तो भाभी जइसन स्मार्ट औरत तो एगो बच्चा करे से पहले भी सौ बार सोचेंगी! का भाभी? हम कोई गलत बात बोलें तो बताइए?" गुड्डू ने अपनी उम्र और शिष्टता दोनों से बड़ी बात की। पूजा के लिए यह उसकी ससुराल में पहला दिन था। ऐसी बेतुकी बातों का जवाब देना उसे अशिष्टता ही लगा।

"गुड्डू! कुछ भी बोलने से पहले सोच लिया करो कि तुम जिसके बारे में बात कर रहे हो वो तुम्हारी भाभी है! पूजा अभी इस घर में नई है इसलिए चुप है। लेकिन अगर तुम इसके साथ ऐसे पेश आओगे तो हो सकता है ये हमेशा ऐसे ही चुप न रहे!" सीढ़ियों से उतरते हुए जतिन ने अपने छोटे भाई को फटकार लगाई। उसने गुड्डू की सारी बातें सुन ली थीं।

"स-स सॉरी भइया! वो तो मैं मजाक कर रहा था! आगे से ध्यान रखूँगा भैया!" अगले ही क्षण गुड्डू ने बड़े भाई से माफी माँगी फिर पूजा की तरफ देख अपनी शर्मिंदगी जाहिर करते हुए बोला, "सॉरी भाभी! छोटा भाई समझकर माफ कर देना।" पूजा ने भी मुसकराकर सिर हिला दिया।

"अरे भाभी छोड़िए न! कहाँ आप इन भाइयों के चक्कर में पड़ गईं! चलिए, हम लोग किचन में चलते हैं। चाय बनाते हुए वहीं ननद-भौजाई बातचीत भी करेंगे।" उम्र में जतिन से छोटी उसकी चचेरी-मौसेरी बहनों ने कहा और पूजा का हाथ पकड़ उसे रसोई की तरफ ले जाने लगीं। नई-नवेली दुलहन के ससुराल

में पैर रखते ही दूल्हे के बाद सबसे अधिक कौतूहल परिवार में छोटी कुँवारी ननदों को होती है, जो भाभी में अपनी सहेली और अपना आने वाला कल देख ही लेती हैं।

"अरे लड़कियों, कहाँ ले जा रही हो भाभी को! पहले वो कुछ मीठा बनाएगी। उसके बाद ही रसोई में कुछ बना सकती है।" पीछे से किसी वृद्ध रिश्तेदार ने रीति-रिवाज का वास्ता दिया।

"चिंता मत करो काकी! तुम्हारी बहू से कोई काम नहीं करवाएँगे! हम ननदें गप्पें हाँकने के लिए अपनी भाभी को लेकर जा रहे हैं। ठीक है!" इस खींचतान में पूजा को कुछ समझ न आया तो जतिन की तरफ देखी। जतिन ने आँखें मटका अपनी सहमति जताई तो ननदों का हाथ थाम पूजा रसोई के भीतर चली गई।

थोड़ी देर बाद भाभी के संग हँसी-ठिठोली करती सभी ननदें चाय का ट्रे हाथ में लिये रसोई से बाहर निकलीं और पूजा ने एक-एक करके सबको चाय का कप पकड़ाया।

"अरी शैल, बड़ी भाग्यवान है रे तू! देख, घर में पैर रखते ही कैसे तेरी पतोह ने अपने कामकाज सँभाल लिए! भगवान् सबको ऐसी ही पतोह दे! अब तुझे फिक्र करने की कोई जरूरत नहीं। तेरा बुढ़ापा बड़े आराम से कट जाएगा। नहीं तो तुम्हारा भी हालत ऊ कहावत जैसा ही होता कि का 'करे बुढ़िया बेचारी, पतोहिए मिलल खिलाड़ी।' जतिन की माँ से वहीं पास बैठी एक उम्रदराज रिश्तेदार ने कहा जिसपर उन्होंने मुसकरा भर दिया और अपनी नई-नवेली बहू को स्नेहिल निगाहों से निहारती रही। चाय पीते हुए सभी फिर हँसी-ठहाकों के बीच इधर-उधर की बातचीत में मग्न हो गए।

पूजा ने महसूस किया कि जतिन एक सुलझी प्रवृत्ति का इनसान है और घर में सभी उसकी बड़ी कद्र करते हैं। उसे अहसास हो गया था कि बीती रात जतिन ने जो कुछ भी किया वो कोई दिखावा या ढोंग नहीं था। सबके बीच बैठी पूजा की नजरें अनायास ही कई बार जतिन से जा टकरातीं। जतिन भी बीच-बीच में पूजा को देख अपनी भौंहें उचका देता मानो पूछ रहा हो 'सब ठीक तो है न?' और पूजा अपनी नजरें दूसरी तरफ फेर लेती।

करीब घंटे भर बाद जतिन ने सबके बीच बैठी अपनी माँ को इशारा किया तब जाकर बातचीत को विराम लगा।

"लड़कियो, तुम्हारी गपास्टिंग खत्म हो गई हो तो भाभी को तैयार भी हो लेने

दो। थोड़े ही देर बाद पंडितजी आने वाले हैं, फिर चूल्हा छुआई का रस्म होगा। पूजा बेटा, तुम ऊपर अपने कमरे में जाओ और जाकर रेडी हो जाओ।" पूजा से उसकी सास ने कहा तो वह उठकर अपने कमरे की तरफ बढ़ने लगी।

पूजा ने देखा कि जतिन की नजरें एकटक उसे ही निहार रही थीं। पर ताज्जुब इस बात का हुआ कि जतिन के यूँ निहारने पर इस बार वह जरा भी असहज न हुई।

कमरे में आकर पूजा ने दरवाजा भीतर से बंद किया और काफी देर तक अकेले में बड़बड़ाती रही—

'ये मैं क्या कर रही थी? कैसे मैं उस इनसान के साथ इतना सहज महसूस कर सकती हूँ! कैसे कुछ ही घंटों में मैं उसपर भरोसा कर सकती हूँ! कैसे इतनी आसानी से मैं अपने प्यार को भूल सकती हूँ? नहीं, मैं ऐसा कतई नहीं होने दे सकती! जतिन मुझे इमोशनली अपनी तरफ खींचने की कोशिश कर रहा है। मुझे खुद पर कंट्रोल करना होगा।" बंद कमरे में काफी देर तक पूजा अपने अंतर्द्वंद्व में उलझी रही फिर याद आया कि जल्दी से नहा-धोकर तैयार भी होना है तो वाशरूम की तरफ बढ़ गई। कुछ देर बाद तैयार होकर जो कमरे से बाहर आई तो दिनभर फिर रस्मो-रिवाज को निभाते हुए ही बीता। जतिन प्रयास करता रहा कि पूजा खुद को जरा भी असहज या अकेला महसूस न करे। जबकि पूजा इस बात का भरसक खयाल रख रही थी कि वह खुद पर जतिन का जरा भी प्रभाव न पड़ने दे। पर हुआ इसके उलट! भीड़भाड़ से भरे घर में एक अकेला जतिन ही था, जो हर बार किसी उलझन में फँसने पर पूजा को उससे बाहर निकालता।

***

रात के ग्यारह बजे। थकान भरे दिन और सभी रिश्तेदारों से छूटकर पूजा अपने कमरे में आई। कमरे के भीतर जतिन पहले से ही बॉलकनी में बैठा किसी पुस्तक में खोया था। पूजा के लिए यह रात बिताना सबसे कठिन कार्य था, क्योंकि उसे जतिन के साथ एक ही कमरे में रहना पड़ता। फिर रात के अकेलेपन में उसे अपने बीते दिनों की याद सताने का भी खतरा था।

पूजा के कमरे में प्रवेश करते ही जतिन ने एक मुसकान भरी निगाह उसपर डाली और वापस से अपनी पुस्तक में खो गया। पर पूजा के चेहरे पर भाव सिफर थे। बिना कुछ बोले वह बिस्तर पर आकर लेट गई और चेहरे तक चादर ढक लिया मानो जतिन से छिप जाना चाहती हो। तकरीबन आधे घंटे तक चादर के भीतर करवटें बदलती रही। पर आँखों में नींद का कहीं कोई नामोनिशान न था। तभी पास के टेबल

से कुछ खड़कने की आवाज आई जैसे किसी ने कुछ रखा हो। चादर हटाकर देखा तो जतिन अपनी पुस्तक सामने टेबल पर रख सोफे की तरफ बढ़ रहा था। पुस्तक पर नजर पड़ते ही पूजा भीतर तक तिलमिला उठी। उसे यकीन हो गया कि जतिन उसके सामने जो कुछ भी कर रहा है वो किसी ड्रामा या ऐक्टिंग से कम नहीं।

"तुम चाहे कितना भी प्रयास कर लो, मिस्टर जतिन! मुझे इंप्रेस करने में सफल नहीं हो सकते! मेरी फेवरेट पुस्तक 'ड्रैमैटिक हिंदी' पढ़कर अगर तुम यह जताने की कोशिश कर रहे हो कि हम दोनों के विचार बहुत मेल खाते हैं तो ये सिर्फ तुम्हारी मूर्खता है और कुछ नहीं!" सामने टेबल पर रखी 'ड्रमैटिक हिंदी' कटेगरी के एक उपन्यास पर नजरें टिकाए पूजा खुद में ही बड़बड़ाती रही। वह यही समझती रही कि जतिन यह सब उसके दिल में अपनी जगह बनाने के लिए कर रहा था और इस आग में जतिन की आवाज ने घी का काम किया जब सोफे पर लेटा हुआ वह बोला—

"घर में अगर किसी की बात बुरी लग जाए तो उसे दिल पर मत लेना। थोड़ा वक्त लगेगा, फिर सब खुद-ब-खुद ठीक हो जाएगा। अब सो जाओ। दिन भर रीति-रिवाज और मेहमानों के चक्कर में काफी थक गई होगी।"

जतिन की बातें पूजा को कील बनकर चुभ रही थीं। चुभती भी क्यों नहीं! वह इसे जतिन का दिखावा और दिल में उतरने के लिए चापलूसी मात्र जो समझ रही थी। उससे रहा नहीं गया। चादर परे फेंककर झल्लाती हुई उठी और लंबे कदमों से चलकर सोफे पर लेटे जतिन के पास आई।

"मिस्टर जतिन! तुम इस भूल में बिल्कुल मत रहना कि मुझपर इंप्रेशन जमाकर मेरे दिल में उतरने में कामयाब हो जाओगे! मैं खूब समझती हूँ तुम्हारी होशियारी! तुम्हें क्या लगता है, हाँ, कि परिवार वालों के सामने किसी बात पर सहमति के लिए मैं तुम्हें देखती हूँ तो मुझे तुमसे प्यार हो गया है! तुम्हें क्या लगता है कि मेरी फेवरेट 'ड्रैमैटिक हिंदी' की पुस्तक दिखाकर मेरे दिल में जगह बना लोगे! सो रिडिक्युलस! इट इज इंपॉसिबल। लेट मी लिव अलोन एंड डोंट ट्राई टू मेक प्लेस इन माई हर्ट! ओके···! गुड नाइट!!"

सोफे पर लेटा जतिन पूजा की सारी बातें सुनकर भी चुप रहा। उसने जरा भी जल्दबाजी न दिखाई कि गुस्से में लाल-पीली होती पूजा की किसी भी बात का कोई जवाब दे। अपनी बातें खत्म कर पूजा पैर पटकते हुए वापस बिस्तर की तरफ लौट गई। जतिन की निगाहें पूजा पर ही टिकी रहीं। बिस्तर पर आकर पूजा दूसरी तरफ

मुँह फिराकर लेट गई। जतिन भी आँखें मूँद सोने का प्रयास करने लगा।

अगली सुबह जब पूजा की नींद खुली और मुड़कर सोफे की तरफ देखा तो जतिन वहाँ नहीं था। फिर सामने टेबल पर निगाह पड़ी तो रात वाली पुस्तक जिसे जतिन पढ़ रहा था, वह भी वहाँ मौजूद नहीं थी। बिस्तर से उठकर पूजा वाशरूम की तरफ बढ़ गई और थोड़ी देर में नहा-धोकर नीचे उतरी तो पता चला कि जतिन तो तड़के ही बिजनेस के सिलसिले में शहर से बाहर निकल गया है।

"बेटा मत पूछो! यह लड़का यूँ ही अपने बिजनस को लेकर बिल्कुल दीवाना बना रहता है! कभी-कभी तो काम के सिलसिले में जीतू हफ्ते भर शहर से बाहर ही रहता है। मुझे समझ में ही नहीं आता कि ऐसी नौकरी का क्या फायदा, जिसमें आदमी अपना सुख-चैन ही खो दे! अब बताओ जरा, अभी-अभी शादी हुई है और घर-बार छोड़कर यह लड़का यूँ सुबह-सुबह ही निकल गया!" जतिन की माँ ने खीझकर कहा। गुड्डू पास ही बैठा अखबार पढ़ रहा था और माँ की बातें सुन मुसकरा रहा था।

"मम्मी, तुमको का लगता है! ई 10 से 5 वाला नौकरी है! नहीं, ये बिजनेस है। इसे खड़ा करने के लिए भइया ने अपना खून-पसीना एक किया है। तब जाकर बिजनेस में इतना एस्टैब्लिश कर सके हैं!" गुड्डू ने कहा और अखबार मोड़कर एक किनारे रख दिया। पूजा उनकी बातें चुपचाप सुनती रही और एक बार फिर दिमाग में तरह-तरह की बातें उमड़ने लगीं। शहर से बाहर जाने की बात जतिन ने मुझे तो नहीं बताई! मैं क्या मना कर देती! हुँह! मुझे क्या! जो मरजी सो करें!

"माँ जी, मैं चाय बनाकर लाती हूँ।" बोलकर पूजा रसोई की तरफ बढ़ गई। उसकी नजर गुड्डू के पास रखे रात वाले उपन्यास पर पड़ी जिसे जतिन पढ़ रहा था।

"भाभी रुकिए! हम भी आते हैं।" वहीं बैठी एक फुफेरी ननद ने कहा और पूजा के पीछे-पीछे हो ली। शादी में आए अधिकांश मेहमान अब तक जा चुके थे। जो बचे थे वो भी एकाध दिन में जाने वाले थे। थोड़ी देर बाद चाय का ट्रे लिये पूजा रसोई से बाहर आई। वह साड़ी में थी जो उसकी खूबसूरती में चार-चाँद लगा रही थी और अपने पल्लू को उसने कमर में खोंस रखा था।

"अरे कनेवाँ, जरी माथा पर पल्लू-उल्लू लऽ! अभी नया-नया बियाह भईल और तू अभिए एकदम मॉडर्न बनके घुमवऽ! तनी लोक-लाज के भी खियाल करऽ दुलहिन!"

वहीं बैठी मौसिया सास ने पूजा को लोक-लाज का पाठ पढ़ाया और न चाहते हुए भी पूजा को अपना पल्लू कमर से निकालकर सिर पर रखना पड़ा। इस वक्त

उसे जतिन की कमी महसूस हुई, क्योंकि एक वही था, जो इन मौकों पर पूजा की साइड लेकर उसका बीच-बचाव करता था।

"बैठिए भाभी, आप भी हमारे साथ बैठकर चाय पीजिए।" गुड्डू ने कहा जिसके एक हाथ में चाय का कप और दूसरे हाथ में पुस्तक थी।

"आओ दुलहिन, यहाँ आकर मेरे पास बैठो।" पूजा की सास ने लाड़ दिखाकर कहा फिर गुड्डू के हाथ में पकड़ी पुस्तक को देख झुंझलाती हुई बोली, "सुबह-सुबह तुम ये क्या पढ़ने लगे, गुड्डू! आखिर ये ड्रैमैटिक हिंदी है क्या चीज? जतिन भी हमेशा यही सब पढ़ते रहता है।"

"मम्मी, आपको नहीं पता! 'ड्रैमैटिक हिंदी' पुस्तक नहीं, जादू है जादू! यंगस्टर के बीच तो ये अच्छा-खासा लोकप्रिय है। एक बार हाथ में पकड़ो तो पूरी पुस्तक पढ़े बिना मन ही नहीं मानता। भैया के पास तो ड्रैमैटिक हिंदी का ढेर सारा कलेक्शन है। आज सबेरे ये पुस्तक हम उनसे पढ़ने के लिए माँग लिये।···और पता है, भैया बता रहे थे कि भाभी को भी ये वाला पुस्तक बहुत पसंद है।" गुड्डू ने अपनी माँ से कहा और पुस्तक के पन्ने पलटता रहा। पूजा चुपचाप उसकी बातें सुनती रही और मन-ही-मन खुद को कोसती रही, क्योंकि इसी पुस्तक की वजह से पिछली रात उसने जतिन को खरी-खोटी सुना दी थी। हाथ बढ़ाकर उसने गुड्डू से पुस्तक माँगी और उसके पन्ने पलटकर इधर-उधर देखने लगी।

"देखी मौसी! भइया और भाभी का पसंद कितना मेल खाता है! दोनों किताबें भी एक जैसा ही पढ़ते हैं।" सबके बीच बैठी मौसेरी ननद ने पूजा की सास से कहा।

"हम्म···हम सब देख रहे हैं काजल! घबराओ मत, तुम्हारा भी शादी हम सब देख-सुनके ही करवाएँगे कि तुम्हारा और तुम्हारा दूल्हा का पसंद भी एक जैसा हो!" पास बैठे गुड्डू ने अपनी मौसेरी बहन काजल को छेड़ा।

"उंऊ···मौसी न देखो, गुड्डू भइया कैसे तंग कर रहे हैं! मार देंगे हम, बोल रहे हैं! जतिन भैया के जइसन लड़का मिलना बहुत कठिन है, समझे भैया!" काजल ने मुँह बनाते हुए कहा।

काफी देर तक सभी हँसी-ठिठोली में उलझे रहे। पर जतिन की गैर-मौजूदगी में पूजा आज खुद को अकेला महसूस कर रही थी। उसे इस बात का गिल्ट भी था कि बेवजह उसने जतिन को क्या-क्या नहीं सुना दिया! पर जतिन ने उलटकर एक शब्द भी नहीं कहा। खुद को ही समझाने में आज पूजा को बड़ी मशक्कत करनी पड़ रही थी कि उसे जतिन के बारे में इतना नहीं सोचना। उलटे, जतिन की गैर-मौजूदगी

में आज वह खुद को उससे जुड़ा हुआ महसूस कर रही थी। उसे समझ में नहीं आ रहा था कि आखिर आज उसे हो क्या रहा है! पूजा का सारा दिन इसी ऊहापोह में बीता। दिन ढलने के बाद से वह जतिन के घर लौटने का इंतजार करती रही। पर रात के दस बजने तक भी वह वापस नहीं आया।

"पूजा बेटा, लगता है जतिन को लौटने में देर होगा। काहे तुम अभी तक भुखले पेट हो। जाओ न, जाकर खाना खा लो।" पूजा से उसकी सास ने कहा।

"खा लेंगे, माँ। ये आ जाएँ तो एक साथ ही खाएँगे। वैसे भी, अभी खाने का मन बिल्कुल नहीं कर रहा।" दरवाजे पर निगाहें टिकाए पूजा ने अपनी सास से कहा तो मुसकराकर वह अपने कमरे में चली गई।

काफी देर तक पूजा की निगाहें घर के मुख्य दरवाजे पर टिकी रहीं। उसे जरा भी ध्यान न रहा कि कैसे मात्र दो ही दिनों में उसका अंतर्मन जतिन को पति के रूप में स्वीकार करने लगा था। खैर···पूजा का इंतजार खत्म हुआ और रात करीब बारह बजे दरवाजे पर जतिन ने दस्तक दी। उसने देखा कि इतनी देर रात गए पूजा ड्राइंग हॉल में बैठी उसकी राह देख रही थी।

"तुम सोई नहीं अभी तक!" पूजा से जतिन ने कहा। पर पूजा ने उसकी बातों का कोई जवाब नहीं दिया और उसके हाथ से बैग लेकर उसके पीछे-पीछे चलती रही।

"जब कभी मुझे आने में देर हो जाए तो मेरा वेट मत करना। खा-पीकर सो जाना।" कमरे की तरफ बढ़ते हुए जतिन ने पूजा को समझाया।

पूजा ने देखा कि जतिन काफी थका-माँदा लग रहा था। कमरे में आकर जतिन ने कपड़े बदले और बिस्तर पर निढाल हो गया। पूजा चुपचाप उसे निहारती रही।

"आपने मुझे बताया नहीं कि आज बाहर जाना है?" जतिन से पूजा ने पूछा और एकटक उसे देखती रही।

"सोचे थे कल कि सोने से पहले तुमको बता देंगे, लेकिन तुम बहुत थकी हुई थी इसलिए बता नहीं पाए। फिर सुबह उठे तो तुम सोई थी। तुम्हें डिस्टर्ब करना मुझे ठीक नहीं लगा। सॉरी! आगे से बताकर जाएँगे। आह्ह!" बिस्तर पर लेटे हुए ही जतिन ने कहा। पूजा ने देखा कि आँखे मूँदकर अब वह कराहने लगा था।

"क्या हुआ? कोई दिक्कत है?" बिस्तर के करीब आकर पूजा ने जतिन से पूछा।

"आह्ह! हाँ, लगता है दिनभर की भागदौड़ से बहुत हरासमेंट हो गया है। पूरा बदन टूट रहा है। सिर भी भारी है।" जतिन ने कहा और सिर पकड़कर लेटा रहा।

जतिन को कराहते देख पूजा से रहा नहीं गया और उसके सिर पर हाथ फिराया। जतिन को बुखार था।

"आपको तो फीवर है!" जतिन का सिर और हाथ टटोलते हुए पूजा बोली।

"अरे नहीं-नहीं! तुम टेंशन मत लो। थकान के कारण ऐसा हो रहा है। रात भी काफी हो चुकी है। तुम जाकर खाना खाओ और सो जाओ!" बड़ी मुश्किल से अपनी पलकें उठाकर जतिन ने पूजा की तरफ देखकर कहा।

"ओह···चुपचाप लेटे रहो आप! मेरे लिए चिंता बिल्कुल मत करो। डिनर करके मेडिसिन खा लो और आराम करो। सुबह तक एकदम ठीक हो जाओगे।" पूजा ने कहा और तेजी से कमरे से बाहर की तरफ लपकी। कुछ ही मिनटों बाद हाथ में खाने की थाली लिये वह वापस आई और जतिन के पास आकर बैठ गई।

पूजा ने महसूस किया कि जतिन में इतनी हिम्मत भी नहीं बची थी कि वह अपने दम पर बिस्तर से उठ सके। सहारा देकर फिर पूजा ने ही उसे बिस्तर पर बिठाया और खाने की थाली सामने रखी। पर असहाय होकर जतिन खाने की तरफ निहारता रहा। पूजा समझ गई और थाली से रोटी का एक निवाला तोड़कर जतिन की तरफ बढ़ाई।

"न नहीं पूजा! रहने दो, प प्लीज! मुझसे खाया नहीं जाएगा।" अपना मुँह दूसरी तरफ करते हुए जतिन ने कहा।

"मैं समझती हूँ। इतने फीवर में खाना गले से नीचे उतारना मुश्किल होता है। पर कम-से-कम एक रोटी खा लो, नहीं तो मेडिसिन कैसे खाओगे!" पूजा के मनुहार पर जतिन मना नहीं कर पाया। बड़ी मुश्किल से उसने एक रोटी हलक से नीचे उतारी और दवा खाकर बिस्तर पर लेट गया। पर उसका शरीर अभी भी बुखार से तप रहा था। पूजा ने थर्मामीटर लगाकर चेक किया तो पारा 101 डिग्री को फाँदता दिखा। फिर जतिन के माथे पर वह तब तक गीली पट्टी करती रही जब तक दवा ने अपना असर नहीं दिखा दिया। कुछ देर बाद बुखार उतरा तो चादर जतिन के सीने तक ढककर खुद भी सोने की तैयारी करने लगी। पर सोती कहाँ? बिस्तर पर तो आज जतिन सोया था और वहाँ से उसे हटाने के बारे में वह सोच भी नहीं सकती थी। रात काफी हो चुकी थी और खाने की इच्छा बिल्कुल नहीं बची थी। सोफे पर आकर अभी पूजा लेटी ही थी कि जतिन की आवाज आई। आँखें खोलकर देखी तो जतिन बिस्तर से उठता दिखा।

"जतिन, आप उठ क्यों रहे हैं? अभी आपको आराम करना चाहिए।" तेजी से बिस्तर की तरफ लपकते हुए पूजा ने कहा।

"न नहीं पूजा। मैं तुम्हें सोफे पर सोता नहीं छोड़ सकता। वैसे बुखार उतरने से अभी थोड़ा आराम मिला है। मैं सोफे पर सो जाता हूँ। तुम यहाँ आकर सो जाओ।" जतिन ने कहा और बिस्तर से नीचे उतरने की कोशिश करने लगा।

आगे बढ़कर पूजा ने उसे रोका और कंधे से पकड़ वापस से बिस्तर पर लिटाने की कोशिश करने लगी। जतिन को छूने से उसे महसूस हुआ कि बुखार कम हुआ है, मगर पूरी तरह से उतरा नहीं। लेकिन जतिन भी अपनी जिद पर अड़ा रहा। अंततः पूजा ने ही उपाय निकाला।

"ठीक है, आप चिंता मत करिए जतिन! मैं सोफे पर नहीं सोऊँगी। मैं भी बिस्तर पर ही आ जाती हूँ।"

"बिस्तर पर! मेरे साथ···मगर! नहीं, तुम मुझे सोफे पर जाने दो! देखो, अब बुखार भी उतना नहीं रहा। मैं सोफे पर आराम से सो जाऊँगा।" कहकर जतिन ने अपनी कलाई आगे बढ़ा दी मानो पूजा को बुखार चेक करने के लिए कह रहा हो।

"ओह, आप न मेरी बात बिल्कुल नहीं सुनते! एक तो आपकी तबीयत ठीक नहीं और ऊपर से इतनी बात किए जा रहे हैं।···और मैं बिस्तर पर आपके बगल में क्यों नहीं सो सकती! बीवी हूँ आपकी।" पूजा ने अधिकार जताकर कहा तो जतिन कुछ बोल न पाया और उसकी आँखें पूजा पर थिर गईं। बुखार की तपिश ने पति-पत्नी की दूरी को आज कुछ हद तक पिघला दिया था।

पूजा बिस्तर पर आकर जतिन के बगल में लेट गई और आँखें मूँद सोने का प्रयास करने लगी। पूजा को सहज महसूस कराने के लिए जतिन दूसरी तरफ करवट फेरकर लेटा रहा। थोड़ी ही देर में दोनों को नींद ने अपने आगोश में ले लिया।

अगली सुबह जब जतिन की आँखें खुलीं तो पूजा सामने खड़ी थी। जतिन ने देखा कि पूजा के हाथ में चाय का कप था।

"अब तबीयत कैसी है आपकी? चलिए उठिए, चाय पी लीजिए।" मुसकराकर पूजा ने पूछा और चाय का कप जतिन की तरफ बढ़ा दिया।

"ठीक हूँ अब।···और चाय तुम लेकर क्यों आई? किसी को बोल देती वो दे जाता!" जतिन ने कहा। पूजा ने कोई जवाब नहीं दिया। पर जतिन का ऐसा कहना उसे अच्छा नहीं लगा। उसे महसूस हुआ जैसे जतिन उससे एक दूरी बनाए रखना चाह रहा था। पर जतिन तो वही कर रहा था, जैसा पूजा चाहती थी। हालाँकि वह

कहाँ जानता था कि इन दो-तीन दिनों में पूजा के हृदय में कितने परिवर्तन हुए हैं। पूजा के हाथ से कप लेकर वह चाय सुड़कता रहा और पूजा वहीं पास ही दराज में पड़ी पुस्तकों को उलटती-पलटती रही जिनमें ढेरों उपन्यास भरे पड़े थे। चाय पीने के दौरान जतिन की नजरें एकटक पूजा को ही निहारती रहीं और पूजा को भी इस बात का आभास था कि जतिन उसे ही देख रहा है। पर आज जतिन का यूँ निहारना उसे जरा भी असहज नहीं कर रहा था।

"चलो, नीचे चलते हैं। आज उठने में काफी देर हो गई। ऑफिस जाने में भी लेट हो जाएगा।" चाय का कप टेबल पर रखकर जतिन ने पूजा से कहा।

"ऑफिस! जतिन, आपकी तबीयत ठीक नहीं है और आपको ऑफिस की पड़ी है! आज कोई ऑफिस-वॉफिस नहीं जाना आपको! घर पर आराम करिए!" पूजा ने हक जताकर कहा तो जतिन के चेहरे पर स्मित तिर गई।

"ठीक है, नहीं जाऊँगा! पर नीचे तो जा सकता हूँ न?" जतिन ने मुसकराकर कहा और बिस्तर से उठकर दरवाजे की तरफ बढ़ने लगा। पूजा भी उसके साथ थी। आज पति-पत्नी के कदम एक ही दिशा में एक साथ आगे बढ़ रहे थे।

□

5

जतिन की निगाह माँ पर पड़ी। घर की नौकरानी सुशीला को अपने पास बिठा वह उसके साथ गप्पें हाँकने में मग्न थी।

"क्या बात है सुशीला? आज सबको भूखे रखने का इरादा है? खाना नहीं बनाना?" जतिन ने सुशीला को टोका।

"कैसे बनाएँ जतिन भइया? भाभी ने तो खाना बनाने देने से ही मना कर दिया! बोलीं कि आज से घर का खाना वही पकाएँगी।" सुशीला ने बताया फिर जतिन की माँ से मुसकराकर बोली, "वैसे चाची, सच कहें तो एकदम चुनकर जतिन भइया के लिए लड़की पसंद किए हैं आप! भाभी एकदम गऊ हैं। जानती हैं, मेरे पैर में मोच आया है और हमको खड़ा होकर काम करने में तकलीफ हो रहा था। जब भाभी देखीं तो हमको एक्को काम नहीं करने दीं और बोलीं कि आज आराम करो। एतना ही नहीं, लगाने के लिए हमको मलहम भी दी हैं।" और फिर से दोनों बातचीत में लीन हो गई।

जतिन रसोई की तरफ बढ़ गया। रसोई के भीतर झाँका तो पूजा मग्न होकर रोटी बेल रही थी।

"क्या बना रही हो?" दबे पाँव रसोई के भीतर आकर जतिन पूजा के पीछे खड़ा हो गया।

"ब्रेकफास्ट तैयार कर रही हूँ। बोलिए, आपके लिए क्या बनाऊँ? क्या पसंद है आपको?" रोटी बेलते हुए पूजा ने मुसकराकर पूछा और देखा कि चेहरे पर मुसकान लिए जतिन एकटक उसे ही निहार रहा है।

"क्या हुआ? ऐसे क्या देख रहे हैं?" पूजा ने पूछा और आँखों पर झूलते बालों को कान के पीछे समेटने लगी। पर ऐसा करने से उसके हाथ में लगा आटा चेहरे पर जा पसरा। जतिन अपनी हँसी रोक न पाया और आगे बढ़कर उसके चेहरे पर

लगे आटे को साफ करने लगा। जतिन के स्पर्श भर से पूजा सिहर उठी फिर झट से बात बदलते हुए बोली, "चलिए, आप बाहर जाकर बैठिए। मैं सबके लिए चाय बनाकर लाती हूँ।"

"पर पूजा! आज तुम क्यों ब्रेकफास्ट तैयार रही हो? घर में खाना बनाने के लिए मेड है न!"

"हम्म···पता है मुझे कि घर में मेड है। पर शायद आप भूल रहे हैं कि अब इस घर की बहू आ चुकी है और अब से घर का खाना घर की बहू ही पकाएगी। समझे मिस्टर जतिन! चलिए, अब बाहर जाकर बैठिए!" कहकर पूजा खिलखिलाने लगी।

यह पहली दफा था जब जतिन ने पूजा को खुलकर हँसते देखा था। पूजा की हँसी उसे पतझड़ के बाद बहार की भाँति महसूस हुई। जो कल तक जतिन से बात करने से भी कतराती थी आज बड़ी सहजता से उसके सामने खिलखिला रही थी।

दिन बीतने के साथ पूजा अपने ससुराल को आत्मसात् करने लगी थी। पति जतिन, सास शैल और छोटा देवर गुड्डू अब उसके जीवन का अभिन्न हिस्सा बन चुके थे।

वहीं दूसरी तरफ रूपेश पिछले कुछ दिनों से अस्पताल में ही डेरा जमाए हुए था। पिता कमला प्रसाद के लंग्स में इंफेक्शन बढ़ने की वजह से उन्हें साँस लेने में तकलीफ हो रही थी और डॉक्टर ने उन्हें आई.सी.यू. में भरती किया था। घर पर माँ सुलोचना का रो-रोकर हाल बुरा था। बड़ी मुश्किल से रिंकी उन्हें सँभाले हुए थी।

"भइया, तुमको याद है, पापा कैसे हाथ पकड़कर हम दोनों को बचपन में सावन मेला घुमाने के लिए लेकर जाते थे?"

अस्पताल के वेटिंग लाउंज में बैठी रिंकी की आँखों के सामने बचपन के दिन तैरने लगे थे। भरे गले से उसने भाई रूपेश से कहा, "भइया, हमको बहुत डर लग रहा है! पापा ठीक तो हो जाएँगे न? एक बार हमको भी आई.सी.यू. में लेकर चलो न! हमको पापा से मिलने का बहुत मन कर रहा है भइया।"

"तुम पापा का टेंशन मत लो रिंकी। यहाँ हम हैं न! वैसे भी, डॉक्टर तुमको आई.सी.यू. में जाने नहीं देगा। अब तुम परिमल बाबू के साथ घर जाओ। माँ वहाँ अकेले है। उसका खयाल रखना।" रिंकी की बातों से रूपेश भी भावुक होने लगा था, पर उसने जाहिर नहीं होने दिया।

रिंकी अपने पति परिमल के साथ घर लौट गई। रूपेश भी अस्पताल के पहले तल्ले पर बने डॉर्मिटरी में आ गया और अपने बिस्तर पर लेट काफी देर तक पिता

और उनके साथ बिताए क्षणों के बारे में सोचता रहा। आज वह बहुत गिल्ट महसूस कर रहा था, क्योंकि पिता कमला प्रसाद का बस एक ही सपना था। रूपेश को आई.ए.एस. के रूप में देखना और रूपेश उनके सपने को पूरा नहीं कर पाया था। हालाँकि कोशिश तो उसने भरपूर की थी, पर दो मर्तबा इंटरव्यू तक आने के बाद भी कुछ नंबर से मेरिट लिस्ट में जगह बनाने से चूक गया। उसका गिल्ट तब और बढ़ गया, जब पिता ने कोई शिकायत करने के बजाय उससे बातचीत करना ही कम कर दिया।

"कमला प्रसाद के अटेंडेंट, तुरंत आई.सी.यू. बेड नंबर फाइव पर पहुँचें।"

रिसेप्शन से हुई उद्घोषणा की आवाज रूपेश के कानों में पड़ी तो वह उठकर थर्ड फ्लोर पर आई.सी.यू. की तरफ लपका। घड़ी पर निगाह डाली तो रात के ग्यारह बज रहे थे। रूपेश का दिल तेजी से धड़कने लगा। मन में उलटे-पुलटे विचार भी उमड़ने लगे थे।

"न जाने क्या हुआ होगा ? पापा ठीक तो होंगे न ? पता नहीं क्यूँ! इतनी रात गए आई.सी.यू. से बुलावा आया है ?" तरह-तरह की बातें सोचते रूपेश आई.सी.यू. वार्ड के भीतर दाखिल हुआ। रूपेश ने देखा कि वार्ड के भीतर हर तरफ मौत-सा सन्नाटा पसरा था, जिसे वहाँ लगे मेडिकल एक्विपमेंट्स के बीप-बीप की आवाज और भयावह बना रही थी।

"सिस्टर, मैं रूपेश। बेड नंबर फाइव, कमला प्रसाद का लड़का। वो अभी बाहर अनाउंसमेंट हुआ था।" आई.सी.यू. वार्ड के भीतर आकर रूपेश ने ड्यूटी नर्स से पूछा।

"आइए रूपेशजी। आपके पिता आपसे मिलना चाहते थे। इसलिए आपको बुलाना पड़ा।"

नर्स के कहने पर रूपेश पाँच नंबर बेड के करीब पहुँचा, जहाँ पिता कमला प्रसाद लेटे हुए थे। वह वेंटिलेटर पर थे और उनके मुख से होते हुए एक पाइप उनकी श्वासनली तक पहुँचाई गई थी, जिसके सहारे वह साँस ले पा रहे थे। रूपेश ने देखा कि वह जाग रहे थे और उसकी तरफ ही टकटकी लगाकर देख रहे थे। चूँकि वह वेंटिलेटर पर थे, इस वजह से कुछ भी बोल पाने में असमर्थ थे। पर उनकी आँखें और चेहरे के भाव उनके मन के हालात बयाँ कर रहे थे। रूपेश ने देखा कि पिता की पलकें भीगी थीं, जिसे देखकर उसका मन भारी हो गया।

बड़ी मुश्किल से अपनी भावनाओं को समेटकर वह पिता के सिराहने पहुँचा

और प्यार से उनके सिर पर हाथ फिराने लगा। कमला प्रसाद के चेहरे पर उभरी अनुभूति ने रूपेश को उसके बचपन के उन दिनों का अहसास दिला दिया जब पिता बड़े लाड़ से उसके सिर पर हाथ फिराकर उसे मनाते थे। वहीं पास ही मरीजों के फाइल्स में व्यस्त खड़ी नर्स बाप-बेटे के बीच का मार्मिक दृश्य देखकर भी ना देखने का अभिनय कर रही थी।

"क्या हुआ पापा ? नींद नहीं आ रही है क्या ? कोई बात नहीं ! आप आँख मूँद लीजिए। हम यहीं खड़े हैं। देखिएगा, फटाक से नींद आ जाएगी।" शब्दों में बचपन की मिठास घोले रूपेश ने पिता से कहा तो वह आँखें मूँदकर सोने का प्रयास करने लगे। कुछ देर बाद जब उनकी पलकें स्थिर दिखीं तो रूपेश ने उनके सिर से हाथ हटाया। पर शायद अभी वह कच्ची नींद में थे और उनकी आँखें खुल गईं।

"पापा, अब आप सो जाइए। यहाँ आई.सी.यू. में हमको ज्यादा देर रहना अलाऊ नहीं है। हम इसी बिल्डिंग में नीचे रेस्ट रूम में हैं। जब भी मिलने का मन करे तो नर्स को इशारा दे दीजिएगा। वो हमको बुला लेगी। ठीक है ?" कहकर रूपेश ने पिता से जाने की अनुमति माँगी। पर किसी बच्चे के मानिंद उन्होंने ना में सिर हिला दिया, जिसे देख रूपेश की आँखों के सामने वे दिन तैरने लगे जब पिता उसका हाथ थामकर उसे स्कूल पहुँचाने जाया करते थे और वापसी में रूपेश बड़ी मुश्किल से उनका हाथ छोड़ा करता था।

"अच्छा ठीक है ! हम कहीं नहीं जाएँगे। देखिए, हम यहीं आपके बगल में बैठ रहे हैं !"

बेड पर लेटे कमला प्रसाद से रूपेश ने कहा फिर नर्स की तरफ देखा तो उसने एक कुरसी आगे खिसका दिया जिसपर बैठ रूपेश काफी देर तक पिताजी का सिर सहलाकर उन्हें सुलाने की कोशिश करता रहा।

"पापा, आप चिंता बिल्कुल मत करिए ! डॉक्टर ने बताया है कि आपकी हालत में अब धीरे-धीरे सुधार होने लगा है। बस···कुछ ही दिनों में वे लोग आपको यहाँ से डिस्चार्ज कर देगा। वैसे पापा···हमको आपसे एगो बात कहना था। सॉरी ! सॉरी पापा, हो सके तो हमको माफ कर दीजिएगा ! हम आपका सपना पूरा नहीं कर सके ! हम जानते हैं कि आप बचपने से हमको आई.ए.एस. बनाने का सपना देखते आ रहे थे। हम जानते हैं कि इसी कारण से आप हमसे बातचीत करना भी कम कर दिए। पर पापा, हम सच कह रहे हैं। हम अपने तरफ से पूरा प्रयास किए थे। लेकिन वहाँ दिल्ली में तैयारी के दौरान एक बात हमको समझ में आ गया कि आई.ए.एस.

में सेलेक्शन इतना अनसर्टेन चीज है कि बढ़िया-से-बढ़िया धुरंधर भी मार खा जाता है। आई ऐम सॉरी पापा! हो सके तो हमको माफ कर दीजिएगा।" पिता के पास बैठा रूपेश काफी देर तक उनसे अपना मर्म साझा करता रहा और न जाने कब उनकी आँखें लग गईं। उनकी बंद पलकों से अमृत समान आँसू के दो बूँद लुढ़के और जीते-जी रूपेश मानो हजार मौत मरा।

"सर, अंकल अब सो गए हैं। आप भी जाइए और जाकर आराम कीजिए।" नर्स ने धीमे स्वर में कहा।

पिता के शांत और निश्चल चेहरे पर नजरें टिकाए रूपेश आई.सी.यू. से बाहर चला आया। पर मन तो वहीं पिता के सिराहने छोड़ आया था।

उसे कहाँ पता था कि यह मुलाकात पिता से उसकी आखिरी मुलाकात होगी। अगली सुबह उसे आई.सी.यू. में फिर से बुलाया गया। पिता से मिलने के लिए नहीं। उनके पार्थिव शरीर को ले जाने के लिए। पिता की मौत से रूपेश और उसका पूरा परिवार सदमे में आ गया था। सबसे बुरा हाल तो रूपेश की माँ सुलोचना का था, जो पति की मौत की खबर सुन अपनी सुधबुध खो चुकी थी। रूपेश, रिंकी, परिमल सबने लाख प्रयास किया। पर आँसू की एक बूँद भी उसकी आँखों से न गिरी। उसकी आँखें तो जैसे पथरा चुकी थीं। पति की लाश देखने के बावजूद वह मानने को तैयार न थी कि वह हमेशा के लिए उसे छोड़कर जा चुके हैं। बावली होकर वह हर वक्त बाहर दरवाजे पर पति कमला प्रसाद के आने की राह देखती रहती। वैधव्य होकर भी वह अपने आप को विधवा मानने को बिल्कुल तैयार न थी और न ही अपनी माँग से किसी को सिंदूर हटाने की इजाजत दे रही थी।

कमला प्रसाद के गए एक महीने से भी ज्यादा समय बीत गया। पर सुलोचना की हालत में जरा भी सुधार न हुआ। हर समय बुत बनकर वह दरवाजे की तरफ निहारती रहती। माँ की ऐसी हालत देख एक दिन रिंकी उनकी गोद में सिर रख बिलख-बिलखकर रोने लगी। सुलोचना ने जब बेटी को ऐसे कलपते देखा, तब जाकर कहीं उसके दिल में एक टीस उठी और आँखों से आँसू गंगा-जमुना बनकर बहने लगे। माँ की आँखों में आँसू देख रूपेश के लिए यह तय कर पाना मुश्किल हो रहा था कि वह हँसे या रोए। दिल पर पत्थर रख रिंकी ने फिर अपनी माँ की माँग से सिंदूर मिटाया। सुलोचना का रोना बंद नहीं हो रहा था और रोते-रोते न जाने कब उसकी आँखें लग गईं। यह कैसी विडंबना थी कि आज सुलोचना ने अपनी माँग से सिंदूर हटाया और आज ही उसके और कमला प्रसाद के शादी की चालीसवीं

सालगिरह थी। और इसे ईश्वर का खेल ही कहिए कि आज कमला प्रसाद के स्वर्ग सिधारे चालीस दिन गुजर चुके थे।

रूपेश ने देखा कि माँ तो रोते-रोते सो गई। पर रिंकी अभी भी उनके पैताने बैठी बिलख रही थी।

"रिंकी? माँ को सोने दो। तुम बाहर आ जाओ।" रूपेश ने धीरे से आवाज लगाकर अपनी बहन को कमरे से बाहर बुलाया। आँखों से आँसू पोंछ वह बाहर आई और रूपेश से लिपटकर फूट-फूटकर रोती रही। पिता के जाने के बाद बड़ा भाई अपनी बहनों के लिए पितातुल्य हो जाता है। अपने इस दायित्व का निर्वहन रूपेश भलीभाँति कर रहा था। रिंकी के सिर पर हाथ फेर रूपेश ने उसे शांत किया। उसने देखा कि माँ भीतर कमरे में सो रही थी और उसके चेहरे पर आँसू सूखकर पपड़ी बन चुके थे। पर उसने नहीं देखा कि निद्रा में लीन होकर भी सुलोचना अपने पति के साथ थी।

कमला प्रसाद खुद आए थे। नींद में सोई पत्नी को जगाया और मुसकराकर उसके माथे को चूम लिया।

'क्या बात है? बुढ़ापे में यूँ जवानी सूझ रही है आज आपको?' आँखों को मिचमिचाते हुए सुलोचना ने पूछा।

'शादी के इतने साल बीत गए, पर आज तक आपने ऐसा नहीं किया। फिर अचानक ऐसी क्या बात हुई जो आज इतना प्यार उमड़ रहा है अपनी बीवी पर!'

मुसकराते हुए कमला प्रसाद सुलोचना के करीब आए और धीरे से उसके कानों में कहा, 'आज हम दोनों के शादी की चालीसवीं सालगिरह है। सोचा, तुम्हें थोड़ा सरप्राइज दे दूँ, वो भी अपने अंदाज में! सालगिरह मुबारक हो बीवी साहिबा!'

अब सुलोचना ठहरी थोड़े पुराने खयालातों वाली महिला। आजकल की भाँति अपनी भावनाओं का इजहार करना उसे कहाँ आता था। झेंपते हुए पति की बाँहों से निकल वह बिस्तर से उतरी। कमला प्रसाद के चरणस्पर्श कर उनके आशीर्वाद लिये, फिर ड्रेसिंग टेबल के सामने आकर सिंदूर की डिबिया से चुटकी भर सिंदूर निकाल माथे पर लगाने को हाथ आगे बढ़ाया।

पर ये क्या! सिंदूर लगाने के लिए अंगुलियाँ अभी माँग तक पहुँची भी नहीं थीं कि सिंदूर की डिबिया नीचे फर्श पर गिर गई और सारा सिंदूर कमरे में बिखर गया।

यह दृश्य देखकर सुलोचना का हृदय तार-तार हो गया। बड़बड़ाती हुई अभी

खुद को कोस ही रही थी कि किसी ने उसे जोर से झकझोरा। आँखें खुलीं तो पाया कि वह बिस्तर पर पड़ी थी और रिंकी नींद से जगाने की कोशिश कर रही थी।

"क्या हुआ माँ? सपने में क्या अनाप-शनाप बड़बड़ा रही थी? किसे कोस रही थी माँ? चलो उठ जाओ अब!" रिंकी ने कहा तो सुलोचना सीधे आसमान से जैसे जमीन पर ही आ गिरी। अपनी माँग में सिंदूर को टटोला तो रिंकी की आँखें नम होती दिखीं। ऐसा महसूस हुआ जैसे दिल पर किसी ने जोर से पत्थर मारा हो और वह चकनाचूर हो गया। दिल तड़पकर रह गया। समझ में आ गया कि जो कुछ भी देखा वो तो सपना मात्र था और पति से मिलना अब कतई संभव न होगा।

इन सबके बीच राहत देने वाली बात यह थी कि सुलोचना ने अब स्वीकार कर लिया था कि कमला प्रसाद इस मृत्युलोक को छोड़कर जा चुके हैं। अब वह खुद तो नहीं रहे, पर उनकी ढेर सारी यादें सुलोचना के साथ थीं। मन-ही-मन सपने की बात याद कर सुलोचना दीवार पर टँगी कमला प्रसाद की हार से सजी तसवीर देख उन्हें सालगिरह की मुबारकबाद दी और खुद को शांत करने का असफल प्रयास करती रही। डबडबाई आँखों से रिंकी और रूपेश भारी मन से माँ को निहारते रहे। तभी रूपेश का मोबाइल घनघनाया। यह दिल्ली में उसके रूम पार्टनर बंटी का कॉल था।

"हैलो रूपेश! कैसे हो? अंकल के बारे में जानकर बहुत दुःख हुआ दोस्त।" फोन के दूसरी तरफ से बंटी ने अपनी संवेदना प्रकट की। रूपेश ने कोई जवाब नहीं दिया।

"हम जानते हैं तुम अभी बहुत लोनली फील कर रहे होगे! पर हिम्मत से काम लेना मेरे यार। संकट की इस घड़ी में आंटी और रिंकी के लिए तुम ही अकेला सहारा हो।" बंटी की बात सही थी। रूपेश की नजरें अपनी माँ और बहन के रुआँसे चेहरे पर जाकर टिक गईं जिसपर उदासी अपना डेरा जमाकर बैठी थी।

"मेरा छोड़ो! हम देख लेंगे यहाँ। तुम बताओ, तुम्हारा मेंस क्लीयर हुआ कि नहीं?" अपनी उदासी छिपाते हुए रूपेश ने बंटी से पूछा। बंटी इस बार सिविल सर्विस का प्रिलिम्स पास कर मेंस देने बैठा था।

"नहीं यार, हम इस बार भी पास नहीं किए।" बंटी रुआँसा होकर बोला। रूपेश को लगा कि उसने बंटी की दुःखती रग पर हाथ रख दिया है। पर वह गलत था।

"...लेकिन बी.पी.एस.सी. का मेंस निकाल लिए हैं। अब इंटरव्यू देना है। देखते हैं लाइफ किधर ले जाकर पटकता है! खैर...तुम बताओ? आजकल क्या कर रहे हो?"

"एक कंपनी ज्वाइन किए हैं। यहीं पटना में ही पोस्टेड हैं।" रूपेश के शब्दों में दर्द छिपा था, जिसे फोन के दूसरी तरफ मौजूद बंटी ने महसूस किया।

"काहे अपना लाइफ खराब कर रहे हो दोस्त? बी.पी.एस.सी. में अप्लाई करने के लिए अभी भी तुम्हारा उमर खत्म नहीं हुआ। देखो, हम कह रहे हैं अबकी फारम भरो और कूद पड़ो मैदान में, नहीं तो जिंदगी भर अफसोस करते रह जाओगे!" बंटी ने कहा और उसे लगा कि वह गलत समय में रूपेश के जख्मों को कुरेद रहा है। बात बदलते हुए वह बोला, "खैर, छोड़ो ऊ सब! देखो अब अंकल नहीं रहे। उनके बिना आंटी को घर काटने को दौड़ेगा। मेरी मानो तो शादी कर लो और जल्दी से एगो बच्चा करके आंटी की गोद में डाल दो। बच्चे में खोई रहेंगी तो उनको अकेलापन फील नहीं होगा! समझे? हम जानते हैं कि इस समय शादी-ऊदी के बारे में बात करना शोभा नहीं देता। पर सोचना इसपर और जाके बी.पी.एस.सी. का फारम भर दो! चलो, अब हम रखते हैं। इंटरव्यू के लिए मॉक क्लास ज्वाइन किए हैं। जाने का टाइम हो गया है। बाय!" कहकर बंटी ने फोन काट दिया। पर रूपेश के भीतर ठहरा हुआ समंदर अब हिलोर मारने लगा। उसे लगा कि वह कितना अभागा है। उसने जिसे भी चाहा वह उससे दूर हो गया। चाहे आई.ए.एस. हो या पूजा या फिर उसके पिता। सभी उसकी पहुँच से दूर जा चुके थे। बंटी की दी हुई शादी वाली सलाह को उसके अंतस् ने सिरे से नकार दिया, क्योंकि पूजा को भूलकर किसी और के साथ घर बसाना उसके दिल को कतई मंजूर नहीं था। बहुत देर तक वह यू.पी.एस.सी. और बी.पी.एस.सी. के बीच किसी पेंडुलम के सदृश डोलता रहा और पेंडुलम कभी किसी गंतव्य तक नहीं पहुँचता।

□

6

कई मर्तबा देखने में आया है कि इनसान सोचता कुछ है और होता कुछ और है। हम जिंदगी को चाहे जितना भी अपने मन मुताबिक साँचे में ढालने का प्रयत्न करते रहें, जिंदगी एक नए आकार में खड़ी होकर हमें चौंका ही देती है और कई बार यह हमारे लिए कटु अनुभव बनकर भी सामने आता है। पर ऐसी विकट परिस्थिति में भी हमारी सहनशीलता, धैर्य और हमारी सूझबूझ सही दिशा में आगे बढ़ने के लिए हमारा मार्ग प्रशस्त करती रहती है।

जीवन के एक दोराहे पर आकर पूजा को भी लगा था कि उसने अपना सबकुछ खो दिया। पर जतिन जैसा धैर्यवान, सहनशील और प्यार करने वाला जीवनसाथी पाकर काफी हद तक वह उससे उबर भी गई। अपनी सूझबूझ और लगन से जतिन का स्टार्टअप बिजनेस भी अब अच्छे से फलने-फूलने लगा था। एक कंपनी से नया कॉन्ट्रैक्ट लेने के सिलसिले में उसे शिमला जाना था और वह चाहता था कि पूजा भी उसके साथ चले। इसी बहाने उसका घूमना-फिरना भी हो जाएगा। शादी के छह महीने होने को आए थे और आज तक जतिन उसे कहीं घुमाने नहीं ले गया था। फिर इन छह महीनों में पूजा भी अपनी बीती जिंदगी से उबरकर जतिन को पूरी तरह अपना चुकी थी, पर इस अपनेपन में अभी भी तकिए भर की दूरी मौजूद थी। रोज रात दोनों एक ही बिस्तर पर सोते और पूजा बीच में तकिया डाल दिया करती। जतिन ने भी कभी तकिए के पार जाने की कोशिश नहीं की और न ही इसके लिए पूजा से कभी कोई शिकायत लगाई। धीरे-धीरे ही सही, पर पूजा को अपनी इस हिमाकत के लिए शर्मिंदगी होने लगी थी। पिछले कुछ दिनों से रोज वह ठानती कि आज तकिया बीच में नहीं डालेगी। पर ऐसा लगता जैसे तकिए को खुद उनके बीच रहना अच्छा लगने लगा था और रोज रात वह दो जिस्मों को बिना करीब आए एक होते देखता।

'अब मैं इस तकिए को हटाऊँ भी तो कैसे! पता नहीं जतिन क्या सोचेंगे! ओह! आखिर किस मिट्टी के बने हैं ये? अपनी बीवी पर जरा भी हक जताना नहीं आता! और ये तकिया भी न जैसे मेरी सौत बनकर बीच में आ पड़ा है!' पूजा कभी जतिन को कोसती तो कभी तकिए को। तकिए के उस पार जतिन की हालत भी कुछ ऐसी ही थी।

'पता नहीं वो कौन-सी रात होगी, जब ये तकिया हमारे बीच नहीं रहेगा। भगवान् जाने पूजा को मेरी कौन-सी बात बुरी लगती है, जो एक ही बिस्तर पर होकर भी हम इतने दूर-दूर हैं! नहीं, मुझे पूजा के बारे में ऐसा नहीं सोचना चाहिए। आखिर अपना सबकुछ छोड़कर वह इस घर में आई है। मुझे पता है कि वो मुझसे बहुत प्यार करती है। होता है किसी-किसी लड़की के साथ कि वो अपने पति को अपने करीब आने देने में थोड़ा वक्त लगाती है। मैं इतना गिरा हुआ नहीं हूँ कि पूजा की सहमति के बगैर उसके करीब जाऊँ!' तकिए के दूसरी तरफ जतिन अलग ही ऊहापोह में था।

आज अगर तकिए में जरा भी प्राण होता तो वह खुद उन दोनों का हाथ पकड़कर उन्हें एक कर देता। पर ऐसा तो केवल फैंटसी पुस्तकों में संभव है, 'ड्रैमेटिक हिंदी' वाले उपन्यासों में कहाँ!

असल बात तो यह है कि ये जतिन और पूजा दोनों का एक-दूसरे के लिए प्रेम था, जो अब उनके रग-रग में लहू बनकर बहने लगा था।

अगली सुबह जब जतिन नींद से जागा तो पूजा बिस्तर पर नहीं थी। वह वहीं कमरे से लगी बालकनी में बैठ बाहर फैली हरियाली को निहार रही थी। जतिन ने देखा कि उगते सूरज की लालिमा उसके स्निग्ध चेहरे की आभा में चार चाँद लगा रही थी। बिस्तर पर लेटे काफी देर तक उसकी निगाहें पूजा के शांत, निश्चल चेहरे पर टिकी रहीं।

"पूजा?" जतिन ने बिस्तर से ही पुकारा।

"हम्म"

"शिमला चलोगी मेरे साथ?" आशंकित होकर जतिन ने एक ही साँस में पूछ डाला। उसे डर था कि कहीं पूजा मना न कर दे।

जबकि पूजा के लिए तो यह बिन माँगे मुराद पूरी होने वाली बात थी। मन-ही-मन उसने सौ बार 'हाँ-हाँ-हाँ' कहा फिर जतिन की तरफ देख धीरे से अपना सिर हिलाकर बोली, "ठीक है।"

पूजा की हामी सुन जतिन ने राहत भरी साँस ली। मन-ही-मन वह अधीर हुए जा रहा था पर चेहरे पर स्थिर भाव थे।

शिमला जाने की बात जतिन ने अपनी माँ को बताई और साथ में यह भी बताया कि वह काम के सिलसिले में शिमला जा रहा है, फिर पूजा को भी अपने साथ ले जाने की अनुमति माँगी तो वह हँसी-खुशी राजी तो हो गई, पर¨

"जतिन बेटा, तुम्हारे फूफाजी की पोस्टिंग भी तो अभी शिमला में ही है। पूजा को लेकर जा रहे हो तो उन्हीं के घर पर रुक जाना। हम आशा को फोन करके बता देते हैं कि तुम लोग आ रहे हो। तुम तो दिनभर काम के सिलसिले में इधर-उधर रहोगे। पूजा का उन लोगों के साथ मन लगा रहेगा। है न पूजा? हम सही बोले न बेटा?"

शैल ने अपने बेटे-बहू की सहूलियत के लिहाज से कहा और पूजा से सहमति माँगी। अब पूजा बोलती भी तो क्या!

"हाँ माँ जी, आप बिल्कुल सही बोल रही हैं।" मन मारकर पूजा ने सहमति तो दे दी पर वह भीतर-ही-भीतर कुढ़ गई थी।

जतिन भी मन मसोसकर अपनी माँ और बीवी को देखता रहा जिन्होंने मिलकर उसके हनीमून ट्रिप को फैमिली ट्रिप बना डाला था।

"धत्त¨माँ तो कुछ समझती ही नहीं! और ये पूजा भी न! क्या जरूरत थी माँ की हाँ में हाँ मिलाने की!" शैल और पूजा पर नजरें टिकाए जतिन उन्हें लाचारगी से देखता रहा। खाने की टेबल पर बैठा गुड्डू चुपचाप अपने भैया-भाभी के शिमला ट्रिप की हवा निकलते देख रहा था।

"इसे कहते हैं बने-बनाए पर पानी फेरना!" गुड्डू ने एक तीर से दो निशाना साधा और टेबल पर रखे कटोरे से सब्जी निकालकर अपनी प्लेट में डाला। सब्जी में ग्रेवी जरूरत से ज्यादा पड़ी थी। गुड्डू की बातों पर सभी उसकी तरफ ही देखने लगे।

"ऐसी बात नहीं है गुड्डू। माँ तो हम दोनों के कंफर्ट के लिए ही बोल रही है। अब सही ही तो है कि मैं दिनभर मीटिंग में रहूँगा, ऐसे में आशा बुआ के घर पर पूजा का मन लगा रहेगा। है न पूजा?" माँ की तरफ से सफाई देते हुए जतिन ने अपने भाई से कहा फिर पूजा की तरफ देख उससे सहमति माँगी। पूजा अजीब मझधार में फँसी थी। आखिर वह करती भी तो क्या! प्रतिष्ठा में प्राण गँवाने के सिवाय उसके पास अब कोई चारा भी तो नहीं बचा था। उसकी तो माँ की बातों में भी हाँ थी और

पति की बातों में भी हाँ! पर उसके उलट मन-ही-मन सोचती रही कि 'इससे बढ़िया तो यही होता कि मैं शिमला जाती ही नहीं!'

"ओ हैलो-हैलो! जतिन भैया आप गलत समझ रहे हैं। मैं तो सब्जी की बात कर रहा था। देखो, इसमें कितना ग्रेवी भरा पड़ा है! क्या माँ, तुम बने-बनाए पर इतना पानी क्यों फेरती रहती हो?" गुड्डू ने कहा और हाहाकारी नजरों से जतिन उसे देखता रहा। गुड्डू की बातों पर पूजा मुसकराए बिना रह न पाई। तभी गुड्डू फिर से बोला, "मैं भी न एकदम पागल हूँ! अब ये कोई जरूरी तो नहीं कि जो सब्जी तैयार की गई है, मैं उसे खाऊँ ही! कुछ जुगाड़ लगाना पड़ेगा।" कहकर गुड्डू ने कनखी से जतिन और पूजा की तरफ देख चेहरे पर चवन्नी मुसकान भरी और सब्जी के बदले कुछ जुगाड़ ढूँढ़ने रसोई की तरफ बढ़ गया।

चुपचाप खड़ा जतिन अपने छोटे भाई को रसोई के भीतर जाता देखता रहा। उसके चेहरे पर विजयी मुसकान तारी थी, क्योंकि समस्या का जुगाड़ निकल चुका था।

"ठीक है माँ! तुम जैसा चाहती हो वैसा ही होगा।" जतिन ने अपनी माँ से कहा। पर पूजा?

'उफ्फ! हद हैं ये आदमी! तो अपनी माँ को ही लेके क्यों नहीं चले जाते!' पूजा मन-ही-मन बड़बड़ाई और कुढ़कर अपने कमरे में चली आई। कुछ देर बाद जब जतिन कमरे में आया तो पूजा के जी में आ रहा था कि वह अपने मन का हाल उससे कह डाले कि शिमला में वह उसके साथ अकेले समय बिताना चाहती है। पर अफसोस! एक बार फिर से वह प्रतिष्ठा में ही प्राण गँवाती नजर आई। जतिन का हाल भी उससे कुछ अलग नहीं। पर उसने शिमला ट्रिप को फैमिली ट्रिप न बनने देने का तोड़ निकाल लिया था।

***

तीन दिन बाद।

शनिवार को तड़के ही शिमला के लिए उनकी ट्रेन थी। आज पूजा और जतिन पहली बार एक साथ किसी सफर पर निकल रहे थे। हालाँकि सफर के दो दिन पहले से ही पूजा अपनी सास के मुँह से आशा बुआ के घर पर बरतने वाले डूज एंड डोंट्स की एक लंबी फेहरिस्त सुनकर सहमी हुई थी।

"जतिन, मुझे शिमला जाने का बिल्कुल भी मन नहीं कर रहा।" ट्रेन की खिड़की से बाहर झाँकते हुए पूजा ने बुझे मन से कहा। जतिन उसके मन की हालत भलीभाँति समझ रहा था।

"हम्म...मन तो मेरा भी नहीं कर रहा। पर जाना जरूरी है न! तुम चिंता मत करो। आशा बुआ के घर पर सबके बीच तुम्हारा मन लगा रहेगा। मेरा क्या है, मैं तो दिनभर अपने काम में उलझा रहूँगा।"

जतिन ने पूजा के मन की टोह लेनी चाही। वह हलके-फुलके मूड में था, क्योंकि जानता था कि यह ट्रिप उसके जीवन का एक यादगार ट्रिप बनने वाला है। पर पूजा? जतिन के जुगाड़ से अनजान वह उसकी बातें सुनकर कुढ़ गई थी और उसके अब तक के सब्र ने जवाब दे दिया।

"क्या हम लोग कहीं और नहीं चल सकते? शिमला जाना जरूरी है क्या?"

"पूजा, तुम भूल रही हो। शिमला में मेरी जरूरी मीटिंग है। पर टेंशन बिल्कुल मत लेना! वहाँ पूरी फैमिली मिलकर चलेंगे शिमला घूमने! बहुत मजा आएगा! है न पूजा?" जतिन ने कहा और बड़ी मुश्किल से अपनी हँसी भीतर दबाए रखा। अपने स्वभाव से इतर आज वह बिल्कुल अलग ही मूड धारण किए था। पर पूजा इससे एकदम अनजान थी। जतिन की बातों पर वह मन-ही-मन भुनभुना रही थी।

"दुर्र...मुझे नहीं जाना कहीं घूमने-वूमने! आप ही जाइए!" और यह देखकर वह कुढ़ गई कि उसे उदास देखकर भी जतिन का मुसकराना बंद नहीं हुआ। उलटे हद तो तब हो गई जब जतिन उसे देखकर ठहाके लगाने लगा। आसपास बैठे मुसाफिर भी अब उसे ही देखने लगे थे। पूजा तो उसे पागल ही समझ रही थी। सोच रही थी कि दिन-रात काम करते-करते इसका दिमाग खराब हो गया है। कहाँ हनीमून ट्रिप सोचकर हाँ कहा था और पूरे प्लान का सत्यानास कर डाला।

"हँस क्यों रहे हैं? मैंने कोई जोक तो मारा नहीं! फिर... ?"

"...फिर! मोबाइल लेकर आई हो?" बड़ी मुश्किल से अपनी हँसी पर काबू पाकर जतिन ने पूछा।

"हाँ, लाई हूँ। क्यों? क्या हुआ?"

"नहीं, पहले अपना मोबाइल निकालो।" कहकर जतिन ने अपना हाथ बढ़ा दिया। किसी अबूझ पहेली की भाँति पूजा उसे देखती रही फिर अपना मोबाइल उसके हाथ में रख दिया।

"अब अपने माँ-पापा को कॉल करके यह बता दो कि तुम शिमला घूमने जा रही हो। मोबाइल डिस्चार्ज होने वाला है और चार्जर लाना भूल गई हो। इसलिए अगर मोबाइल बंद मिले तो टेंशन बिल्कुल न लें।" जतिन ने मुसकराकर पूजा से कहा। सामने वाले लोअर बर्थ पर बैठा मुसाफिर उनकी बातें बड़े गौर से सुन रहा था।

"कोई बात नहीं भाई साहब! चार्जर है मेरे पास। लीजिए, आप भाभीजी का मोबाइल इसी से चार्ज कर लीजिए।" और सामने की सीट पर बैठे मुसाफिर ने फर्ज समझकर अपना चार्जर उनकी तरफ बढ़ा दिया।

"नो, थैंक्स।" जुगाड़ सिद्ध करने में लगे जतिन ने उसकी मदद को सिरे से ठुकरा दिया।

"पर चार्जर तो है मेरे पास! फिर मैं झूठ क्यों बोलूँ? हाँ?" पूजा की सवालिया निगाहें जतिन पर टिक गईं। उसे समझ में नहीं आ रहा था कि आखिर जतिन के दिमाग में चल क्या रहा है!

"ठीक है। मैं घर पर कॉल करके माँ को बता देता हूँ कि मेरा चार्जर घर पर ही छूट गया है।" जतिन ने कहा और जेब से मोबाइल निकाल उसके स्क्रीन पर अपनी अंगुलियाँ फिराने लगा।

"जतिन, आखिर चल क्या रहा है आपके दिमाग में? करना क्या चाह रहे हैं आप?" भौंहें उचकाते हुए पूजा ने पूछा। अभी तक वह सारी बातों से अनजान जो थी। सामने वाली सीट पर बैठे पैसेंजर की निगाहें भी अब उन दोनों पर ठहर गई थीं। दोनों पति-पत्नी को अब वह शक की निगाह से देखने लगा था। उसे लग रहा था कि जतिन किसी और की बीवी को भगाकर ले जा रहा है। पूजा ने देखा कि जतिन ने अपनी माँ को फोन लगाया।

"माँ प्रणाम! माँ, मेरे मोबाइल का चार्जर शायद घर पर ही छूट गया है। इसलिए मोबाइल बंद मिले तो चिंता मत कीजिएगा! ठीक है न! और मेरी मीटिंग शिमला से थोड़ी दूर शिफ्ट हो गई है। इसलिए हम आशा बुआ के घर पर ठहर नहीं पाएँगे। देखते हैं! टाइम मिलेगा तो हो आएँगे एकाध बार! रखते हैं अब, नहीं तो मोबाइल बंद हो जाएगा। प्रणाम!" इससे पहले कि दूसरी तरफ से शैल कुछ बोल पाती, जतिन ने फोन कट करके स्विच ऑफ कर दिया। उसे इस बात का भी ध्यान न रहा कि उसकी झूठ बड़ी आसानी से पकड़ी जा सकती थी, क्योंकि मोबाइल का चार्जर हर शहर में बड़ी आसानी से खरीदा जा सकता था। खैर···पास बैठी पूजा को अब जाकर पूरा माजरा समझ में आया। जतिन ने उसकी तरफ देखा तो उसके चेहरे पर मुसकान थिर गई।

"क्या?" जतिन ने भौंहें उचकाकर पूछा। वह अपनी हँसी रोक नहीं पा रहा था और अंततः ठहाके लगाकर हँसने लगा।

"इश्श···धीरे-धीरे! हम ट्रेन में हैं अभी! मुझे क्यों नहीं बताया कि आपके

दिमाग में चल क्या रहा है! खामख्वाह, पिछले दो-तीन दिनों से मैं परेशान हो रही थी!" मुसकराकर पूजा ने मुँह बनाते हुए कहा, फिर सामने वाले पैसेंजर पर निगाह डाली जो बड़े गौर से उनकी बातचीत सुनकर मुसकरा रहा था।

"सॉरी भाभीजी! मैं कुछ और ही समझ बैठा था! मुझे लगा कि भैयाजी किसी और की बीवी को भगाकर ले जा रहे हैं!" सामने बैठे पैसेंजर ने कहा जो उम्र से यही कोई तीस-बत्तीस साल का रहा होगा और एक बार फिर से कंपार्टमेंट ठहाकों से गूँज उठा।

"क्या हुआ गुरु? इतनी बत्तीसी क्यों निकाल रहे हो?" अपर बर्थ से एक पैसेंजर की आवाज आई जो शायद सामने वाली सीट पर बैठे मुसाफिर के साथ ही सफर कर रहा था।

"पूजा, अब अगर तुम नहीं चाहती कि तुम्हारे मोबाइल पर आशा बुआ के घर से कोई कॉल करे तो वही करो जो मैंने किया है।" जतिन ने कहा और पूजा मोबाइल पर अपने मायके बात करने लगी। यह सबूत था कि दोनों पति-पत्नी मन से एक-दूसरे के करीब आ चुके थे। अब बस तन मिलना बाकी था। दोनों की पूरी यात्रा फिर एक-दूसरे से बातचीत करते हुए ही बीती। जतिन ने आज पहली बार देखा कि खिलखिलाकर हँसते समय पूजा के गालों पर डिंपल पड़ते हैं। आज महीनों बाद पूजा का बचपन एक बार फिर से उसके चेहरे पर उभरकर आया था। सच ही तो है कि हमारे भीतर छिपा बच्चा उसी के सामने बाहर आता है जिसके साथ हम बिल्कुल सहज महसूस करते हैं। ऊपर बैठा मुसाफिर भी नीचे आकर सामने वाली सीट पर अपने दोस्त के साथ बैठ गया। वे दोनों पैरा मिलिटरी फोर्स के जवान थे और छुट्टी बिताकर ड्यूटी ज्वाइन करने जा रहे थे। जतिन और पूजा अब पति-पत्नी के साथ एक-दूसरे के अच्छे दोस्त भी बन चुके थे। दोपहर में खाना खाने के बाद जतिन ने देखा कि पूजा झपकी ले रही थी।

"नींद आ रही है क्या? सोना है?" जतिन ने पूजा से पूछा जिसकी पलकें झप रही थीं।

"भाभीजी, आप इस बर्थ पर आकर सो जाइए। हम दोनों अपर बर्थ पर चले जाते हैं। भैया आप भी आराम करिए।" सामने बैठे मुसाफिर ने कहा और दोनों ऊपर आमने-सामने वाली अपर बर्थ पर जाकर लेट गए। पूजा का अपर बर्थ था। उस मुसाफिर की बातों ने पूजा को अपने बीते दिनों की याद दिला दी, जिसे अब वह पूरी तरह भूल जाना चाहती थी। सीट पर लेटकर उसने अपनी आँखें मूँद लीं। जतिन

भी सामने वाली लोअर सीट पर लेट गया। काफी देर तक दोनों आँखें मूँदकर लेटे रहे। पर नींद का कहीं नामोनिशाँ न था। पूजा भी कई महीनों के बाद आज खुद को बड़ा हलका महसूस कर रही थी। उसके चेहरे पर सुकून के भाव थे जिसने उसकी खूबसूरती में चार-चाँद लगा डाले थे। आँखे मूँदे दोनों काफी देर तक लेटे रहे। पर ध्यान अपर बर्थ पर चल रही गुफ्तगू पर टिकी थी।

"यार, तुमने शादी-वादी किया कि नहीं या अभी तक बंडा ही है? देख जरा लोअर बर्थ पर झाँककर! दोनों भैया-भाभी कितने परफेक्ट कपल हैं! इन दोनों की लाइफ सेट है दोस्त!"

अपर बर्थ पर लेटे एक मुसाफिर ने दूसरे से कहा। आँखें मूँदकर लेटे जतिन और पूजा उनकी बातें सुन रहे थे।

"नहीं यार, कहाँ किए अभी तक शादी! पर अब हमसे रहा नहीं जाता!"

"क्यों भाई? क्या हुआ?"

"एक लड़की है शिल्पा। हम उससे बहुत प्यार करते हैं। ऊ भी हमसे करती है।"

"तब? दिक्कत क्या है? जब मियाँ-बीवी राजी तो क्या करेगा काजी!"

"भक्क भोसड़ी! ओकर एगो कुँआरी बड़ बहिन है! इसलिए ऊ बोलती है, पहले दीदी का बियाह होगा तब्बे माँ-पापा हमार शादी के लिए बात चलावेंगे! अब करें तो क्या करें! हमको तो एकदम्मे समझिए में नहीं आता! साला कंट्रोल हम दोनों में किसी को नहीं हो रहा। दोनों के तन-मन में आग लगा हुआ है। पर मिटावे तो कैसे!"

"काहे? इसमें क्या दिक्कत है?" अपर बर्थ से पैसेंजर की आवाज आई जो बड़े चाव से अपने मित्र की दु:ख भरी दास्ताँ सुन रहा था। उनकी बातचीत नीचे लोअर बर्थ पर लेटे जतिन और पूजा के कानों तक भी पहुँच रही थी। मन-ही-मन मुसकराते हुए वे दोनों भी उनके वार्त्तालाप को बड़े चाव से सुनते रहे।

"हम दोनों का घर आरा में ही है। वो बस से हमको पटना जंक्शन तक छोड़ने भी आई थी।"

"उसके मम्मी-पापा उसको आने दिए?"

"नहीं, ऊ झूठ बोलके आई थी।"

"भाई, हमको तो लगता है, वो तुमको ट्रूरू वाला लव करती है। नहीं तो कौन आता है एतना रिस्क लेके अपना लभर को छोड़ने!"

"हम्म···बात तो सही है। पर यार का बतावें! दिल पर न साला कटार चल रहा है। एकदम कंट्रोले नहीं हो रहा!"

"ऐसे कैसे चलेगा दोस्त! थोड़ा कंट्रोल तो करना पड़ेगा न!"

"भक्क! आरा से लेके पटना तक हम दोनों सेक्स करते आए हैं।" अपर बर्थ पर लेटे मुसाफिर ने बताया जिसे सुन उसका दोस्त ऐसे अचकचाया मानो वह बर्थ से नीचे उलट पड़ेगा।

"का बोल रहे हो! सेक्स? वो भी बस में? पगला गए हो का बे!"

"हाँ, हम सच बोल रहे हैं। हम दोनों टो-सेक्स किए थे।"

"हैन्न्न···! टो-सेक्स! ई कइसन सेक्स है? एतना उमर में हम आज तक सब सेक्स के बारे में सुने हैं। पर टो-सेक्स? ऊ कैसे होता है? साला···इंटरनेट पर भी आज तक ऐसा कुछ देखे नहीं! वाह दोस्त! तुम तो बड़ा उस्ताद निकले। सेक्स कर लिये और ऊ भी बस में!"

"भक्क···! मजाक मत उड़ाओ। टो-सेक्स, मतलब हम नहीं। हम दोनों के पैर का अँगूठा सेक्स किया।"

नीचे लोअर बर्थ पर लेटी पूजा की हँसी बरदाश्त से बाहर हो रही थी। चादर सिर तक ढककर उसके पीछे वह हँस-हँसकर लोटपोट हुए जा रही थी। आखिर टो-सेक्स किस बला का नाम है, वह भी जानना चाहती थी। उसे ध्यान ही न रहा कि जतिन की निगाह उसपर ही टिकी थी और वह भी अपर बर्थ पर चल रही आपबीती को सुन मुसकरा रहा था।

"हम उसको अकेले छोड़के दूर जा रहे थे न! तो बस में ऊ मेरा हाथ थामकर बैठी थी, एकदम हमसे सटकर। अपना सैंडल खोलकर वह अपना पैर भी मेरे पैर के ऊपर चढ़ाकर रखी थी। मेरा शरीर खिलकर बगीचा हुए जा रहा था। हम भी उसके पैर का अँगूठा अपने पैर के अँगूठे में फँसा लिये।"

"फिर?"

"फिर का! उसका अँगूठा मेरे पैर के अँगूठा में ऐसे करवट ले रहा था कि मेरा मन कर रहा था···"

"का दोस्त? का कर रहा था तुम्हारा मन?"

"साला, ट्रेन का टाइम हो रहा था, नहीं तो पटना स्टेशन पहुँच के कोई होटल-वोटल ले लेते!"

"कोई बात नहीं भाई! तुम तो प्यार में नया आविष्कार कर दिए टो-सेक्स

करके। साला इतिहास में अइसन सेक्स आज तक कोई नहीं किया होगा। तुम अमर हो गया रे! चलो, अब अपना पकड़के···म मेरा मतलब अपना मुँह उधर करके सो जाओ! कालका पहुँचने में अभी बहुत टाइम है।" और दोनों अपना मुँह फेरकर सोने की कोशिश करने लगे। लोअर बर्थ पर लेटे जतिन और पूजा टो-सेक्स की विवेचना सुनकर लोटपोट हुए जा रहे थे।

अगले दिन तड़के ही ट्रेन ने कालका स्टेशन को छू लिया जहाँ से ट्रेन बदलकर जतिन और पूजा की शिमला तक के लिए टॉय ट्रेन की रोमांचक यात्रा शुरू हुई। पाँच घंटे के इस अविस्मरणीय सफर का दोनों ने खूब लुत्फ उठाया। ढेर सारे सुरंग और घुमावदार रेलवे ट्रैक्स को पार करके ट्रेन शिमला पहुँची, जहाँ स्टेशन के बाहर होटल की गाड़ी अपने मेहमान को ले जाने के लिए खड़ी थी।

"आपने पहले से पूरी प्लानिंग कर रखी थी। फिर माँ के सामने मुझे इतना तंग क्यों किया?" कार की पिछली सीट पर जतिन के बगल में बैठी पूजा ने मुसकराकर पूछा। जतिन ने कोई जवाब नहीं दिया और मुसकराकर पूजा को देखता रहा। जतिन की मुसकराहट में छिपी शरारत को पूजा ने पढ़ लिया था।

"अच्छा बच्चू, तुम तो बड़े छुपे रुस्तम निकले!" जतिन पर नजरें टिकाए पूजा मन-ही-मन सोचती रही। तब तक होटल आ चुका था। कार होटल के सामने आकर रुकी। इससे पहले कि पूजा कार से बाहर आती, ड्राइवर की नजरें बचाकर जतिन ने एक चुम्मा पूजा के गाल पर जड़ दिया। पूजा को जरा भी अंदेशा न था कि आगे बढ़कर जतिन खुद से कभी ऐसा कुछ करेगा। फिर पूजा ने भी तो आज तक उसे खुद से दूर-दूर कर रखा था। उसे ऐसा लगा कि एक-एक करके अब उनके बीच की सारी बेड़ियाँ खुलने लगी थीं। वह कार से बाहर आई तो हर तरफ फैली शिमला की खूबसूरत हरी-भरी वादियाँ मानो उसके स्वागत में अपना आँचल फैलाए थीं। दूर कहीं कोई फिल्मी धुन जैसे उसके दिल का हाल बयाँ कर रही थी।

"हमने समझा था गोल्डन जुबिली जिसे,
मैटिनी दिखा के चुम्मा ले गया···"

"पूजा, तुम कमरे में जाओ। रिसेप्शन पर चेक-इन करके मैं अभी आया।" पूजा की तरफ देख जतिन ने चुहल से कहा।

"आइए मैडम, दिस साइड," भारी भरकम बैग दोनो हाथो में उठाए होटल का एक स्टाफ उनके कमरे की तरफ बढ़ने लगा। हर तरफ की मनमोहक प्राकृतिक

छटाओं को निहारती हुई पूजा मन-ही-मन कोई गीत गुनगुनाती हुई होटल स्टाफ के पीछे चलने लगी।

जतिन ने एक आलीशान कमरा बुक किया था, जहाँ लगेज रखकर होटल स्टाफ वापस चला गया। कमरे में हर एक चीज बड़े ही सलीके से सजाकर रखी हुई थी। दीवारों पर टँगी पेंटिंग्स कमरे को हेरिटेज लुक दे रही थीं। एक तरफ चिमनी में आग जल रही थी, जो इस ठिठुरती ठंड में बड़ा सुकून देने वाली थी। पर इन सब सुविधाओं से इतर पूजा का ध्यान कमरे में जिस चीज ने अपनी तरफ खींचा वो थी कमरे में तकिए की गैर-मौजूदगी। पूजा ने पूरा कमरा छान मारा। पर तकिया कहीं नहीं मिला।

'मिस्टर जतिन, मैं तो आपको एक नंबर का बुद्धू समझती थी। पर आप तो मँजे हुए खिलाड़ी निकले। पहले तो चुम्मा देकर मुझे चौंका दिया और अब तकिया गायब। आने दो जरा! फिर मैं पूछती हूँ जनाब से!' तभी कमरे के दरवाजे पर किसी की दस्तक हुई। यह जतिन ही था।

"क्या समझते हैं आप अपने आपको?" कमरे में पैर रखते ही जतिन से पूजा ने पूछा। जतिन को वह गुस्से में लग रही थी। जतिन को लगा कि पूजा कमरे में तकिया नहीं होने की वजह से नाराज है। फिर सोचने लगा कि कहीं पूजा किस करने की वजह से तो नाराज नहीं हो गई? मन में ढेर सारे सवाल उमड़ने लगे थे।

"जतिन, मैं आपसे कुछ पूछ रही हूँ?"

"व-व-वो, पिलो, मुझे लगा! अच्छा, ठीक है, मैं कॉल करके तकिया अभी मँगवा देता हूँ।" जतिन ने हकलाते हुए कहा और कमरे में रखे टेलीफोन की तरफ बढ़ने लगा।

"लल्लू कहीं का!" जतिन की मासूमियत पर पूजा को प्यार आ रहा था।

"तकिया! क्या तकिया? पर मैंने तो तकिए के बारे में कुछ पूछा ही नहीं! मैं तो यह कह रही हूँ कि आपने आज ब्रेकफास्ट क्यों नहीं किया? देखिए, आपका खाना टिफिन बॉक्स में ऐसे ही पड़ा हुआ है।" पूजा ने कहा और बड़ी मुश्किल से अपनी हँसी भीतर दबाए रखी।

पूजा की बातें सुन जतिन की जान में जान आई। पर उसकी चोरी पकड़ी गई थी। दरअसल बुकिंग करते वक्त उसने होटल वाले को पहले ही चेता दिया था कि उसके कमरे में एक भी तकिया दिखा तो बुकिंग कैंसिल। पर उसे कहाँ पता था कि पूजा ऐसे उसकी फिरकी लेगी। जतिन का मासूम चेहरा देख पूजा से बरदाश्त नहीं हुआ और वह पेट पकड़कर हँसने लगी।

"क्या हुआ ? हँस क्यों रही हो ?" बिस्तर के करीब आकर जतिन ने लोटपोट होती पूजा से पूछा।

"वाह पतिदेव! बेवकूफ बनाना सिर्फ आपको ही आता है!" जतिन की भोली सूरत पर नजरें टिकाए पूजा ने खिलखिलाकर कहा। कमरे में तकिए की अनुपस्थिति और पूजा के चेहरे की चमक पति-पत्नी के एक होने का संकेत दे रहे थे। जतिन की प्लानिंग कामयाब रही। उसने जैसा सोचा था हूबहू वैसा ही हुआ। शिमला ट्रिप उन दोनों के शादीशुदा जीवन के लिए एक यादगार लम्हा बनकर साबित हुआ जहाँ पूजा तन-मन से जतिन की हो चुकी थी। क्वीन ऑफ हिल की सप्ताह भर की यात्रा दोनों के लिए रोमांस और रोमांच से भरपूर रही।

पूरे शिमला में फैले देवदार के घने जंगल, ब्रिटिश आर्किटेक्चर बिल्डिंग्स के बीच पूजा जैसे सबकुछ भूल चुकी थी। उसे याद रहा तो बस जतिन का साथ। चाहे वो बर्फ से ढके कुफरी में यॉक राइडिंग करना हो या फिर मॉल रोड पर एक-दूसरे का हाथ थाम घंटों सैर-सपाटे का लुत्फ उठाना। पूजा हरेक पल को अपनी आँखों में कैद कर लेना चाहती थी। आखिर बड़ी मुश्किल से उसके जीवन में ये पल जो आए थे। अपने पूरे सफर के दौरान पूजा रोज जतिन के साथ शिमला के हेरिटेज चर्च जाती और प्रभु यीशु के समक्ष अपने सुखमयी वैवाहिक जीवन के लिए प्रार्थना करती।

शिमला के इस रूमानी सफर में अपने जीवनसाथी के संग पूजा बच्ची बनी जा रही थी और जतिन उसके बचपन को भरपूर जी रहा था। दिन-भर के सैर-सपाटे और मौज-मस्ती के बाद भी पूजा का जी न भरता और जिद करके रोज शाम जतिन के साथ शिमला के सनसेट प्वाइंट रिज पर ढलते सूरज का खूबसूरत नजारा देखने चली आती।

जतिन ने सोच रखा था कि वापसी के समय वह आशा बुआ के घर भी हो आएगा। पर उसकी चोरी तब पकड़ी गई, जब दोनों पति-पत्नी शिमला में आठ हजार फीट ऊँचे जाखू पीक पर स्थित जाखू मंदिर में भगवान् हनुमान का दर्शन करने पहुँचे।

"हे···जीतू भइया! पूजा भाभी!" दर्शनार्थियों से भरे जाखू मंदिर में किसी ने पूजा और जतिन को आवाज देकर पुकारा तो अचंभित होकर उन्होंने पलटकर देखा। पर सामने आशा बुआ को खड़ा देख उनकी घिग्घी बँधती नजर आई।

"क्या दुलहिन! फुआ-फुफा को एकदम भुलाइए गई!" आशा बुआ अपने ही अंदाज में बोली।

"प्रणाम फुआ! नहीं, ऐसी बात नहीं है फुआ!" पूजा ने मुसकराते हुए कहा और आशा बुआ का चरणस्पर्श करने के लिए झुकी। जतिन भी उनके पैर छूने के लिए आगे बढ़ा। पर आशा बुआ तो ठहरी अपने में एकदम अलहदा, एकदम यूनिक! सास शैल ने यूँ ही पूजा को उसके आसपास बरतने के लिए डूज एंड डोंट्स की लंबी फेहरिस्त नहीं गिनाई थी। इससे पहले कि पूजा और जतिन आशा बुआ के पैर छूते, बड़ी फुरती से उन्होंने अपने पैर पीछे खींच लिए।

"अरे मैया रे मैया! बाप रे˙˙ई का कर रही हो दुलहिन! हनुमानजी के सामने हमार पैर छूके पाप लगाओगी? अब तुमसे हम का शिकायत करें! तुम तो नया-नया ढुकी हो घर में! हम तो ई जतिनवा के कान पकड़ेंगे! अईं रे लड़का, तुम हमको ई बताओ कि अपना घर रहते होटल काहे लिया? हमरा घर में का माड़ गिरल था? शैल बोली कि तुम्हारा मीटिंग शिमला से चालीस किलोमीटर दूर चैल में है। केतना फोन लगाए हम तुम दोनों के मोबाइल पर! पर ऊ भी स्वीचे ऑफ बता रहा था।" ठेठ बिहारी अंदाज में आशा बुआ का बोलना जारी रहा। पूजा अब समझ गई थी कि उसकी सास ने उनके बारे में जो कुछ भी बताया था वह गलत नहीं था।

"अरे भाभी, आप छोड़िए ई सब! मम्मी का ऐसे ही आदत है बोलते रहने का। अब एक बार बोलना चालू की है न, तो जतिन भैया का आधा दिमाग खाके ही मानेगी! आप तो हमको ई बताइए कि हनीमून ट्रिप कैसा रहा?" एक आँख उचकाते हुए आशा बुआ की बड़ी बेटी रूबी ने मुसकराकर पूछा तो पूजा झेंप गई।

"हम तो पहले ही समझ गए थे कि आप दोनों हनीमून ट्रिप पर आ रहे हैं। पर मम्मी को समझिए में नहीं आता कि हनीमून ट्रिप कोई परिवार के घर पर थोड़े ही मनाता है!" कहकर रूबी खिलखिलाकर हँसने लगी।

"चलो, दुलहिन हम चलते हैं। आओ तुम दोनों घर पर। अब कोई बहाना नहीं चलेगा! हम इंतजार करेंगे तुम्हारा! ठीक है न?" ढेर सारी हिदायतों का पुलिंदा पूजा को बँधाकर आशा बुआ चली गई और तब कहीं जाकर जतिन और पूजा ने राहत भरी साँस ली।

हनीमून ट्रिप खत्म होने में अभी दो दिन बाकी बचे थे। दोनों ने इस ट्रिप और एक-दूजे को भरपूर जिया। सफर के अंत में वे आशा बुआ के घर भी गए। पूजा और जतिन की शादीशुदा जिंदगी में इस ट्रिप ने एक बहुत बड़ी भूमिका निभाई थी और सबसे अच्छी बात यह हुई कि जतिन को उसका कॉन्ट्रैक्ट मिल गया, जो उसके स्टार्टअप बिजनेस को आगे बढ़ाने में बहुत मददगार साबित होने वाला था।

अपनी कंपनी खोलकर उसने कई लोगों को नौकरियाँ बाँटी थीं और इस डील को पूरा करने के लिए कई और लोगों को नौकरियाँ मिलने वाली थीं। खुद को IAS फेल समझने वाला जतिन वापसी के सफर में अपने उन दिनों को याद करता रहा जब आई.ए.एस. की तैयारी में उसने अपने दो साल बरबाद कर डाले। बिना खुद को आँके और सर्वाइवरशिप बायस (survivorship bias) से ग्रसित होकर जतिन ने किसी सफल ब्यूरोक्रेट की कहानी पढ़ आई.ए.एस. बनने का ठान तो लिया, पर जल्द ही उसे अपनी गलती का अहसास हो गया कि वह इसके लिए बना ही नहीं। हालाँकि खुद को आई.ए.एस. के लिए तैयार करने के दौरान उसने अपना भविष्य कहीं और देख लिया और घर आकर स्टार्टअप बिजनेस में कूद पड़ा।

□

7

मानव जीवन एक रॉलर कोस्टर है। बारी-बारी से यह राह में पड़ने वाले सुख-दुख, जीत-हार, मिलना-बिछुड़ना जैसे अनुभवरूपी हिंडोलों से हमें दो-चार करवाते हुए आगे बढ़ता जाता है। कुछ पल हमें सुखद अहसास दिलाकर राह में पीछे छूट जाते हैं तो कुछ कटु अनुभव बनकर पूरे सफर हमें टीस मारते रहते हैं। हमारे पास चुनाव करने जैसा कोई विकल्प नहीं होता। सीटबेल्ट बाँधकर अपनी कुरसियों में बैठे हम इनसानों को रॉलर कोस्टर के मार्ग में आनेवाले हरेक उतार-चढ़ाव से बस जूझना होता है। कई दफा अपनी आँखें मूँद हम सच्चाई को झुठलाने का प्रयास करते हैं। पर जीवन तो चलने का नाम है। भूलकर भी गर हमने चलते रॉलर कोस्टर के सीटबेल्ट को खोलने का प्रयास किया तो यह हमारे साथ-साथ बाकी मुसाफिरों के लिए भी खतरनाक साबित हो सकता है। मानव जीवन एक रॉलर कोस्टर है।

पूजा और जतिन का एक होना उनकी शादीशुदा जिंदगी में ढेर सारी खुशियाँ संग लेकर आया। जल्दी ही पूरा घर नए मेहमान की किलकारी से गूँज उठा। एक प्यारी-सी बिटिया को जन्म देकर पूजा अब माँ बन चुकी थी। सबने मिलकर बड़े प्यार से उसका नाम जाह्नवी रखा। जाह्नवी में जतिन और पूजा के जैसे प्राण ही बसते थे। उसके मुँह से निकलने वाली हरेक छोटी-बड़ी फरमाइश को पूरी करना जतिन अपनी जिम्मेदारी समझता। जतिन का कारोबार भी उसकी कड़ी मेहनत और सूझबूझ की वजह से सफलता के परचम लहरा रहा था। छोटे भाई गुड्डू के बिजनेस में साथ देने से जतिन की राह और आसान हो गई जिसका फायदा कारोबार की सफलता में दिखने लगा था। स्टार्टअप से शुरू किया गया जतिन का व्यवसाय अब एक बड़े कारोबार का रूप धारण कर चुका था। समय बीतने के साथ जतिन एक सफल कंपनी का मालिक बन चुका था और जिसमें गुड्डू बराबर का साझेदार था। दोनों भाई मिलकर रोज सफलता के नए आयाम गढ़ रहे थे। दिन बीतते गए और कैसे

पाँच साल गुजर गए, पता भी न चला। जाह्नवी अब स्कूल जाने लगी थी। नन्हे पाँव फलाँगकर रोज वह अपनी माँ का हाथ थाम बस के दरवाजे तक आती और स्कूल नहीं जाने के सौ पैतरे गढ़ती।

"माँ, मुझे न तुमसे एक जरूरी बात डिस्कस करनी है। मुझे एक आइडिया आया है।" बस के दरवाजे पर नन्हे पैरों को टिका जाह्नवी ने दादी अम्मा जैसी शक्ल बनाकर समझदारी भरी बातें कीं। पूजा उसकी होशियारी से भलीभाँति परिचित थी।

"अच्छा! अभी स्कूल जाने के समय क्या जरूरी बात डिस्कस करनी है दादी अम्मा!"

"मैं क्या सोच रही थी कि तुम दिनभर अकेले काम करते-करते थक जाती होगी! दादी भी बूढ़ी हो चली है। हम्म···अगर तुम चाहो तो मैं स्कूल नहीं जाकर तुम्हारी हेल्प करने को तैयार हूँ।" जाह्नवी ने बड़ी होशियारी से कहा फिर बस कंडक्टर की तरफ देखकर उससे बोली, "बस अंकल, आप टीचरजी से बोल देना कि जाह्नवी अपनी माँ की हेल्प कर रही है। इसी कारण स्कूल नहीं आ पाएगी। वैसे भी कल टीचरजी ने मुझे सिखाया था कि हमें घर पर माता-पिता के कामों में हाथ बँटाने चाहिए।" जाह्नवी के बहाने सुन बस कंडक्टर भी मुसकराने लगा था।

"जी नहीं! रहने दीजिए आप अपनी हेल्प। मुझे नहीं चाहिए। आप बस स्कूल जाइए और मन लगाकर पढ़ाई करिए। समझी मेरी दादी अम्मा?" कहकर पूजा ने बस कंडक्टर को इशारा किया और उसने जाह्नवी का हाथ पकड़कर बस के भीतर खींच लिया। मगर जाह्नवी इतनी आसानी से हार मानने वालों में से नहीं थी। जब कभी माँ के सामने उसकी नहीं चलती तो पिता के आने पर उनकी गोद में बैठ अपनी पैरवी लगाती। जतिन का दिल जाह्नवी की चिकनी-चुपड़ी बातों से पिघल जाया करता।

"पूजा, जाह्नवी अभी बच्ची है। क्या तुम्हें नहीं लगता कि इतनी छोटी सी जान पर हमने पढ़ाई-लिखाई का कुछ ज्यादा ही बोझ लाद दिया है?"

जतिन ने पूजा से अपनी लाड़ली की पैरवी लगाई। पूजा ने देखा कि कमरे में मौजूद जाह्नवी सोफे पर बड़े आराम से किसी पुस्तक से अपना चेहरा ढककर बैठी है जैसे पढ़ने में मग्न हो। बिस्तर से उठकर वह जाह्नवी के पास गई और उसके हाथ की पुस्तक को अपनी तरफ खींच लिया।

"पापा से सिफारिश लगवाकर तुम स्कूल जाने से बच नहीं सकती! और अगर

पढ़ाई ही करनी है तो पुस्तक सीधी करके पढ़ो!" माँ की डाँट से जाह्नवी का खिला चेहरा रुआँसा हो गया और कनखी से अपने पिता को देखती रही।

"पापा की तरफ देखने से कोई फायदा नहीं होने वाला! चलकर डिनर कीजिए और फटाफट सो जाइए, नहीं तो रोज सुबह उठने में तुम बहुत आनाकानी करती हो!" जाह्नवी को गुस्से से घूरकर पूजा ने कहा। पर जाह्नवी तो अपनी अलग ही आभासी दुनिया में खो चुकी थी और उसे लगा जैसे पूजा Doraemon हो गई जिसका बोलना थमने का नाम ही नहीं ले रहा। मुसकराकर बड़ी सहजता से वह पूजा के चेहरे के बदलते भाव को निहारती रही।

"अब मुझे देखकर स्माइल क्यों दे रही हो? मैंने कोई जोक तो मारा नहीं!"

"Doraemon," सहसा ही जाह्नवी के मुँह से निकला और बिस्तर से उतरकर जतिन उसे गोद में उठाकर कमरे से बाहर की तरफ बढ़ने लगा।

"जतिन, आप न बिगाड़ रहे हैं इसे! ये लड़की मेरी एक भी बात नहीं सुनती!" जतिन के पीछे-पीछे कमरे से बाहर निकलते हुए पूजा बोली।

"अच्छा अब छोड़ो भी! बच्ची है ये! अभी खेलने-कूदने के दिन है इसके!" अपनी लाडली का पक्ष लेते हुए जतिन ने कहा और गोद में जाह्नवी की नाक पकड़कर लाड़ लगाते हुए बोला, "है न मेरी गुड़िया रानी! अभी तो आप बच्ची हैं न? ओले˙˙˙ले! देखो जरा, मम्मा ने मेरी बिटिया को कैसे डाँट दिया!" जाह्नवी ने कनखी से चोरभरी निगाह अपनी माँ पर फिराई। उसके चेहरे पर मासूमियत देख पूजा भी मुसकराए बिना रह न पाई।

खाने की मेज पर आकर पूरा परिवार डिनर के लिए जमा हुआ। जाह्नवी अपनी दादी की बगल वाली कुरसी पर बैठी थी। पूजा सबको खाना परोस रही थी। गुड्डू भी जतिन के पास ही बैठा था और दोनों आपस में बिजनेस की किसी बात पर डिस्कस करने लगे थे।

"भैया, वो कल अरोड़ा कंस्ट्रक्शन का आदमी ऑफिस आएगा। उसे एडवांस पेमेंट देने की बात हुई थी न! आपने अभी तक चेक साइन नहीं किया।" डाइनिंग टेबल को ऑफिस टेबल बनाते हुए गुड्डू ने कहा।

"अरे हाँ! सही किया याद दिलाकर! चेक ले आओ, मैं अभी साइन कर देता हूँ। मुझे भी कल एक डील के लिए डिस्कस करने शहर से बाहर जाना है।" जतिन ने गुड्डू से कहा।

"जी भैया, हमको याद था। इसीलिए चेक साथ में ही रख लिये थे। लीजिए

साइन करिए।" गुड्डू ने अपनी जेब से चेकबुक और पेन निकालकर जतिन के सामने रख दिया। जतिन ने देखा कि वह एक ब्लैंक चेक था।

पूजा और शैल की तनी हुई निगाहें बड़ी देर से दोनों भाइयों को ही घूर रही थीं। सबकी नजरें बचाकर जाह्नवी भी मग्न होकर अपनी माँ के मोबाइल में Doraemon देख रही थी।

"अगर आप दोनों का ऑफिस-ऑफिस हो गया हो तो डिनर कर लें? मैंने कितनी बार कहा है कि डिनर के टेबल पर केवल डिनर होगा, और कुछ नहीं! पर इस घर में मेरी कोई सुने तब न! बड़े मियाँ तो बड़े मियाँ, छोटे मियाँ शुभान अल्लाह!" बड़बड़ाते हुए पूजा जतिन और गुड्डू की प्लेट में खाना परोस रही थी। माँ की बातें सुन जाह्नवी मुँह पर हाथ रख खिलखिलाने लगी। उसे एक बार फिर से लगने लगा था कि उसका फेवरेट कार्टून कैरेक्टर Doraemon मोबाइल से निकल उसकी माँ के शक्ल में बड़बड़ाए जा रहा है।

"अब तुम दाँत निकालकर क्या खी-खी कर रही हो? चलो, चुपचाप अपना खाना फिनिश करो।" और सावधान मोड में आकर जाह्नवी दादी के हाथ से खाने का कौर मुँह में लेकर चबाने लगी।

खाने से निपटकर सभी अपने कमरे में चले गए। पूजा को अभी रसोई में कुछ काम बाकी था और वह उसे निपटाने में लगी थी। अपने कमरे में आकर जतिन जाह्नवी को सुलाने का प्रयत्न करने लगा। थोड़े ही देर में जब पलकें झपने लगीं तो उसे बिस्तर पर लिटाकर जतिन अपनी पसंदीदा 'ड्रैमेटिक हिंदी' का लेटेस्ट उपन्यास निकाल उसमें खो गया। तकरीबन आधे घंटे बाद जब पूजा कमरे में आई तो देखा कि जतिन हाथ में पुस्तक लिये झपकी ले रहा है। बिना कुछ बोले उसने पुस्तक जतिन के हाथ से निकाल पास ही टेबल पर रखा और खुद आईने के सामने बैठ अपने बाल सँवारने लगी। पर उसके कदमों की आहट से जतिन जाग चुका था और आईने के सामने बैठी अपनी पत्नी के प्रतिबिंब को देखकर मुसकरा रहा था।

"ऐसे क्या देख रहे हैं?" पूजा ने मुसकराकर आईने में जतिन को देखकर कहा।

"देख रहा हूँ कि दिनभर काम करते रहने के बावजूद तुम अभी तक कितनी फ्रेश दिख रही हो!" जतिन ने कहा और पूजा होंठों पर मंद मुसकान लिये बालों में कंघी करती रही।

"अच्छा! मैं फ्रेश दिख रही हूँ। जनाब, मैं खूब समझती हूँ आप बाप-बेटी

की होशियारी! पहले चिकनी-चुपड़ी बातें और फिर अपने काम की बात! चलिए खिसकिए, सोने दीजिए मुझे!" पूजा ने कहा और जतिन को बिस्तर पर एक तरफ खिसकाकर लेट गई। जाह्नवी कमरे में मौजूद दूसरे बेड पर गहरी नींद में डूबी थी।

"पूजा?" बिस्तर पर लेटे जतिन ने छत पर नजरें टिकाकर कहा।

"हम्म?" दूसरी तरफ करवट फेरकर लेटी पूजा आँखें मूँदे ही बोली। दिनभर काम की वजह से वह थककर चूर थी।

"जाह्नवी अब पाँच साल की हो चुकी है। उसकी शैतानियाँ भी बढ़ती जा रही हैं। अकेले रहती है तो ज्यादा तंग करती है। साथ में कोई खेलने वाला आ जाएगा तो शायद तंग करना अपने आप बंद हो जाए।"

"हम्म!"

"...तो मैं क्या सोच रहा था कि क्यों न हम जाह्नवी के लिए एक भाई या बहन को लाकर उसकी ये कमी पूरी कर दें!" जतिन ने कहा और पूजा को लगा कि दोनों बाप-बेटी पैदाइशी अपना उल्लू सीधा करने में माहिर हैं। हालाँकि जतिन की बातों का इस बार उसने कोई जवाब नहीं दिया।

पूजा की तरफ करवट बदल जतिन ने उसके कमर में हाथ डाला। पर पूजा सोना चाहती थी।

"जतिन, आज बहुत थक गई हूँ। आज एकदम मूड नहीं कर रहा! आज सोने दीजिए प्लीज।" पूजा ने कहा और जतिन की बाँहों से लिपट अपनी आँखें मूँद ली। जतिन ने भी आगे कुछ न कहा और सोने का प्रयास करने लगा।

पर रॉलर कोस्टर के समान इस जीवन में सुख-दु:ख बारी-बारी से आते रहते हैं। सुख भोग रहे हँसते-खेलते परिवार में अबकी बारी दु:ख की थी, जिसके आमद की एक झलक तब दिखी जब अगली सुबह जाह्नवी बिलखती हुई नींद से जागी। उसके बिलखने की आवाज से जतिन और पूजा की भी नींद टूट गई थी। पूजा ने उसे शांत कराने का बहुत प्रयास किया। लाख मनाया। पर वह शांत न हुई। माँ की गोद छोड़ वह पिता के सीने से जा चिपकी और बिलखती रही। पूजा को अब डर लगने लगा था।

"क्या हुआ बेटा? पेट में दर्द है? किसी ने कुछ कहा? बुरा सपना देखा क्या?" अंदाज लगाकर पूजा पूछती रही।

"नहीं, इसे स्कूल नहीं जाना! रहने दो, आज हमारी लाड़ली स्कूल नहीं जाएगी।" जतिन के कहने के बाद भी जाह्नवी का रोना बंद नहीं हुआ।

बिना रुके बिलखने की आवाज सुन नीचे कमरे से शैल और गुड्डू भी भागे-भागे आए। पर कोई भी नन्ही सी इस जान को चुप नहीं करा पाया।

जतिन से अब रहा न गया और कोई फिल्मी गीत गुनगुनाकर जाह्नवी को मनाने की कोशिश करने लगा।

"हम दो एक हमारी प्यारी-प्यारी मुनिया है,
बस यही छोटी सी अपनी सारी दुनिया है
खुशियों से आबाद है अपने घर का कोना-कोना
"रोते-रोते हँसना सीखो, हँसते-हँसते रोना… "

पापा की गोद से चिपक जाह्नवी बस एक ही बात दुहराती रही, "पापा प्रॉमिस करो मुझे छोड़के आप कहीं नहीं जाओगे! जाह्नवी अपने पापा के बगैर नहीं रह सकती।" और आँसू से भीगे चेहरे को जतिन के कंधे में छिपाकर सिसकती हुई सो गई।

"टेंशन मत लो! शायद कोई बुरा सपना देखकर डर गई थी। आज इसे स्कूल मत भेजना।" जतिन ने धीरे से कहा और पूजा ने अपनी आँखों से आँसू पोंछे। उसे समझ में आ गया था कि जाह्नवी ने सपने में क्या देखा और क्यों वो अपने पापा को दूर नहीं जाने देना चाहती थी। शैल और गुड्डू भी कमरे में ही मौजूद थे।

"लो, सँभालो इसे। आज मुझे जरूरी काम से बाहर भी निकलना है। शायद लौटने में देर हो जाए।" जतिन ने बताया और सोई हुई जाह्नवी को पूजा की गोद में सौंप दिया।

"जतिन, आज मत जाइए। हो सके तो रुक जाइए न! देखिए, जाह्नवी भी कितना रो रही थी! आपको नहीं देखेगी तो फिर से पूरा घर सिर पर उठा लेगी।" पूजा का मन घबराने लगा था।

"नहीं पूजा, मेरा जाना बहुत जरूरी है। तुम समझ नहीं रही हो।" जतिन ने कहा।

"हाँ भाभी, भैया सही कह रहे हैं। इनके नहीं जाने से बहुत नुकसान हो जाएगा।" गुड्डू ने कहा और जतिन ने भी सिर हिलाकर हामी भरी।

"चिंता मत करो। मैं जल्दी लौटने की कोशिश करूँगा। तुम जल्दी से ब्रेकफास्ट तैयार कर दो।" जतिन ने कहा और अपनी स्निग्ध निगाहें पूजा पर टिका दीं। पूजा को उसमें डूब जाने का मन कर रहा था। मन में पति के लिए ढेर सारा प्यार बटोरे वह रसोई की तरफ बढ़ गई। पतिव्रता स्त्रियों को अपने पति के प्रति प्रेम

प्रकट करने के हजार तरीके पता होते हैं। चाहे वह पति के पसंद के पकवान तैयार करने हों या फिर पति के धूल जमे कपड़ों की साफ-सफाई करने के बहाने उसकी अनुभूति करना। चाहे वह पति का चेहरा आँखों में समाए घर को सजाना-सँवारना हो या फिर धुँधलकी बेला में पति के आने से पहले खुद को तैयार करना। फेमिनिज्म का राग अलापने वालों को भले ही घरेलू स्त्रियों का दिनभर यूँ घर के चूल्हे-चौके में जुते रहना खटकता हो। पर इन सबसे इतर ये स्त्रियाँ 24×7 की लाइफटाइम सर्विस में जी-जान से अपनी सेवाएँ देती रहती हैं और जिनके लिए अपने पति और घर-बार के सामने दूसरी किसी वस्तु का कोई मोल नहीं होता। पूजा के लिए भी नहीं था और आज उसने जतिन के लिए नाश्ते में उसके पसंद की खीर बनाई थी।

खाने की टेबल पर सुबह के नाश्ते में खीर देखकर जतिन की आँखें खुशी से चमक उठीं और मुसकराकर उसने पूजा की तरफ देखा। पूजा के लिए यह उसके दोतरफा प्रेम के प्रमाण थे।

"चलो पूजा, अब मैं निकलता हूँ। जाह्नवी का खयाल रखना। बाय!" अपना ब्रीफकेस उठाकर घर के मुख्य दरवाजे की तरफ बढ़ता हुआ जतिन बोला और सबकी नजरें बचाकर प्यार से पूजा की पेशानी को चूम लिया। पूजा को लगा कि उसके सुखमयी वैवाहिक जीवन का बैंक-बैलेंस दुगुना हो गया। पति का प्यारभरा स्पर्श पाकर वह दुनिया की सबसे अमीर पत्नी बन चुकी थी और आँखों से ओझल होने तक वह जतिन की कार को जाते हुए निहारती रही। उसे कहाँ पता था कि उसकी हँसती-खेलती दुनिया को किसी की नजर लग चुकी है और चेहरे की हँसी चंद घंटों की मेहमान है।

पति के प्रेम में मलंग होकर पूजा अपनी दिनचर्या में उलझी रही। जाह्नवी जब सोकर उठी तो तड़के देखे सपने की बात भूल चुकी थी। स्कूल नहीं जाने की खुशी और मोबाइल पर Doraemon की चुहल में वह दिनभर खिलखिलाती रही। ऊन और काँटा लिये शैल आने वाले जाड़े से बचाव की खातिर जतिन के लिए स्वेटर बुनने में लगी थी। गुड्डू भी घर पर नहीं था। घड़ी दोपहर के दो बजे का समय दिखला रही थी, जब टेलीफोन की घंटी घनघनाई।

"हैलो!" फोन के दूसरी तरफ से आवाज आई।

"यस!" पूजा ने टेलीफोन का रिसीवर कान से लगाकर पूछा।

"क्या यह मिस्टर जतिन का घर है?"

"जी कहिए? मैं उनकी पत्नी बोल रही हूँ। मे आई नो हू इज दिस?"

"मैडम, मैं सिटी हॉस्पिटल से इंस्पेक्टर संजीव बात कर रहा हूँ। आपके पति का रोड एक्सीडेंट हुआ है और इस वक्त वह यहाँ एडमिट हैं। आप जल्दी से यहाँ पहुँचिए।" दूसरी तरफ से इंस्पेक्टर ने बताया और पूजा के हाथ से टेलीफोन का रिसीवर गिरते-गिरते बचा। जतिन के एक्सीडेंट की खबर सुन मानो उसकी साँसें ही थम गईं। उसे काटो तो खून नहीं। उसकी नजर वहीं पास ही सोफे पर मोबाइल में नजरें गड़ाए जाह्नवी पर टिक गई। दूसरी तरफ से फोन कट चुका था। घर में शैल और जाह्नवी के अलावा अभी कोई नहीं था।

"म···माँ जी, कुछ जरूरी काम है। मुझे जाना पड़ेगा। आप जाह्नवी को सँभालिए। मैं बस थोड़ी देर में आई।" कहकर पूजा अस्पताल के लिए निकल पड़ी।

रास्ते में उसने गुड्डू को फोन कर जतिन के एक्सीडेंट की सारी जानकारी दी और उसे भी तुरंत सिटी हॉस्पिटल पहुँचने को कहा। अस्पताल पहुँची तो इंस्पेक्टर उसका ही इंतजार करते दिखे।

"सर, मैं मिसेज जतिन। कहाँ हैं वो? वो ठीक तो हैं न? कैसे हुआ ये सब? प्लीज मुझे उनके पास लेकर चलिए!" पूजा के पास सवालों की लंबी फेहरिस्त थी और मन में उसे एक नजर देखने की चाह।

"देखिए मैडम, जतिनजी की हालत काफी सीरियस है। उनकी कार का ब्रेक फेल हुआ था।" इंस्पेक्टर की बातें सुन पूजा को लगा कि वह गश खाकर गिर पड़ेगी।

"नर्स!" इंस्पेक्टर की आवाज सुन पास खड़ी नर्स ने पूजा को सँभाला और पीने के लिए पानी दिया।

"मिसेज जतिन, सँभालिए खुद को। क्या आपको किसी पर शक है? जतिन की किसी से कोई दुश्मनी या फिर बिजनेस में उसका कोई कंपीटिटर, जिसने उसे रास्ते से हटाने के लिए ऐसी घिनौनी हरकत की हो?"

इंस्पेक्टर के किसी भी सवाल का जवाब पूजा के पास नहीं था, क्योंकि जतिन ने आज तक कभी उससे इन सबके बारे में जिक्र नहीं किया था। हाँ, हो सकता है गुड्डू को इस बारे में कुछ पता हो! पूजा का दिमाग कौंधा।

"सर, इस बारे में मुझे तो कोई जानकारी नहीं है और न कभी मैंने जतिन के मुँह से सुना। हो सकता है मेरे छोटे देवर को इस बारे में कुछ पता हो। वे दोनों मिलकर पूरा कारोबार सँभालते हैं। मैंने गुड्डू को कॉल कर दिया है। वो आता ही होगा! सर प्लीज, मुझे ले चलिए जतिन के पास!" कहकर पूजा बिलखने लगी।

"नहीं, अभी आप जतिन से नहीं मिल सकतीं। इस वक्त वह आई.सी.यू. में हैं और डॉक्टर ने किसी को भी उससे मिलने देने की इजाजत नहीं दी है। उनकी हालत अभी ठीक नहीं।" इंस्पेक्टर ने पूजा को बताया जिसके आँखों में आँसू थमने का नाम ही नहीं ले रहे थे।

"मैडम, जतिन इज ए ग्रेट वारियर, गाड़ी का ब्रेक फेल हो जाने के बावजूद भी उन्होंने बड़ी समझदारी दिखलाई नहीं तो कई लोग उनकी गाड़ी की चपेट में आ सकते थे!" इंस्पेक्टर अभी बात कर ही रहा था कि पूजा ने सामने से गुड्डू को आते देखा।

"सर, ये गुड्डू हैं। मेरे छोटे देवर।" गुड्डू की तरफ इशारा कर पूजा ने इंस्पेक्टर से कहा। इंस्पेक्टर ने उससे फिर वही सब सवाल दुहराए जो पूजा से किए थे। पर गुड्डू के पास भी जतिन के दुर्घटना से जुड़ी कोई जानकारी नहीं थी। तभी आई.सी.यू. वार्ड से अनाउंसमेंट हुई और जतिन से मिलने के लिए दो लोगों को अलाऊ किया गया।

पूजा और इंस्पेक्टर आई.सी.यू. वार्ड के भीतर पहुँचे जहाँ उन्होंने देखा कि जतिन का शरीर लाइफ सपोर्ट सिस्टम पर जिंदा है और कई सारे तार उसके शरीर से जुड़े हैं। अपने जीवनसाथी को इस हालत में देख पूजा के पाँव आगे नहीं बढ़ पा रहे थे। उसके कानों में आज सुबह उसी की कही बात गूँजने लगी थी। 'जतिन, आज मत जाइए। हो सके तो रुक जाइए न!'

पूजा को खुद पर गुस्सा आ रहा था कि उसने जतिन को आज घर से जाने ही क्यों दिया! इंस्पेक्टर ने देखा कि जतिन ने अपनी आँखें खोली थीं।

"मैडम, सँभालिए खुद को! देखिए, जतिन होश में आ रहे हैं।" इंस्पेक्टर संजीव ने पूजा की हिम्मत बढ़ाई और दोनों जतिन के बेड के पास पहुँचे।

पूजा की नजरें जतिन पर ही टिकी थी और वह एकटक उसे ही देखे जा रही थी। चाहकर भी उसकी आँखों से आँसू थमने का नाम नहीं ले रहे थे।

"ज···जतिन! क···कुछ नहीं हुआ है आपको! आप ठीक हो जाएँगे जतिन! म···मैं आपको लेकर ही घर जाऊँगी!" रुँधे गले से पूजा जतिन को झूठी दिलासा देती रही। वह चीख-चीखकर रोना चाहती थी। जतिन एकटक उसे देखता रहा, फिर पूजा के आसपास निगाह फिराई। ऐसा लगा जैसे उसकी आँखें अपनी लाड़ली जाह्नवी को तलाश रही थीं। पूजा ने उसकी आँखें पढ़ ली थीं।

"आप चिंता मत करिए, जतिन! मैं गुड्डू को बोल देती हूँ! वो जाह्नवी को ले

आएगा।" पूजा ने भरे गले से कहा। इंस्पेक्टर को लगा कि अब उसे जतिन से कुछ जरूरी पूछताछ कर लेनी चाहिए। हालाँकि जतिन के इस नाजुक हालात में डॉक्टर ने उसे ऐसा कुछ भी करने से मना किया था। पर इंस्पेक्टर की सारी आशाओं पर तब पानी फिर गया जब उसके पूछने पर जतिन ने ना में सिर हिलाकर अपनी अनभिज्ञता जाहिर की।

"ठीक है मैडम! मैं चलता हूँ। कभी भी मेरी जरूरत लगे तो मुझे इस नंबर पर कॉल कर लीजिएगा!" कहकर इंस्पेक्टर संजीव ने अपना विजिटिंग कार्ड पूजा की तरफ बढ़ाया और वापस लौट गया। जतिन का हाथ अपने हाथ में थाम पूजा एकटक उसके चेहरे को निहारती रही। उसे लग रहा था कि ये पल यहीं थम जाएँ और जतिन की आँखों की गहराइयों में ही वह कहीं अपना बसेरा बना ले। पर इनसान की फितरत होती है कि वह छूटती डोर को हाथ में कसकर पकड़े रहना चाहता है। माया जाते हुए लोगों पर कुछ ज्यादा ही लाड़ दिखाकर उसे सांसारिक बंधनों में बाँधना चाहती है। पूजा ने भी कसकर जतिन का हाथ पकड़ रखा था। पर जीवनरूपी रॉलर कोस्टर में सुख के बाद दुःख का आना तय है। जतिन का समय अब पूरा हो चुका था। हालाँकि डॉक्टर के अथक प्रयास से वह आई.सी.यू. से छूटकर जनरल वार्ड में तो आ गया। पर उसके पास अब जीवन के चंद कुछ लम्हे ही शेष बचे थे। जाह्नवी और पूजा के हाथों में हाथ दिए वह अपनी अंतिम साँसें गिन रहा था। सबकी आँखों में आँसू देख जाह्नवी ने बड़ी मासूमियत से अपने पिता से आखिरी फरमाइश की।

"पापा, सब रो क्यों रहे हैं? इनको वो वाला गाना सुनाकर चुप करा दो न, जो आप मुझे सुनाते थे।"

"र···रोते-रोते ह···हँसना सीखो, हँसते-हँसते···" और जतिन की साँसें थम गईं। वह शांत हो गया हमेशा-हमेशा के लिए सबको बिलखता छोड़कर।

"पापा गाओ न, चुप क्यों हो गए! पापा?" चिरनिद्रा में जा चुके पिता का हाथ हिलाकर जाह्नवी ने कहा और उसे अपने सीने से लगाकर पूजा फूट-फूटकर रोती रही। जतिन की माँ शैल अपनी आँखों के सामने अपने बेटे की मौत का दृश्य बरदाश्त न कर पाई और वहीं गश खाकर गिर पड़ी जिसे गुड्डू ने सँभाला।

जतिन तो इस दुनिया को छोड़कर जा चुका था और अगली बारी अब पूजा की थी। हिंदू रीति-रिवाज में एक पति के जाने के बाद उसकी विधवा की जो गत बनाई जाती है उसमें वो जीते-जी हजार मौत मरती है। एक तो पति के जाने का गम, ऊपर से नाते-रिश्तेदारों के ताने और उनका छूत-अछूत जैसा व्यवहार उस स्त्री के

दिल पर कटार की भाँति काम करता है और कई दफा उसके मन में खयाल आता है कि काश, मैं भी पति के साथ ही मर जाती! जबकि पत्नी की मौत के बाद पतियों के मामले में शास्त्र कमोबेश चुप ही रहते हैं। जतिन की मौत के पश्चात् पूजा की भी दुर्गति होनी बाकी थी।

"देखो दुलहिन, तुम्हारा पति अब स्वर्ग सिधार चुका है। शास्त्रों के नियमानुसार अब से तुम्हें ऊँची आवाज में बात करना, हँसना-खिलखिलाना, सजना-सँवरना, मांसाहारी भोजन का सेवन करना, खुशी के किसी शुभ उत्सव में शामिल होना आदि सब बंद करना होगा। अपने जीते-जी हर हालत में तुम्हें ये नियम मानने होंगे, नहीं तो जाने वाले की आत्मा को शांति नहीं मिलेगी।" कुलपुरोहित ने पूजा को धर्म का पाठ पढ़ाया फिर इशारे से वहाँ मौजूद महिलाओं को कुछ कहा।

"चलो दुलहिन, उठो।" आशा बुआ ने कहा और पूजा को ऐसा लगा जैसे वह उसे आजीवन कारावास के लिए ले जाने की बात कह रही हों।

"दुलहिन, अब से तुम्हारा सिंदूर, टिकुली-बिंदी लगाना सब बंद। इन सब चीजों का इस्तेमाल करना तो दूर, अब तुम्हें उन्हें छूने की भी मनाही है। सुनी न, पंडी जी क्या बोल रहे थे?" आशा बुआ ने पूजा से कहा और अपने हाथों से पूजा की माँग का सिंदूर धोने लगी। बिलखती हुई पूजा को अपने वो दिन याद आ रहे थे जब शिमला में इन्हीं आशा बुआ ने भगवान् के सामने उसे अपने पैर छूने से केवल इसलिए मना कर दिया था, क्योंकि ऐसा करने से वह पाप की भागी बनती। आज वही आशा बुआ अपने हाथों से पूजा की माँग तब तक धोती रही जब तक उसकी माँग से सिंदूर का नामोनिशान तक न मिट गया।

पूजा ने देखा कि वहाँ खड़ी कई स्त्रियाँ जो कल तक उसे अपना रोल मॉडल मानती थीं, आज वही सब अपना मुँह ढककर उसे अछूत समझ रही हैं। पूजा को नहला-धुलाकर आशा बुआ ने उसे एक सफेद साड़ी में लिपटा दिया और उसके जेहन में यह बात अच्छे से बिठा दी कि अब से यही सफेद रंग उसकी जिंदगी का अटूट हिस्सा बनकर रहेगा। अपनी माँ को ऐसे रूप में देख जाह्नवी अगले कई दिनों तक उसके पास जाने से भी कतराती रही। जतिन की मृत्यु के बाद से पूजा जीते-जी रोज कई मौत मरती रही।

पर पूजा एक पढ़ी-लिखी और समझदार औरत थी। जतिन के जाने के गम ने उसे भीतर तक तो तोड़कर रख ही दिया पर इस गम में वह जतिन की आखिरी निशानी जाह्नवी को कैसे अनदेखा कर सकती थी। उसे तो अब माँ के साथ-साथ

पिता का भी प्यार देना था। जतिन की तेरहवीं के बाद एक-एक करके जब सारे नाते-रिश्तेदार चले गए तो पूजा ने तय किया कि वह जतिन के खून-पसीने से खड़े किए कारोबार को आगे बढ़ाने में अपना पूरा जीवन अर्पित कर देगी। पर उसे कहाँ मालूम था कि आनेवाले दिनों में यही उसकी सबसे बड़ी भूल साबित होगी। जतिन का छोटा भाई गुड्डू नहीं चाहता था कि पूजा कारोबार की बागडोर अपने हाथों में ले।

"भाभी, आप रहने दीजिए न! हम हैं न भइया का बिजनेस सँभालने के लिए! हम देख लेंगे सब। वैसे भी आपको ऊ सब समझ में नहीं आएगा! फिर परिवार और दुनिया-समाज क्या बोलेगा? सोचती हैं! अऊर सबसे पहले तो आशा बुआ ही बोलेंगी कि भइया के मरते ही आप उनकी संपत्ति पर अपना हक जमाने लगीं! अईं माँ, तुम ही बोलो? हम ठीक बोल रहे हैं न?"

गुड्डू ने हर संभव प्रयास किया जिससे पूजा मान जाए और वह बिजनेस का अकेला मालिक बनकर उसपर एकच्छत्र राज करे। पर उसके मन की एक न चली और पूजा ने धीरे-धीरे ही सही जतिन के कारोबार को समझना शुरू कर दिया। एक-एक करके वह कंपनी के सभी कॉन्ट्रैक्टर्स और क्लाइंट्स से मिलने लगी। कुछ दिन लगे और उसने कंपनी के स्टाफ के साथ भी अपना तालमेल बिठा लिया।

"मैडम जी, आपका बात-व्यवहार देख के हम लोगों को ऐसा लगता है, जैसे हूबहू जतिन साब से ही मिल रहे हों! वो भी हम वर्कर्स को अपना परिवार जैसा मानते थे।" कंपनी के एक सीनियर स्टाफ ने आगे आकर पूजा से कहा। जतिन का नाम सुन पूजा की आँखों के सामने उसका चमकता चेहरा मँडराने लगा था। सफेद साड़ी में लिपटी होने के बावजूद पूजा की आँखों का तेज उसके चेहरे की आभा को दुगुना कर रहा था। गुड्डू जो पूजा के ऑफिस आते ही हर वक्त उसके आसपास ही मँडराता रहता, अभी भी उसकी कुदृष्टि पूजा पर ही टिकी थी और पूजा का यूँ कंपनी के स्टाफ से घुलना-मिलना उसे असहज बना रहा था। वैसे गुड्डू के स्वभाव की वजह से कंपनी का कोई भी मुलाजिम उसे पसंद नहीं करता था और सभी उसे जतिन के कारोबार में एक दीमक से ज्यादा कुछ नहीं समझते थे। कंपनी के अकाउंट्स में हेरफेर और स्टाफ के मन में उसके लिए रोष देख पूजा का दिमाग खटका तो था, पर उसकी शंका तब विश्वास में तब्दील हो गई जब एक दिन गुड्डू की अनुपस्थिति में उसके ऑफिस के दराज से जतिन का साइन किया हुआ ब्लैंक चेक उसके हाथ

लगा। इस बारे में जब उसने गुड्डू से पूछताछ करनी चाही तो कुछ बताने के बजाय वह अपना आपा खो बैठा।

"भाभी, समझती क्या हैं आप अपने-आपको! जुम्मा-जुम्मा चार दिन ऑफिस क्या चली आई, मुझपर ही अंगुली उठाने लगी!" गुस्से में गुड्डू अपने आपे से बाहर होने लगा था।

"गुड्डू, मैं तो केवल चेक के बारे में पूछ रही हूँ? जहाँ तक मुझे याद है उस रात डाइनिंग टेबल पर तुमने अपने भैया से कहा था कि यह चेक तुम्हें किसी को सौंपना है। फिर यह अभी तक यहाँ क्या कर रहा है? और ये तो ब्लैंक चेक है!" चेक की तरफ इशारा करते हुए पूजा ने गुड्डू से पूछा।

"मतलब आप सीधे-सीधे मुझ पर इल्जाम लगा रही हैं? गजब हैं आप भाभी!"

"नहीं, इल्जाम नहीं लगा रही! केवल जानना चाहती हूँ ऐसी लापरवाही क्यों? तुम्हें अच्छे से पता है कि जतिन ने दिन-रात एक करके इस कंपनी को खड़ा किया है और तुम्हारी इस लापरवाही की वजह से उसके सारे किए-कराए पर पानी फिर सकता है।"

गुड्डू को जतिन की जो बात पसंद नहीं थी, पूजा ने आज फिर से वही बात दुहराई थी। पूजा के सवालों का उसके पास कोई सटीक जवाब नहीं था और अपनी बदतमीजी से उसे ढँकने की कोशिश करता रहा। पूजा ने आज गुड्डू का असली चेहरा देख लिया था और समझ चुकी थी कि उससे बहस करना बेकार है। गुड्डू की आँखों के सामने उसने जतिन का साइन किया हुआ ब्लैंक चेक फाड़कर डस्टबिन में डाल दिया। गुड्डू की आँखों में खून उतर आया था। पर पूजा उससे जरा भी विचलित न हुई। अपने पति के सपने से वह किसी को यूँ खिलवाड़ नहीं करने दे सकती थी। अगला कदम जो उसने उठाया वह गुड्डू ने कभी सपने में भी नहीं सोचा था। अकाउंट्स डिपार्टमेंट को बोल पूजा ने कंपनी में हर जगह अपना नाम डलवाया और सख्त हिदायत दी कि बिना उसकी अनुमति के कोई भी बड़ा ट्रांजैक्शन न किया जाए। गुड्डू के नाक के नीचे इतना बड़ा उलट-फेर हो गया और वह मुँह बाए देखता रहा। पूजा के इस कदम से कंपनी में सभी लोग बहुत खुश थे, क्योंकि गुड्डू अब चाहकर भी कंपनी के अकाउंट्स से कोई छेड़छाड़ नहीं कर सकता था। पूजा की इस सख्ती से गुड्डू उसे अपना परम शत्रु समझने लगा था। जबकि पूजा गुड्डू को केवल सही रास्ते पर लाने का प्रयास कर रही थी।

"माँ! भैया के जाने के बाद मेरी औकात इस घर में दो कौड़ी भर की रह गई है!" घर में पैर रखते ही गुड्डू अपनी माँ पर गरजा। वह अभी-अभी ऑफिस से लौटकर आया था।

"अरे हुआ क्या! काहे एतना गरम हुए जा रहे हो? अभी-अभी ऑफिस से आए हो! तनी सुस्ता तो लो! रुको, हम तुम्हारे लिए पानी लेकर आते हैं।" सारी बातों से अनजान शैल ने अपने बेटे को शांत करने की कोशिश की।

"पानी! हुँह! जाओ, उसके लिए भी पहले भाभी से परमिशन लेकर आओ।" गुड्डू ने कहा। उसके चेहरे पर व्यंगात्मक भाव उभर आए थे।

"गुड्डू, ऊ भाभी है तुम्हारी! कुछ भी बोलने से पहले सोच लिया करो, ठीक है! जतिन के जाने के बाद कैसे ऊ बेचारी घर-बाहर सबकुछ सँभाल रही है, हम सब देख रहे हैं! पूजा के बारे में हम तनिको उलटा-पुलटा बात बरदाश्त नहीं करेंगे! समझे! जाओ, जाकर कपड़ा चेंज करके आओ! पूजा भी आती ही होगी! हम चाय बनाते हैं।"

"नहीं माँ, मेरे रहते आप क्यों चाय बनाएँगी! आप बैठिए। हम अभी चेंज करके आते हैं और सबके लिए चाय बनाकर लाते हैं।" घर में प्रवेश करते हुए पूजा ने सास शैल से कहा। चाय बनाने वाली बात उसने सुन ली थी।

पूजा ने देखा कि गुड्डू सिर झुकाए अपनी माँ के पास बैठा हुआ था। दरअसल वह अपनी माँ की बातों से आहत था। उसे जरा भी अंदेशा न था कि माँ से उसे ऐसा जवाब सुनने को मिलेगा। आज वह अपने-आपको बहुत अकेला महसूस कर रहा था और मान चुका था कि उसके घर पर पूजा ने अपना कब्जा जमा लिया है।

"भाभी, आपको ऐसा नहीं करना चाहिए था! यह ठीक नहीं किया आपने!" गुड्डू अपने में ही गुम था जब रसोई से पूजा की आवाज आई, "गुड्डू, जल्दी से चेंज करके आइए। चाय रेडी हो गया है।"

पूजा की आवाज सुन गुड्डू ने एक नजर रसोई की तरफ डाली फिर उठकर अपने कमरे की तरफ बढ़ गया। शैल की निगाहें अब भी अपने बेटे पर ही टिकी थीं।

"दिनभर काम करते रहती हो! थकती नहीं दुलहिन?" रसोई में प्रवेश करते हुए शैल ने पूजा से कहा। वह चाय के साथ खाने के लिए कुछ पकौड़े भी तल रही थी।

"घर का काम करते कौन थकता है, माँ! मैं नहीं करूँगी तो फिर कौन करेगा?"

"क्या बना रही हो?" कड़ाही में झाँकते हुए शैल ने पूछा।

"मशरूम के पकौड़े तल रही हूँ माँ! गुड्डू को बहुत पसंद है न!" पूजा ने कहा। शैल कुछ न बोली। समझ गई कि पूजा के बारे में उसने गुड्डू को जो भी कहा था, वह एकदम सही था।

"माँ!"

"बोलो बेटा!"

"मैं क्या सोच रही हूँ कि एक अच्छी लड़की देखकर अब गुड्डू की शादी कर देनी चाहिए। शादी होने पर उसे थोड़ा जिम्मेदारी का अहसास होगा। फिर बिजनेस की बागडोर उसे सौंपकर मैं आप सबका अच्छे से खयाल रख सकूँगी।" पूजा ने कहा और एक ट्रे में सबके लिए चाय-पकौड़े निकालकर रसोई से बाहर आने लगी। शैल खुश थी, क्योंकि उसने पूजा में अपने बेटे को पा लिया था, जो हर हाल में अपने परिवार का भला चाहता था।

पर जतिन के जाने के पश्चात् जाह्नवी की बातें कई मर्तबा पूजा को परेशान कर दिया करतीं। आज एक बार फिर जाह्नवी ने सबके बीच बैठी पूजा से ऐसा ही कुछ कहा।

"मम्मा, तुम सिंदूर क्यों नहीं लगाती? मेरे सारे फ्रेंड्स की मम्मियाँ सिंदूर लगाती हैं।" सबके बीच बैठी जाह्नवी ने भोलेपन से अपनी माँ से पूछा, लेकिन पूजा के मन पर वह कटार बनकर लगा और बड़ी मुश्किल से अपने आँसुओं को बाहर आने से रोके रखा। जाह्नवी की बातें गुड्डू के मन को बड़ा सुकून पहुँचा रही थीं और मुसकराते हुए वह पकौड़े चबाता रहा। पूजा की रोनी सूरत देख उसके कलेजे को बड़ी ठंडक मिल रही थी।

"जाह्नवी बेटा, तुम मम्मा को परेशान मत करो! इधर आओ। मेरे पास आकर बैठो।" शैल ने जाह्नवी का ध्यान अपनी तरफ खींचते हुए कहा और पूजा को अपना मन शांत रखने का इशारा किया। हालाँकि जाह्नवी के सवालों ने उसके मन को भी विचलित कर दिया था। सबके बीच से उठकर पूजा चुपचाप अपने कमरे में चली आई और अकेले में बहुत देर तक फूट-फूटकर रोती रही। इन सबसे इतर गुड्डू मन-ही-मन अपनी एक अलग दुनिया का सपना सँजो रहा था, जिसमें उसका एकच्छत्र राज था। पर देखने वाली बात यह थी कि किन रास्तों पर चलकर वह अपने मंसूबों को अमलीजामा पहनाने वाला था।

"सॉरी मम्मा, मैंने आपको हर्ट किया न! आई एम सो सो सॉरी! दादी ने बताया

कि मुझे आपसे ऐसी बातें नहीं करनी चाहिए। ये सब गंदी बातें हैं। मुझे माफ कर दो मम्मा!" बिस्तर पर लेटी जाह्नवी ने अपने माँ के सीने से लिपटते हुए कहा।

"इट्स ओके बेटा! पर दादी ने तुम्हें यह नहीं बताया कि ऐसी बातें तुम्हें क्यों नहीं करनी चाहिए?" जाह्नवी को गरदन तक लिहाफ ओढ़ाते हुए पूजा ने उससे पूछा। जाह्नवी की उम्र का खयाल रख धीरे-धीरे ही सही पूजा ने उसे समझा दिया था कि उसके पापा इस दुनिया से हमेशा-हमेशा के लिए चले गए हैं और अब लौटकर कभी नहीं आएँगे, पर रीति-रिवाजों को समझाने से वह चूक गई, जो जाह्नवी के सवालों के रूप में अकसर उसे परेशान किया करते थे।

"बेटा, पापा अब नहीं हैं न! इसलिए मुझे सिंदूर, बिंदी के इस्तेमाल करने की मनाही है।" बोलते-बोलते पूजा का गला भर आया। जाह्नवी भी अब सो चुकी थी। बिस्तर पर लेटे काफी देर तक पूजा जतिन के साथ अपने बीते दिनों को याद करती रही।

□

8

"यहाँ किसी को कोई रास्ता नहीं देता,
मुझे गिरा के अगर तुम सँभल सको तो चलो।"

छल-प्रपंच और उसके परिणाम को आँकने के लिए निदा फाजली साहब की ये पंक्तियाँ एकदम सटीक बैठती हैं। सच ही तो है कि कामनापूर्ति की हवस जब इनसान के सिर पर चढ़कर बोलने लगती है, तब वह दाहक विष से भरी छल-प्रपंच की मीठी गोली खाकर हैवानियत की सभी हदों को पार करने से भी गुरेज नहीं करता। छद्म वेश धारण कर फिर वह अपनी सफलता के लिए सामने वाले के विश्वास का इस्तेमाल करता है। संवेदना, मूल्य, कर्त्तव्य, सहयोग जैसे मुखौटों को प्रत्यक्ष रखकर वह अपनी योजना को अंजाम तक पहुँचाने का हर संभव प्रयास करने लगता है। हालाँकि छल करने वाला भी छल-प्रपंच से उत्पन्न विकट परिस्थितियों से अछूता नहीं रह पाता। पर तत्काल मिले मनचाहे परिणाम से चौंधियाकर उसकी आँखें दूर तक देखने लायक कहाँ रह पाती हैं।

आज का सवेरा पूजा के जीवन में एक सुखद अनुभूति लेकर आया था। गुड्डू के व्यवहार में अचानक से बदलाव देख उसे आश्चर्य तो हुआ, पर उससे कहीं ज्यादा खुशी हुई। अजब-गजब तरीके से मुँह बनाकर गुड्डू जाह्नवी को ड्रैमेटिक हिंदी के उपन्यास का कोई वृत्तांत सुना रहा था और उसकी बातें सुन जाह्नवी पेट पकड़कर लोटपोट हुए जा रही थी। बड़े दिनों बाद घर की दहलीज पर खुशियों की दस्तक से शैल के कलेजे को बड़ी ठंडक मिली थी और सबसे बड़ी राहत देने वाली बात यह थी कि इसकी वजह गुड्डू था।

"कैसे-कैसे मुँह बना के बोल रहा है ई लड़का!" मुसकराते हुए शैल ने कहा और जाह्नवी एक बार फिर से खिलखिलाने लगी।

"हा-हा-हा···दादी! चाचू इज सो फनी! ओह माई गॉड! मेरा तो हँसते-हँसते

पेट फट जाएगा! हा-हा-हा!" गुड्डू की बातों पर जाह्नवी पेट पकड़कर लोटपोट हो रही थी।

रसोई में ब्रेकफास्ट तैयार कर रही पूजा भी बाहर चल रही हँसी-ठिठोली को सुनकर मुसकरा रही थी।

"देखो जरा इस लड़की को! कैसे पागलों के जैसे हँसे ही जा रही है! इसीलिए चाचू से पैरवी लगवाकर आज स्कूल से छुट्टी ली हो?" जाह्नवी की खिलखिलाहट सुन पूजा से रहा न गया और रसोई से बाहर आकर वह भी गुड्डू को तरह-तरह से मुँह बनाकर पुस्तक पढ़ते देख मुसकराने लगी थी।

"भाभी, आज अकेले जाह्नवी की ही छुट्टी नहीं है। हमको भी ऑफिस जाने का मन नहीं कर रहा! अब आप ही सँभालिए ऑफिस का सब झमेला! मेरा इरादा तो आज अपनी इस प्यारी-सी गुड़िया के साथ दिनभर खेलने-कूदने का है।" गुड्डू ने ऐसे कहा जैसे कोई बच्चा स्कूल न जाने के बहाने गढ़ रहा हो। पूजा एकटक गुड्डू को देखती रही, जो जाह्नवी के साथ हँसी-ठिठोली करने में मग्न था। गुड्डू के लड़कपन में उसे जाह्नवी की ही झलक दिखी, जो अकसर घर की बड़ी भाभियों को अपने छोटे देवरों में दिख जाया करती है।

रसोई में लौटकर पूजा वापस सबके लिए नाश्ता तैयार करने में व्यस्त हो गई। सबके चेहरे पर मुसकान देख आज उसे बड़ा सुकून मिला था। तभी उसे लगा जैसे पीछे से किसी ने उससे कुछ कहा।

"भाभी, आई एम सॉरी। हो सके तो हमको माफ कर दीजिएगा। हम आपके साथ बदतमीजी से पेश आए थे। हमको वैसा नहीं करना चाहिए था। भैया अब नहीं हैं। पर मेरे मन में आपके लिए इज्जत भैया से जरा भी कम नहीं हुआ है। इस नादान देवर को छोटा भाई समझकर माफ कर दीजिएगा भाभी!" सिर झुकाकर गुड्डू ने अब तक के अपने बुरे बरताव के लिए पूजा से माफी माँगी और भरोसा दिलाया कि आगे से ऐसा कभी नहीं करेगा।

"माफी माँगकर मुझे शर्मिंदा मत करिए गुड्डू! जो कुछ भी है, सब इस घर का ही तो है! मैं तो बस उसे बचाने की कोशिश कर रही हूँ। नहीं चाहती कि जतिन की मेहनत से खड़े किए गए कारोबार पर जरा भी आँच आए। गुस्से में आके अगर आपको कभी डाँट दिया या कुछ बोल दिया तो उसे दिल पर मत लीजिएगा। मैंने आपमें और जाह्नवी में कभी कोई अंतर नहीं समझा गुड्डू।" पूजा ने गुड्डू को माफ कर दिया था।

"चलिए, जाकर खाने की टेबल पर बैठिए। मैं सबके लिए ब्रेकफास्ट लेकर आती हूँ।" पूजा के कहने पर गुड्डू रसोई से बाहर जाने लगा।

धीरे-धीरे ही सही पर जिंदगी एक बार फिर से रफ्तार पकड़ने लगी थी। एक तरफ जहाँ अपनी जिम्मेदारियों का निर्वहन करते हुए पूजा जतिन की कमी को भरने का भरसक प्रयास करती रही, वहीं दूसरी तरफ कारोबार को आगे ले जाने में भी उसने कोई कोर-कसर नहीं छोड़ी। गुड्डू की हरकतें भी अब पहले जैसी नहीं रही थीं। पूरी तन्मयता और ईमानदारी से पूजा के साथ मिलकर वह कंपनी में अपनी जिम्मेदारी निभाने लगा था। ऐसा लगने लगा था जैसे ठहरी हुई जिंदगी एक बार फिर से पटरी पर आने लगी है। पर पूजा को कहाँ मालूम था कि किसी मरीचिका के समान यह सब उसकी आँखों का एक भ्रम मात्र है और असलियत एक भयावह मंजर बनकर सामने आने ही वाली है।

ऑफिस में आज एक जरूरी मीटिंग की वजह से पूजा को घर लौटने में देर हो गई थी। गुड्डू भी एक कॉन्ट्रैक्ट को फाइनल करने के सिलसिले में पिछले दो दिनों से शहर से बाहर था।

शाम के सात बज चुके थे जब पूजा मीटिंग से छूटकर घर के लिए निकली। उसे याद आया कि मीटिंग के दौरान जाह्नवी ने फोन करके अपनी पसंद के कुछ खिलौने लाने की फरमाइश की थी। रास्ते में बोरिंग रोड से उसने कुछ खिलौने खरीदे और घर के लिए निकल पड़ी। जाम की वजह से घर पहुँचते-पहुँचते नौ बज चुके थे।

"जाह्नवी बेटा? ओपेन दी डोर।" थककर चूर हो चुकी पूजा ने बेल बजाकर आवाज लगाई। खुश थी कि दरवाजा खोलते ही जाह्नवी अपनी पसंद के खिलौने देखकर उछल पड़ेगी।

"जाह्नवी, लुक बेटा! टूडे आई हैव ऑल ट्वायज फॉर यू।" पूजा ने कई बार बेल बजाकर पुकारा। पर बदले में न तो कोई जवाब आया और न ही भीतर से कहीं किसी की हरकत सुनाई पड़ी। पूजा ने देखा कि कमरे की बत्तियाँ जल रही थीं। काफी देर तक दरवाजा खुलवाने का प्रयास करती रही। पर सब बेकार। घर के भीतर लगे टेलीफोन पर भी कॉल लगाके देखा। घंटी बज रही थी। पर कोई फोन नहीं उठा रहा था। पूजा का मन अब बेचैन होने लगा। गुड्डू को कॉल लगाई। पर उसका मोबाइल भी स्विच्ड ऑफ बता रहा था। पड़ोसियों से भी पूछताछ करके देखा। पर कोई कुछ बता न सका। इन सबमें रात के ग्यारह बज चुके थे।

पूजा को अब किसी अनहोनी का भी डर सताने लगा था। क्या करे? किससे मदद माँगे? कुछ समझ नहीं आ रहा था। रात काफी हो चुकी थी और इतनी देर रात गए ऑफिस के किसी स्टाफ को परेशान करना भी उसे ठीक नहीं लगा। पर उसकी पूरी दुनिया उसकी बेटी और सास कहीं लापता थे। फिर पड़ोसियों से मदद लेकर उसने घर का दरवाजा खुलवाया। पूरा घर छान मारा। पर जाह्नवी और शैल का कहीं कोई अता-पता न था।

"बेटा, दिन-जमाना का कौनो ठिकाना नहीं! हम तो यही सलाह देंगे कि तुम्हें पुलिस में रिपोर्ट लिखवाना चाहिए।" पड़ोस के वर्मा अंकल गार्जियन की भूमिका निभाते नजर आए। पूजा को उनकी बात सही लगी। पर पुलिस में जाने से पहले उसने अपने पिता सुरेश शर्मा को फोन लगाकर सारी बातें बताना सही समझा। संकट की इस घड़ी में कोई तो अपना चाहिए था, जो उसके साथ खड़ा रहे। खबर मिलते ही शर्मा और शर्माइन दोनों पूजा के पास आ पहुँचे।

"ये सब कइसे हो गया पूजा बेटा? कहाँ गई जाह्नवी और तुम्हारी सास? आँय? सब फैमिली लोग के फोन लगाके पूछी? कहीं बिना बताए किसी के घर तो नहीं चली गई! ई लेडीज लोग भी न! केतनो उमर हो जाए, पर करेगी अपन मन्ने का! अरे जाना था तो कम-से-कम बता के जाती!" सुरेश शर्मा अपने ही आलाप में शुरू हो चुके थे।

"पापा प्लीज! अब आप शुरू मत हो जाइए! मैं पहले से ही कितना परेशान हूँ! सब जगह ट्राई करके देख लिये हैं। पर वो दोनों किसी के यहाँ नहीं मिले!" पूजा ने चिड़चिड़ाकर कहा।

"छोड़ो न इनको पूजा! इनका तो लक्षण ही है! हम तो कहते हैं कि तुमको पुलिस का हेल्प लेना चाहिए। आजकल दिन-जमाना का कौन भरोसा!" शर्माइन ने वर्मा अंकल की बात दुहराई थी।

"एकदम सहिए कह रही हैं बहनजी आप। दिन-जमाना का कौनो ठिकाना नहीं! भाई साहब, अभी भी बहुत देर नहीं हुआ। आप जाकर पुलिस में इंफॉर्म करिए।" बगल के वर्मा अंकल ने सुरेश शर्मा से कहा।

"चलो पूजा, थाना चलते हैं। ऊ थाना इंचार्ज जानता है हमको! बोलेंगे उसको कि हमरी नतिनी और समधन को जल्दी से ढूँढ़ निकालें!" शर्माजी फिर से अपनी शेखी बघारने लगे और शर्माइन खीजकर उन्हें घूरती रही।

"हाँ-हाँ, पता है सब हमको कि आपको पूरा भारत जानता है। अब जाइए

जल्दी!" शर्माइन ने अपने पति को घुड़का फिर पूजा से बोली, "जाओ बेटा, निकलो तुम लोग! अऊर उन दोनों का फोटो भी रख लेना!"

बिना समय गँवाए बाप-बेटी नजदीकी पुलिस स्टेशन पहुँचे और पूजा ने पुलिस को सारी बात बताई।

"सर प्लीज, उन दोनों को ढूँढ़ निकालिए! न जाने कहाँ चले गए हैं! मुझे तो बहुत डर लग रहा है सर!" पूजा ने कलपते हुए कहा और आँखों से आँसू बूँद बनकर उसकी हथेली पर आ गिरे।

"अरे! इसमें रोने का कौन बात है पूजा! जब शर्माजी भये कोतवाल, तो डर काहे का!" सुरेश शर्मा को गलत समय पर शायरी सूझ रही थी। वह रुके नहीं और बोलते रहे, "शर्माजी, ईंट-से-ईंट बजा देंगे उन दोनों को ढूँढ़ने में! हम लिखके दे देते हैं, कल तक वे दोनों घर पर होंगे! काहे शर्माजी, हम कौनो गलत बात बोले?" सुरेश शर्मा को दरोगा पर बहुत भरोसा था। दरअसल सगे जात वाले दरोगा को देख वह आश्वस्त थे कि जाह्नवी और शैल को ढूँढ़ निकालना उसके बाएँ हाथ का खेल है।

"मैडम, आप टेंशन मत लीजिए! हम जितनी जल्दी हो सके, उन दोनों को ढूँढ़ निकालने का हर संभव प्रयास करेंगे। अभी आप घर जाइए।" दरोगा ने पूजा को समझा-बुझाकर घर भेजा। पूजा लौटकर घर तो आ गई पर मन बेचैन था। सारे जानने-पहचानने वालों को कॉल लगाकर पूछ लिया। पर किसी को उन दोनों के बारे में कुछ पता न था। पिता को साथ लेकर हर गली-नाके की खाक छान मारी। पर कोई फायदा न हुआ।

सुबह हो चुकी थी। पर पूजा के जीवन का सूरज अभी भी अस्त था। जाह्नवी और शैल का अभी तक कहीं कोई पता नहीं चल पाया था। पुलिस अपना भरसक प्रयास कर रही थी। छानबीन के लिए वे लोग पूजा के घर का एक-दो बार चक्कर भी लगा चुके थे, पर कहीं से भी कोई सुराग नहीं मिल पाया था। पुलिस ने उन दोनों के अगवा होने का भी अंदेशा जाहिर किया था। पर अभी तक कोई रैनसम कॉल भी नहीं आया था।

"शर्मा 'जी' की बात!" सुरेश शर्मा ने जी पर जोर देते अपनी बात शुरू की। "ई कौनो मिलेनियर-बिलेनियर थोड़े ही है, जो कोई किडनैप कर लेगा! अरे ई सब खाने-कमानेवाला आदमी है! किडनैप करके किसी को क्या मिल जाएगा?" दिमाग का घोड़ा दौड़ाते हुए सुरेश शर्मा ने दरोगा से कहा।

"आजकल दिन-दुनिया बहुत खराब है। कौन कब क्या कर बैठे, कुछ कहा नहीं जा सकता!" दरोगा शर्मा हर एंगल से सोच रहे थे और अबकी उनकी नजरें पूजा पर आकर टिक गईं।

"वैसे मैडम, आपके देवर कहाँ हैं? उन्हें फोन करके बुलाइए। उनसे भी पूछताछ करनी है।" दरोगा ने पुलिसिया अंदाज में कहा।

"गुड्डू का मोबाइल स्विच्ड ऑफ आ रहा है। एक्चुअली वो पिछले दो-तीन दिनों से काम के सिलसिले में शहर से बाहर है। कई बार उसका फोन ट्राई किया, पर अभी तक बंद ही बता रहा है।" गुड्डू को फोन नहीं लगने से पूजा बेचैन थी। पर उसकी बातें सुन सुरेश शर्मा के भीतर का जेम्स बॉन्ड जाग चुका था।

"अरे···हम खूब समझते हैं ओकर चालबाजी! ई गुड्डुआ न, हमको एकदम ठीक लड़का नहीं लगता! जानते हैं शर्माजी, कई बार तो पूजा के साथ भी बहुत बदतमीजी से पेश आया है ऊ चोट्टा!"

"पापा! कुछ भी बोलने से पहले जरा सोच लिया कीजिए! गुड्डू अब पहले जैसा नहीं रहा। बदल चुका है वो। हम दोनों ही तो मिलकर अब पूरा बिजनेस सँभाल रहे हैं।" पूजा ने पिता की बातों को सिरे से नकार दिया था।

"तो हम कहाँ उसको कसूरवार ठहरा रहे हैं! हमको जो लगा, ऊ बोल दिए!" अपना पक्ष रखते हुए सुरेश शर्मा बोले।

"मैडम, हमें सभी पहलुओं पर बारीकी से सोचना होगा। लापरवाही महँगी पड़ सकती है। आप गुड्डू को फोन लगाते रहिए। हो सकता है पैसे के लिए भी कोई कॉल आए। इसलिए जरा सतर्क रहिएगा और ऐसा-वैसा कुछ भी लगे तो हमको तुरंत इंफॉर्म करिएगा!" कहकर दरोगा शर्मा चले गए।

दो दिन बीत गए। पर जाह्नवी और शैल का कहीं कुछ पता न चल पाया। पुलिस हर संभव प्रयास कर रही थी। पर नतीजा सिफर। संकट की इस घड़ी में शर्मा-शर्माइन ढाल बनकर पूजा के साथ खड़े थे। पर पूजा को चैन कहाँ! अपनों की गुमशुदगी के बाद से पूजा का ऑफिस आना-जाना भी छूट चुका था। गुड्डू का अभी तक कुछ अता-पता नहीं था। उसका मोबाइल बंद ही बता रहा था।

अपनी प्रिय वस्तु के गुम होने के साथ ही इनसान का ईमान भी खो जाता है और वह सबको शक की निगाह से देखने लगता है। कई दफा पूजा के शक की सुई गुड्डू पर जाकर टिक जाती और वह मन-ही-मन बेचैन हो उठती। पर सब उसकी गलतफहमी साबित हुई जब दो दिन बाद गुड्डू घर लौट आया।

"भाभी, एतना कुछ हो गया और हमको पते नहीं चला! ओह शिट्ट्ट··· कॉन्ट्रैक्ट लेने के चक्कर में हमको तनिको खयाले नहीं रहा कि मोबाइल बंद है और घर पर बात कर लेना चाहिए। पर ई सब हुआ कैसे भाभी?" घर के सदस्यों के लापता होने की खबर सुन गुड्डू हलकान था और शर्मिंदा भी।

"मैंने कई बार आपका फोन ट्राई किया गुड्डू, पर वो बंद बता रहा था।" पूजा ने शुरू से अब तक की हरेक बात गुड्डू को बताई। तनी भौंह से झाँकती सुरेश शर्मा की निगाहें गुड्डू पर ही टिकी थीं। अंततः उनसे रहा न गया।

"माने कईसन आदमी हो जी तुम! हाँय? घर का अकेला लड़का हो और घर का खोज-खबर लेने तक का टाइम नहीं रहता! ऐसे भी कौनो काम करता है! यहाँ सबके नींद-चैन उड़ल है और तुम अपना मोबाइल बंद करके लापता हो!" सुरेश शर्मा भावनाओं में बहने लगे थे।

"पापा चुप रहिए न! हो गया न अब!" पिता की भावनाओं पर बेटी ने विराम लगाया।

"नहीं भाभी, बोलने दीजिए अंकल को। ये एकदम सहिए बोल रहे हैं। हम मानते हैं हमसे गलती हो गया। चलिए, थाना से होके आते हैं!" गुड्डू की बातों से पूजा को लगा कि वह खामखाँ ही अब तक उसके बारे में अनाप-शनाप सोच रही थी।

खैर, बिना समय गँवाए दोनों पुलिस स्टेशन पहुँचे जहाँ दरोगा शर्मा ने बाल की खाल तक गुड्डू से पूछताछ की। गुड्डू ने भी खाल की तह तक जाकर जवाब दिया जिसने न केवल दरोगा बल्कि पूजा के मन की भी हरेक शंका मिटा दी थी। पर यक्षप्रश्न अब भी मुँह बाए खड़ा था कि जाह्नवी और शैल गए तो गए कहाँ?

"इंस्पेक्टर साहब, कुछ भी करिए! पर उन दोनों को ढूँढ़ निकालिए! दो दिन हो चुके और पुलिस अभी तक हाथ पे हाथ धरे बैठी है! अगर आप लोग से नहीं हो पा रहा तो बोल दीजिए। हम ऊपर लेवल पर जाकर बात करेंगे! समझते हैं आप, भाभी पहले ही भइया को खो चुकी है और अब जाह्नवी! माँ का भी कुछ पता-ठिकाना नहीं है! कुछ करिए इंस्पेक्टर साब!" गुड्डू दरोगा पर हावी होने लगा था।

"आई कैन अंडरस्टैंड मिस्टर गुड्डू। वी आर ट्राइंग आवर बेस्ट।" दरोगा ने गुड्डू को दिलासा दी।

"मुझे झूठा दिलासा नहीं, मुझे मेरे अपने वापस चाहिए। एंड यू आर नॉट डूइंग योर बेस्ट!" गुड्डू की बातों का दरोगा के पास कोई जवाब नहीं था।

पुलिस स्टेशन से निकलते वक्त गुड्डू पूजा को बहुत परेशान लगा। पूजा ने उसकी आँखों में आँसू देखे।

"गुड्डू, सँभालिए खुद को! इतना कमजोर पड़ जाइएगा तो कैसे चलेगा!"

"भाभी, हम केतना कमीना इनसान है! बताइए? इहाँ एतना कुछ हो गया और हम वहाँ मोबाइल बंद करके बिजनेस कर रहे थे! हमको शरम आ रहा है खुद पर!" और गुड्डू फफककर रो पड़ा।

वापसी में घर लौटते समय दोनों का मन भारी था। गुड्डू कार ड्राइव कर रहा था और पूजा उसके बगल की सीट पर चुपचाप बैठी थी। अचानक चौंककर पूजा ने गुड्डू को कार रोकने के लिए कहा।

"स्टॉप-स्टॉप! गुड्डू गाड़ी रोकिए!"

"क्या हुआ भाभी? आप ठीक तो हैं न?" गुड्डू ने ब्रेक पर पैर मारा और कार एक झटके से रुक गई। उसने देखा कि पूजा की नजरें एकटक सामने वाले मकान पर टिकी थीं। वहाँ से फिल्मी गीत के बजने की मद्धिम आवाज भी आ रही थी।

'रोते-रोते हँसना सीखो, हँसते-हँसते रोना।'

पूजा का ध्यान गाने के बोल पर ही टिका था। दरअसल यह वही गीत था जिसे सुनकर जाह्नवी अपने पिता को अकसर याद किया करती थी।

"गुड्डू, आपने सुना न ये गाना? जाह्नवी का फेवरेट सॉन्ग है। कहीं जाह्नवी आसपास ही तो···" पूजा की अधूरी बातों का तात्पर्य गुड्डू समझ चुका था।

गाने की आवाज सड़क के दूसरी तरफ वाले मकान से आ रही थी। कार से उतर दोनों उस मकान की तरफ बढ़ने लगे। घर के भीतर हर तरफ चहल-पहल थी और जाह्नवी की ही उमर के कई बच्चे रंग-बिरंगे कपड़े पहने इधर-उधर फुदक रहे थे। उन बच्चों के बीच पूजा की आँखें अपनी लाडली को तलाशती रहीं।

"जी कहिए? किससे मिलना है आपको?" भीतर के कमरे से निकलकर एक महिला पूजा के सामने आकर खड़ी थी। पूजा ने उसकी बातों का कोई जवाब नहीं दिया। देती भी कैसे, वह तो उन बच्चों में इस कदर खोई थी कि उसे अपने आसपास का भी खयाल न रहा।

"मैंने कहा, किससे मिलना है आपको?" महिला ने फिर से अपना सवाल दुहराया।

"वो, गाना?" पूजा जैसे तंद्रा से बाहर आई और उसने म्यूजिक सिस्टम की तरफ इशारा किया।

"आज मेरी बेटी का बर्थडे है। पर आप लोग? माफ कीजिए, मैंने आपको पहचाना नहीं!" औरत की सवालिया निगाहें पूजा के चेहरे पर टिकी रहीं।

"क्या आप अपनी बेटी को बुला देंगी?" पूजा की आँखें भरी हुई थीं। न जाने क्यों, पर वह औरत पूजा की बातों को टाल न सकी।

"रिया बेटा, इधर आइए।"

"जी मम्मा?" माँ के पुकारने पर पाँच साल की एक बच्ची गाने के बोल पर थिरक रहे बच्चों के झुंड से निकलकर फुदकती हुई उसके पास चली आई।

पूजा की पथराई आँखें रिया पर टिकी रहीं। रिया के मासूम चेहरे में उसने जाह्नवी की झलक देखी थी। पर ये जाह्नवी नहीं थी। यह पूजा की आँखों का धोखा था। रिया को पुचकारकर पूजा ने उसे जन्मदिन की शुभकामनाएँ दीं और भारी मन से उलटे पाँव वापस लौट गई।

"एक्सक्यूज मी? आखिर बात क्या है?" घर के दरवाजे पर खड़ी रिया की माँ के लिए पूजा अभी भी एक अबूझ पहेली थी। पर पूजा की आँखों में आँसू देख उसका मन भी लरजने लगा था। एक माँ के दिल को दूजी माँ के दिल की थाह लेनी थी।

"क्या हुआ दिव्या? कौन थे ये लोग? चले क्यों गए?" किसी को पुकारने की आवाज सुन भीतर के कमरे से निकलकर महिला का पति बाहर आ गया था।

"अपनों से बिछड़ी कोई औरत थी शायद! राह भटककर इधर आ गई थी।" दिव्या ने अपने पति से झूठ कहा था। जानती थी कि सच बताने पर वह सौ सवाल पूछना शुरू कर देगा। आखिर पटना पुलिस में डी.एस.पी. जो ठहरा। नाम था पलाश और दोस्त उसे पेलू भइया कहकर चिढ़ाते थे।

"भाभी, सँभालिए खुद को!" गुड्डू पूजा को चुप कराने की कोशिश करता रहा। कार के भीतर आकर पूजा अपनी भावनाओं पर काबू न पा सकी थी और फूट-फूटकर रोने लगी।

"गुड्डू, मुझे बहुत डर लग रहा है। न जाने भगवान् को मुझसे क्या दुश्मनी है! आखिर क्यों बार-बार वह मेरी ही परीक्षा लेता है! पता नहीं, जाह्नवी और माँ किस हालत में होंगे!" बिलखते हुए पूजा ने कहा। किसी अनिष्ट की आशंका से उसका मन बैठा जा रहा था।

उसके मन की हालत गुड्डू भलीभाँति समझ रहा था। वह चुपचाप ड्राइव करता रहा और थोड़ी ही देर में कार घर के बाहर आकर रुकी।

"भाभी, आप अंदर जाइए। हम एक बार ऑफिस का राउंड लगाकर आते हैं।" कहकर गुड्डू ने अपनी कार ऑफिस की तरफ घुमा ली। बेजान कदमों से पूजा घर के भीतर दाखिल हुई। घर का सन्नाटा उसे काटने को दौड़ रहा था।

***

दस दिन बीत गए। पर जाह्नवी और शैल का कहीं कुछ पता नहीं चला। पुलिस का प्रयास जारी था। अपनों को ढूँढ़ निकालने के लिए पूजा ने भी कोई कोर-कसर नहीं छोड़ी। पागलों की भाँति वह दिन-रात पटना शहर की सड़कों की खाक छानती फिरती। अपने जानने-सुननेवाले सभी लोगों के घर पर भी तलाश लिया। पर बेटी और सास का पता न लगा पाई। सुरेश शर्मा और शर्माइन एक तरफ जहाँ जाह्नवी और शैल के लापता होने से परेशान थे, वहीं पूजा की दयनीय हालत देखकर दुखी। गुड्डू आजकल बिजनेस में कुछ ज्यादा ही मन लगाने लगा था और उसका अधिकांश समय अब ऑफिस में ही बीतता।

एक रात तकरीबन नौ बजे।

कमरे में निढाल पड़ी पूजा अपनी गुमशुदा लाडली की यादों में गुम थी। उसकी नम आँखें बता रही थीं कि आँसुओं ने वहाँ ठौर पा लिया है।

"भाभी!"

पूजा को लगा जैसे किसी ने उसे पुकारा। भीगी पलकों को पोंछकर उसने खुद को ठीक किया और इधर-उधर देखा तो दरवाजे पर गुड्डू को खड़ा पाया।

"आइए गुड्डू, उन दोनों का कुछ पता चला क्या?" पूजा की निगाहें आशान्वित होकर गुड्डू पर उठीं और अगले ही पल निराशा के सागर में डूब गईं।

"नहीं भाभी, कुछ भी पता नहीं चला। हम थाना गए थे आज। ऊ दरोगा को हड़काए भी और बोले कि हम जा रहे हैं, उन लोग का ऊपर कंप्लेन करने। बताइए, दस दिन हो गया और अभी तक दोनों का कुच्छो ठौर-ठिकाना नहीं मिला है। का कहें भाभी, हमको न ऑफिस का एक्को काम करने में मन नहीं लगता! लेकिन ऑफिस भी सँभालना जरूरी है न! आखिर जतिन भैया का खून-पसीना से खड़ा किया गया कारोबार हम ऐसे ही थोड़े न डूबने देंगे!"

गुड्डू की बातों से षड्यंत्र की बू आ रही थी।

"गुड्डू ऑफिस में सारे स्टाफ से पूछकर देखिएगा न! शायद किसी को कुछ पता हो!" आशा की एक हलकी सी उम्मीद भी पूजा अपने हाथों से नहीं जाने देना चाहती थी।

"आपको बोलने का जरूरत नहीं पड़ेगा भाभी! ऊ सब हम कब्बे करके देख लिए। पर कोई कुछ नहीं जानता है।" गुड्डू की बातें सुन पूजा के मन की उम्मीद भी जाती रही।

"वैसे, भाभी एगो काम था।" गुड्डू ने अब अपने मतलब की बात कही।

"कहिए गुड्डू? क्या काम है?"

"वो, भाभी कुछ चेक पर आपका साइन चाहिए था। कॉन्ट्रैक्टर लोग को पेमेंट करना था। आप तो जानबे करती हैं लेट होने पर वो सब माथा पर सवार होने लगता है। पर कोई बात नहीं! आप अभी नहीं करना चाहती तो हम बाद में आएँगे।"

अपनी बातों से गुड्डू ने शतरंज की बिसात बिछा दी थी और मक्कारी से अपनी चाल चलने लगा था।

"जाइए, चेक लेकर आइए। मैं साइन कर देती हूँ।" गुड्डू की चाल कामयाब रही। पूजा की बात खत्म होने से पहले उसने जेब से चेक और पेन निकालकर सामने रख दिया।

एक के बाद एक करके पूजा ने चेकबुक के कई पन्नों पर अपने दस्तखत उकेरे। चेकबुक के हरेक पलटते पन्नों के साथ गुड्डू के चेहरे की चमक भी बढ़ती जा रही थी। पर उसका शातिर दिमाग इतने पर ही नहीं रुका।

"भाभी, हम एगो बात सोचे हैं। अगर आप अपना परमिशन दें तो हम कुछ कहें। लेकिन प्लीज, भाभी देखिए, हम पहले ही बोल दे रहे हैं। हमको गलत नहीं समझिएगा। हम न, अब पहले वाला गुड्डू नहीं रहे। हम बदल चुके हैं।"

गुड्डू ने अपनी आखिरी चाल चल दी थी। पर यहीं वह भूल कर बैठा।

"पर बात क्या है गुड्डू? जो भी कहना है बेझिझक होकर कहिए। इतना घबराने की कोई जरूरत नहीं है।"

"वो, भाभी, हम सोच रहे थे न कि आप तो इधर कुछ दिनों से ऑफिस जा नहीं रही हैं और संकट के इस टाइम में चेक-उक साइन कराने में हमको बहुत खराब लगता है। तो क्यों न कंपनी और उसके बैंक अकाउंट में हम अपना नाम डलवा लें। देखिए, म···मतलब, इससे आपको फालतू का ई सब झमेला में पड़ना नहीं पड़ेगा और हम हैं न कंपनी का सब काम देखने के लिए!" गुड्डू ने फिर से अपनी चाल चली। पर अबकी उसे अपनी शातिराना चाल महँगी पड़ी। दुश्मन खेमे की रानी को हलके में लेना उसे महँगा पड़ा और शतरंज के बिछे-बिछाए बिसात की धज्जियाँ उड़ गईं।

"आपको जब भी चेक पर साइन लेना हो तो मेरे पास आने में संकोच करने की कोई जरूरत नहीं। अभी आप जाइए। मेरा सिर भारी लग रहा है। मैं सोना चाहती हूँ।"

चेक और मेट। गुड्डू अपनी चाल हार चुका था। पूजा की दो-टूक बातों के आगे उसके पास बोलने को अब कुछ न बचा। अंततः कमरे से बाहर जाने के सिवाय अब उसके पास कोई चारा न था।

"ठीक है भाभी, जैसा आपको ठीक लगे। गुड नाइट!" कहकर गुड्डू चुपचाप कमरे से बाहर निकल आया।

'साला! बात पकड़ो, बात की धार पकड़ो। वाह भाभी! सब मलाई अकेले लूटना चाहती हो। हम खूब समझते हैं आपकी होशियारी। अपने ही घर के पैसा लेने के खातिर हमको ई दो दूना चार दिन की आई औरत से भीख माँगना पड़ रहा है। थू है हम पर!' मन-ही-मन भुनभुनाता हुआ गुड्डू अपने कमरे के भीतर दाखिल हुआ और हार की खीज दरवाजे पर लात मारकर निकाली। पर ऐसा करने से बगल वाले कमरे में सोए सुरेश शर्मा की नींद में खलल पड़ी थी।

"ओह! ये साला गुड्डुआ न, शऊर नाम का चीज नहीं है तनिको इसके अंदर! ऐसे दरवाजा पीटता है कोई! अपने ही घर की नींव हिला रहा है बुड़बक!" अर्द्धनिद्रा में सुरेश शर्मा ने पते की बात कही थी।

"च्च, अरे सो जाइए न! काहे बड़बड़ा रहे हैं!" अनमना कर शर्माइन ने लताड़ा तो सुरेश शर्मा मन मारकर सोने की कोशिश करने लगे। पर नींद कहाँ, वह तो आँखों से काफूर हो चुकी थी।

"देखो शर्माइन, हम फिर से कह रहे हैं। इस लड़का का लक्षण न हमको फुटलो आँख नहीं सुहाता है।" नींद का दामन छोड़ सुरेश शर्मा फिर से भावनाओं में बहने लगे थे।

"आपको नहीं सुहाता तो का करें? अपने ही घर से उसको ढकेल के भगा दें! आँय? अब चलिए, चुपचाप आँख मूँद के सो जाइए! न खुद सोएँगे, न और किसी को सोने देंगे!" पत्नी के घुड़कने पर सुरेश शर्मा सोने का प्रयास करने लगे।

□

9

अगले दिन का सूर्योदय पूजा के जीवन में एक काला सच लेकर उदित हुआ। मोबाइल पर एक के बाद एक लगातार आ रहे नोटिफिकेशंस से उसकी नींद खुली। उनींदे ही मोबाइल उठाकर अधखुली आँखों के सामने लगाया तो आँखें फटी-की-फटी रह गईं। मोबाइल में आए मैसेजेज और फोटोज को देख उसके पैरों तले जैसे जमीन ही खिसक गई थी। बिना पल गँवाए उसने उस नंबर पर कॉल लगाया तो वह स्विच्ड ऑफ बता रहा था। पूजा के त्रास की अब कोई सीमा न रही और इन्हें शब्दों में व्यक्त कर पाना असंभव था। दु:ख की अपार पीड़ा चीत्कार बनकर फूटी और वह चीख-चीखकर रोने लगी। बेटी की चीख-पुकार सुन शर्मा-शर्माइन सिर पर पैर रख पहले तल्ले की तरफ लपके।

"मत रो पूजा! इतना घबराएगी तो कैसे काम चलेगा बेटा! मिल जाएँगे वो दोनों!" शर्माइन को लगा कि पूजा अपनी बेटी के विरह में विलाप कर रही है और झूठा दिलासा देकर वह उसे चुप कराने की कोशिश करती रही। लेकिन बेटी का क्रंदन देख सुरेश शर्मा को खटका लगा था और किसी अनिष्ट की आशंका से उनका दिल बैठने लगा था।

"क्या हुआ पूजा? सब ठीक तो है न?" लरजते मन से सुरेश शर्मा ने पूछा।

"प···पापा!" थरथराते होंठ और भर्राए गले से पूजा के मुँह से बोल फूटे और उसने मोबाइल पिता की तरफ बढ़ाया। शर्माइन उसे चुप कराने का असफल प्रयत्न करती रही।

"क्या हुआ जी? क्या है मोबाइल में?" शर्माइन का मन भी अब किसी अनिष्ट की आशंका से बैठा जा रहा था। मोबाइल पर आए मैसेज और तसवीर देखकर सुरेश शर्मा के चेहरे पर हवाइयाँ उड़ने लगी थीं।

"केतना कमीना इनसान निकला ई! मादर…" सुरेश शर्मा गुस्से से फट पड़े थे। किसी तरह उन्होंने खुद को जब्त किया।

"अरे हुआ क्या! बताइएगा भी कुछ कि खाली गरियाते रहिएगा!" शर्माइन का सब्र अब जवाब देने लगा था।

"जाह्नवी और माँ को गुड्डू ने किडनैप किया है।" भर्राए गले से पूजा ही बोली।

"अरे मइया!" अवाक् होकर शर्माइन ने मुँह पर हाथ रख लिया।

"हम बोले थे न तुमको! ई गुड्डुआ के लक्षण हमको शुरुए से ठीक नहीं लगता था! और एतना ही नहीं, ऊ मैसेज करके पूजा को धमकी दिया है कि अगर सब जमीन-जायदाद और बिजनेस उसके नाम नहीं की तो ऊ चोट्टा उन दोनों को मार देगा! चू…" सुरेश शर्मा का गुस्सा फिर से उबाल मारने लगा था। बीवी ने आँखें दिखाईं तो भावनाओं पर काबू पाया।

"हम तो कहते हैं पूजा कि चलो पुलिस के पास। चलके दिखाओ ई सब कि देखिए गुड्डुआ का भेजा है!" सुरेश शर्मा मोबाइल में आए मैसेज और फोटो के बारे में बात कर रहे थे।

"नहीं पापा, पुलिस के पास जाना खतरनाक हो सकता है। गुड्डू ने मैसेज में धमकी दिया है कि पुलिस को इंफॉर्म करने पर वह उन दोनों को मार डालेगा।" गुड्डू का धमकी भरा मैसेज पढ़कर पूजा सहमी हुई थी। मैसेज के साथ गुड्डू ने जाह्नवी और शैल की तसवीर भी फॉरवर्ड की थी, जिसमें वे दोनों रस्सियों से बँधे हुए थे।

"हाँ, पढ़े हम। गुड्डुआ दो दिन का टाइम दिया है। और दो दिन के अंदर अगर ई घर, सब जमीन-जायदाद और पूरा कंपनी उसके नाम नहीं की तो ऊ उन दोनों को…! च्च…छोड़ो ई सब! तुम ई मैसेज पर इतना ध्यान मत दो! ऐसे करके ऊ हड़का रहा है तुमको! देख लेना, कुच्छो नहीं करेगा!"

"…और कुछ किया तो?" पूजा के सवाल का सुरेश शर्मा के पास कोई जवाब नहीं था।

"पापा, पुलिस के पास जाना महँगा पड़ सकता है और मुझे नहीं चाहिए धन-दौलत! मेरी सबसे बड़ी संपत्ति मेरी बेटी ही है। जतिन तो अब इस दुनिया में रहे नहीं और किसी भी कीमत पर मैं जाह्नवी को नहीं खोना चाहती पापा। गुड्डू को जो चाहिए, मैं सब उसके नाम करके यहाँ से चली जाऊँगी।"

पूजा का अंदेशा सही था। पैसों की खातिर गुड्डू ने सारी सीमाएँ लाँघ दी थीं और अपनी बात मनवाने के लिए वह किसी भी हद तक गिर सकता था। इस पर तब मुहर लग गया, जब कुछ ही घंटे बाद गुड्डू का कॉल आया।

"भाभी प्रणाम! कैसी हैं? हम बोले थे न कि बेटी को ढूँढ़ निकालेंगे! उसका फोटो भी भेजे हैं। कइसन लगा देख के?" गुड्डू ने कमीनेपन से कहा और ठहाके लगाके हँसने लगा।

"गुड्डू, मैं हाथ जोड़ती हूँ। प्लीज, छोड़ दो जाह्नवी और माँ को। क्यों कर रहे हो तुम ऐसा? यह सब तुम्हारा ही तो है। मैं तो केवल रखवाली कर रही थी। तुम्हें चाहिए था तो एक बार मुझसे कहकर तो देखते! सबकुछ तुमको सौंपकर चली जाती मैं यहाँ से!" किसी भी कीमत पर पूजा जाह्नवी और शैल को गुड्डू से बचाना चाहती थी।

"भाभी, आप न बादाम खाया करिए।"

"मतलब?"

"मतलब यही कि आपको मेमोरी लॉस का प्रॉब्लम है। भूल गईं आप। हम कल आए तो थे आपके पास और बोले भी थे कि सब मेरे नाम कर दीजिए। पर नहीं, आप तो ठहरी हरिश्चंद्र की छठी औलाद! सॉरी, अकेली औलाद! ऊ खूसट सुरेश शर्मा का तो आपको पैदा करने में ही गाँड़ फट गया।" गुड्डू नीचता पर उतारू हो चुका था।

"गुड्डू, मतलब की बात करो! फोन किसलिए किए हो?" पूजा ने सख्ती से पूछा।

"उफ, सॉरी! भाभी को बुरा लगा। आई एम एक्स्ट्रीमली सॉरी! लेकिन याद रखिएगा, अगर दो दिन के अंदर सबकुछ मेरे नाम नहीं हुआ तो आपकी सासू माँ और आपकी बेटी को ठिकाने लगाते हम बिल्कुल भी सॉरी फील नहीं करेंगे।" कागज के चंद टुकड़ों की खातिर गुड्डू अपने-पराए सबके मायने भूल चुका था।

"पर गुड्डू, माँ है वो तुम्हारी! उनपर तो रहम खाओ।"

"माँ? अरे जब हम संपत्ति के खातिर अपने भाई को रास्ते से हटा सकता हूँ तो माँ का क्या है! और वैसे भी, बहुत जी चुकी वह अपनी जिंदगी। अब भैया के पास जाकर आराम से रहेंगी।"

गुड्डू आस्तीन का वो साँप निकला जिसने अपनों को ही डसा था।

"क-क्या! मतलब वो एक्सीडेंट तुमने···?" गुड्डू के मुँह से उसकी असलियत जान पूजा भीतर तक काँप उठी थी।

"हाँ भाभी। हम ही ब्रेक फेल करवाए थे आपके पतिदेव के कार का। स्साला, हर चीज में किचकिच करता था। खैर छोड़िए वो सब फालतू बात! हम ये सब रामकहानी सुनाने के लिए फोन नहीं किए हैं। हम इसलिए फोन किए हैं कि जल्दी से सब मेरे नाम करके अपना रास्ता पकड़िए, नहीं तो याद रखिए आपकी लाड़ली अपने पापा से बहुत प्यार करती थी और उनके पास जाने में उसको जरा भी तकलीफ नहीं होगा।" फोन के दूसरे तरफ से गुड्डू ने कहा। पैसों की खातिर वह हैवान बन चुका था।

"देखो गुड्डू, तुम प्लीज, जाह्नवी को कुछ मत करना! मैं आज ही सारे पेपर्स रेडी करवाकर सबकुछ तुम्हारे नाम कर देती हूँ।" पूजा ने गिड़गिड़ाकर रहम की भीख माँगी।

"वो तो आप करेंगी ही! और एक बात और, पुलिस में दिया हुआ मिसिंग कंप्लेन आज ही विथड्रॉ हो जाना चाहिए। कान खोलकर सुन लीजिए, हमको हलका में लेने का भूल बिल्कुल मत करिएगा नहीं तो आपको बहुत भारी पड़ेगा। रखते हैं। प्रणाम!"

गुड्डू की बातों ने पूजा के अंतस् को हिलाकर रख दिया था। ऊपर से जब पता चला कि जतिन की मौत गुड्डू के ही षड्यंत्र का एक हिस्सा थी तो वह भय से काँप उठी। कैसे चंद रुपयों की खातिर कोई अपनों की ही जान लेने पर आमादा हो सकता है। कमरे में मौजूद सुरेश शर्मा ने पूजा और गुड्डू की फोन पर हुई सारी बातें सुनी थीं। सच्चाई जानकर उनके भी चेहरे का रंग सुर्ख पड़ गया था।

"पापा, सुना न आपने!" पिता की आँखो में झाँक पूजा ने भर्राए गले से कहा।

"हाँ बेटा, सबकुछ सुने हम। अब आगे क्या करने का सोची हो?" गुड्डू की नीचता की हद से रूबरू होकर सुरेश शर्मा के भी हाथ-पाँव काँपने लगे थे।

पूजा ने वही किया जैसे गुड्डू ने उससे करने को कहा था। दो दिनों के भीतर उसने थाने में दिया मिसिंग कंप्लेन वापस लिया और सबकुछ गुड्डू के नाम कर अपने माता-पिता के घर शिफ्ट हो गई। गुड्डू की सारी इच्छाएँ पूरी कर पूजा ने उसके मोबाइल पर कॉल लगाया। पर वह स्विच्ड ऑफ बता रहा था। इसलिए मैसेज भेजकर उसे इत्तला की और अपनी बेटी की सही-सलामत वापसी की राह देखने लगी। पर न तो गुड्डू का मोबाइल ऑन हुआ और न ही जाह्नवी लौटकर वापस आई।

पूजा के लिए अब एक-एक पल बिताना भारी पड़ रहा था। अंततः उससे रहा

नहीं गया और गुड्डू की थाह लेने वापस लौटकर उसी दरवाजे पर आई जिसे उसने सदा के लिए छोड़ दिया था। दरवाजा भीतर से बंद देखकर मन में आस जगी कि शायद गुड्डू लौट आया है और जाह्नवी भी भीतर ही कहीं होगी। डोरबेल बजाने पर भीतर से कोई अनजान आदमी निकलकर बाहर आया।

"जी कहिए? किससे मिलना है?" कद्दावर से एक आदमी ने दरवाजे पर आकर पूछा।

"जरा गुड्डू को बुला दीजिए। मुझे उससे मिलना है। मैं उसकी भाभी हूँ।" पूजा ने बड़े आस से कहा।

"कोई गुड्डू-वुड्डू नहीं रहता यहाँ! ये मकान हम खरीद लिए हैं। जाइए यहाँ से!" इससे पहले कि पूजा और कोई सवाल पूछती, दरवाजा उसके मुँह पर बंद हो चुका था। जाह्नवी को पाने की इस आखिरी उम्मीद ने भी दम तोड़ दिया था।

पूजा के पास अब कोई चारा नहीं बचा। वह पुलिस के पास भी नहीं जा सकती थी। डर था कि कहीं गुड्डू जाह्नवी के साथ कुछ गलत न कर बैठे। पूजा को यह भी नहीं मालूम था कि उसकी बेटी जिंदा है या··· ? खैर! अपनों को खोकर पूजा एक जिंदा लाश बन चुकी थी। अब मायका ही उसका रैनबसेरा था। अन्न-जल त्यागकर उसने खुद को कमरे में कैद कर लिया। अपनी लाडली की दयनीय स्थिति देखकर शर्मा-शर्माइन भी बहुत चिंतित रहने लगे। पर करते भी क्या? अपने स्तर से उन्होंने भी जाह्नवी को तलाशने का बहुत प्रयास किया। पर गुड्डू ने उसे कैद करके कहाँ रखा था यह पता नहीं लगा पाए।

***

छह महीने बाद।

गुड्डू ने अभी तक जाह्नवी को रिहा नहीं किया था। शर्मा-शर्माइन ने भी अब उसके आने की आशा बिल्कुल छोड़ ही दी थी। अपने कमरे में बेजान पड़ी पूजा एक जिंदा लाश बन चुकी थी। अब तो आँसुओं ने भी उसका साथ छोड़ दिया था और वे भीतर ही कहीं सूख चुके थे। पर बेटी के लौट आने की आस अभी भी जेहन में कहीं साँस ले रही थी। कई मर्तबा रात-अधरात उठकर वह दरवाजा खोलने के लिए दौड़ पड़ती कि जाह्नवी उसे आवाज लगा रही है। शर्मा-शर्माइन के लिए अपनी बेटी की पीड़ा असहनीय थी।

"ए जी? क्या करें? पूजा का तकलीफ हमसे देखा नहीं जाता! लगता है भगवान् उसके किस्मत में खाली दुःख-दर्द ही लिखकर भेजा है। खत्मे नहीं होता!"

बेटी पर दुःखों का पहाड़ गिरा देख शर्माइन ने अपने मन का हाल सुरेश शर्मा से बयाँ किया, जो अखबार के पन्नों में खोए थे।

"ए जी? सुन रहे हैं कि खाली अखबारे में घुसल रहिएगा!" झुँझलाकर शर्माइन सुरेश शर्मा पर बरसी।

"तुमको क्या लगता है हमको अपनी बेटी का चिंता नहीं है! अरे बाप हूँ हम उसका! बाल-बच्चों के तकलीफ पर बाप आँसू नहीं निकालता, उपाय तलाशता है। देखो, हमको अखबार में क्या मिला है। पूजा का तकलीफ कम करने का उपाय।" कहकर सुरेश शर्मा ने अखबार का एक पन्ना निकालकर शर्माइन के सामने रख दिया, जिसपर किसी बाबा की तसवीर छपी थी।

"का है ई?" आँखें उचकाकर शर्माइन ने पूछा।

"ई पहुँचे हुए झोलटिया बाबा हैं।" अखबार में छपे एक बाबा की तसवीर पर अंगुली रख सुरेश शर्मा ने बताया।

"पहुँचे हुए! कहाँ पहुँचे हुए?" शर्माइन ने भोलेपन से पूछा।

"उफ्फ! तुम भी न! पहुँचे हुए, मतलब सिद्ध बाबा हैं।"

"तो ई क्या करेंगे? जाह्नवी को ढूँढ़ निकालेंगे?"

"नहीं, ये पूजा का तकलीफ कम करने में उसकी मदद करेंगे।"

"वो कैसे?"

"हम टी.वी. पर कई बार इनका प्रवचन सुने हैं। मन को बहुत शांति मिलता है। हम सोचे हैं पूजा को लेकर चलेंगे इनके शिविर में! इनका प्रवचन सुनेगी तो उसका मन थोड़ा शांत होगा।" आस लगाकर झोलटिया बाबा की तसवीर को निहारते हुए सुरेश शर्मा बोले।

इनसान के लिए जब दुःखों पर पार पाना मुश्किल होता है तब वह विश्वास का सहारा लेता है। विश्वास, उन अनजानी दैविक शक्तियों के प्रति जिसे उसने कभी नहीं देखा। पर बाबा या फकीर जैसे जो लोग उन्हें देखने और सुनने का दावा करते हैं, वे उन्हें अपना माध्यम बनाता है, उन अदृश्य दैविक शक्तियों तक अपनी पहुँच बनाने का। उन तक अपनी बात पहुँचाने की। झोलटिया बाबा भी उसी श्रेणी के सिद्धि बाबा थे। पर उनकी सिद्धि में कितनी सच्चाई थी यह तो सिर्फ वही बता सकते थे। लेकिन शर्मा-शर्माइन को एक माध्यम मिल चुका था अपनी बेटी के त्रास को कम करने का। उसके दुःखों से पार पाने का।

पूजा से मिन्नतें कर शर्मा-शर्माइन ने उसे झोलटिया बाबा के पास चलने के

लिए तैयार कर लिया और साथ लेकर पटना शहर के बाहरी इलाके की ओर चल पड़े जहाँ झोलटिया बाबा अपने अस्थायी आश्रम में ध्यानमग्न थे। दिनभर में दो वक्त वह ध्यान तोड़ते और यही मौका होता जब वह अपने भक्तों को दर्शन देते। बड़े आस से सुरेश शर्मा अपनी पत्नी और पूजा को साथ लेकर झोलटिया बाबा के आश्रम पहुँचे जहाँ पहुँचने पर पता चला कि कुछ ही क्षण बाद बाबा अपने भक्तों को दर्शन देंगे।

"अरे, कहाँ ले आए जी हमको! बाबा का प्रवचन सुनाने लाए हैं कि सिनेमा दिखाने? इहाँ तो टिकट लगता है? कइसन बाबा हैं ई जो अपने भक्तों को ही लूटते हैं!" आश्रम के भीतर बने शिविर की ओर बढ़ते हुए शर्माइन ने बाबा की मौलिकता पर ही प्रश्नचिह्न लगा दिया था।

वी.आई.पी. खेमेवाली सीट के लिए शुल्क अदा कर सुरेश शर्मा परिवार सहित सबसे अगली कतार में जा बैठे, जो बाबा के आसन से कुछ ही कदमों की दूरी पर था।

कुछ क्षण बाद झोलटिया बाबा का पदार्पण हुआ।

"सभी दिव्य शक्तियों को मेरा चरणस्पर्श!"

गेरुआ वस्त्र धारण किए झोलटिया बाबा मंच पर आकर अपने दर्शनार्थियों के समक्ष हाथ जोड़कर नतमस्तक हुए। जवाब में सभी दर्शनार्थियों के हाथ भी झोलटिया बाबा के नमन में जुड़ गए और एक समवेत स्वर गूँजा—'झोलटिया बाबा की जय!' शर्माइन ने सुना कि भीड़ में से कइयों ने झोलटिया बाबा को झोला बाबा कहकर उनकी जयकार लगाई थी।

"अरे, ये कइसन झोला बाबा हैं! सबको दिव्य शक्ति कहकर बुलाते हैं? अब हम लोग के पास कौन-सा दिव्य शक्ति आ गया?" बाबा का पहला ही वाक्य सुन शर्माइन गुस्से से उबलने लगी थी। पूजा उनके बगल में शांतचित्त होकर बैठी थी। शर्माजी ने होंठों पर तर्जनी रख पत्नी को चुपचाप झोलटिया बाबा की बातों में ध्यान लगाने का इशारा किया।

"अब आप सब सोच रहे होंगे कि कैसा पाखंडी बाबा है, जो सबों को दिव्य शक्ति कहकर संबोधित कर रहा है। सच कहा न मैंने?" झोलटिया बाबा ने दर्शनार्थियों के मन की बात पढ़ ली थी। भीड़ में से कहीं कोई जवाब तो नहीं आया। पर यही सच था। सुरेश शर्मा ने देखा कि शर्माइन का सिर भी बाबा की सहमति में हिल रहा था। पूजा ध्यान लगाकर बाबा की बातें सुन रही थी।

"विधाता ने हरेक प्राणी को दिव्यता देकर इस मृत्युलोक में भेजा है। परंतु मनुष्य सभी प्राणियों में सबसे उच्चकोटि वाला एवं भाग्यशाली प्राणी है, क्योंकि मात्र वही है, जो अपनी अंतरात्मा में छिपी दिव्यता को पहचान सकता है।" पद्मासन में बैठे बाबा श्रद्धालुओं के संग अपना दिव्य ज्ञान साझा कर रहे थे। बाबा को सुन रही शर्माइन ने सोचा कि काश उसे भी अपने भीतर छिपी दिव्य शक्ति मिल जाती तो उसकी सहायता से वह जाह्नवी को ढूँढ़ निकालती।

"अपने सद्विचार, अच्छे कर्म, योग और पुण्य से हम अपने भीतर छिपी उस दिव्य शक्ति को प्रज्वलित कर सकते हैं। पृथ्वी पर कई महापुरुष हुए जिन्होंने अपनी इस दिव्य शक्ति को पहचाना और संसार को उन्नति का मार्ग दिखाकर गए।"

झोलटिया बाबा के कहे शब्द पूजा के कानों में भी पड़ रहे थे। पर उसके लिए ये सब बेमानी था। वह तो यहाँ केवल अपने माता-पिता की जिद पर उनका मन रखने चली आई थी। चाहकर भी बाबा की बातों में उसका मन नहीं लग रहा था।

"....जैसा कि मैंने कहा कि एक दिव्य शक्ति हम सबके भीतर विद्यमान है। पर एक दिव्य शक्ति और है, जो इस पूरे संसार को चला रही है। इस पारलौकिक दिव्य शक्ति को आप ईश्वर, अल्लाह, यीशु, वाहेगुरु किसी भी नाम से बुला सकते हैं। खुद माता प्रकृति भी एक दिव्य शक्ति है, जो पूरी सृष्टि को चला रही है। पर कई ऐसे मौके आते हैं जब हमें लगता है कि यह दिव्य शक्ति कहीं खो गई है। पाप और दुष्कर्म ने इसपर विजय प्राप्त कर लिया है। ऐसा लगता है जैसे कष्ट हम पर हावी हो चुका है और हम उसकी सजा भुगत रहे हैं, जो हमने कभी किया ही नहीं। अपनी तरफ से सब प्रयास करके हम थक चुके होते हैं, पर हमें कष्टों से छुटकारा नहीं मिलता। ऐसा लगता है जैसे जिंदगी खत्म हो चुकी हो। हम कष्टों के आगे घुटने टेक चुके होते हैं। पर भक्तगण, यही वो वक्त होता है, जब वह पारलौकिक दिव्य शक्ति हमारे भीतर छिपी दिव्य शक्ति से जुड़ जाती है और हमें हमारे संकट से उबारती है। हमें आभास भी नहीं होता और एक-एक करके ऐसी परिस्थितियाँ उपजने लगती हैं, जो हमें हमारे कष्टों से छुटकारा दिलाती हैं।"

अगली कतार में बैठी पूजा अब बाबा की बातें बड़े ध्यान से सुन रही थी। उसे लगा जैसे बाबा उसी की बात कर रहे हैं। उसे भी कष्टों ने हर तरफ से घेर रखा था और उससे बाहर निकलने का कहीं कोई मार्ग नहीं दिखा था।

घंटे भर बाद बाबा का प्रवचन समाप्त हुआ और सभी श्रद्धालु अपने-अपने

घर लौट गए। अपने माता-पिता के साथ पूजा ने भी घर के लिए प्रस्थान किया। बाबा की कही बातें उसके दिमाग में घूम रही थीं।

"फालतू का टाइम वेस्ट हुआ झोला बाबा के पास जाकर!" शर्माइन ने झल्लाते हुए कहा। बाबा की बातें उसके सिर के ऊपर से होकर गुजरी थीं।

"उँहूँ! झोला बाबा नहीं बोलते! झोलटिया बाबा कहो वो भी बड़े आदर से।" दाएँ हाथ की तर्जनी हिलाते हुए सुरेश शर्मा बोले। पूजा चुपचाप वहीं सोफे पर बैठी बाबा की बातों को अपनी जिंदगी से जोड़कर उसका मतलब निकालती रही।

"हाँ-हाँ, वही झोलटिया बाबा! उनसे ज्यादा प्रवचन तो हम एतना साल से आपके मुँह से सुनते आ रहे हैं।" झोलटिया बाबा की खीज शर्माइन अब सुरेश शर्मा पर निकाल रही थी।

"बाबा को सुनने मैं कल भी आश्रम जाऊँगी।" पूजा ने कहा तो शर्मा-शर्माइन चुप होकर एक-दूसरे का मुँह देखने लगे। सुरेश शर्मा के चेहरे पर एक विजयी मुसकान तिर गई और उससे भी बड़ी बात यह थी कि जाह्नवी को खोने के पश्चात् छह महीनों में पहली बार पूजा ने खुद से कहीं जाने की बात की थी।

पर पूजा नहीं जानती थी कि झोलटिया बाबा की कही बात सच हो चुकी थी। पारलौकिक दिव्य शक्ति पूजा के भीतर छिपी दिव्य शक्ति से जुड़ चुकी थी। कहने का तात्पर्य यह है कि हार मानकर पूजा ने भगवान् यानी उस पारलौकिक दिव्य शक्ति के समक्ष घुटने टेक दिए थे और अब वह पारलौकिक दिव्य शक्ति सबकुछ अपने हाथ में लेकर पूजा के भीतर छिपी दिव्य शक्ति के माध्यम से वही करा रही थी, जिसके कारण वह अपने अंजाम तक पहुँच सके।

पूजा अब नित्य दिन झोलटिया बाबा को सुनने उनके आश्रम जाने लगी। उनको सुनकर उसके मन को बड़ी शांति मिलती। कुछ दिनों तक शर्मा-शर्माइन पूजा संग आश्रम आते रहे। बाद में उन्होंने भी साथ आना छोड़ दिया और अब पूजा अकेले ही झोलटिया बाबा के आश्रम उनके प्रवचन सुनने आया करती।

एक दिन बाबा का प्रवचन सुनकर पूजा घर लौटने के लिए आश्रम से बाहर निकली। उसे लगा जैसे भीड़ में से कोई उसे पुकार रहा है। पलटकर देखा तो बहुत पीछे छोड़ आया अपना अतीत भीड़ में उसे आवाज लगाता दिखा। यह रूपेश था, जो श्रद्धालुओं के बीच खड़ा हाथ हिलाकर उसे आवाज दे रहा था। पर इससे पहले कि रूपेश पूजा के नजदीक आ पाता, पूजा भीड़ में ही कहीं ओझल हो गई। अगले दो-तीन दिनों तक यही सिलसिला चलता रहा। रोज आश्रम में रूपेश कहीं-न-कहीं

भीड़ में से निकलकर पूजा के सामने आ खड़ा होता और उसी भीड़ का फायदा उठाकर पूजा उससे अपना पीछा छुड़ा लेती। पर पूजा की युक्ति ज्यादा दिनों तक काम न आई और आश्रम से घर लौटते वक्त एक दिन रूपेश उससे वहाँ मिला जहाँ भीड़ न थी।

"आखिर प्रॉब्लम क्या है तुम्हारा पूजा? इग्नोर क्यों कर रही हो?" बीच सड़क पर रूपेश पूजा का रास्ता रोके खड़ा था।

"जब जानते हो कि मैं तुम्हें इग्नोर कर रही हूँ तो क्यों बार-बार मुझसे मिलने की कोशिश कर रहे हो? चैन से जीने क्यों नहीं देते मुझे?" साइकिल रिक्शा पर सवार पूजा ने बाइक पर सवार रूपेश से झुंझलाकर कहा जिसने अपनी बाइक को ठीक रिक्शे के आगे खड़ा कर दिया था। बाइक से उतर रूपेश पूजा के पास आया।

"कइसन बात करती हो पूजा! मने कि हम तुमसे तुम्हारा हालचाल लेना चाहे तो इसमें जीने-मरने का बात कहाँ से गया?"

"मुझे तुमसे कोई बात नहीं करनी। सुन लिए न! हो गई तसल्ली! चलो, अब हटाओ सामने से अपनी मोटरसाइकिल। जाने दो मुझे।" पूजा ने गुस्से से तमतमाकर कहा। आते-जाते राहगीरों ने भी पूजा की बातें सुनीं और उन्हें लगा कि रूपेश कोई राह चलता लाखैरा है, जो पूजा के संग छेड़खानी कर रहा है।

"क्या हुआ मैडम? ये आदमी आपको परेशान कर रहा है क्या? का रे हीरो? काहे तंग कर रहा है मैडम को? दियऊ का तोरा खरचा-पानी?" पूजा के पास आकर एक राहगीर ने रूपेश को हड़काया।

"हम लोग यहाँ बात कर रहे हैं न, तो तुम काहे जबरदस्ती घुसल जा रहा है जी! आँय? जाओ न, जाके अपना काम करो!" रूपेश के फटकारने पर वह राहगीर तो चला गया। पर इसका फायदा पूजा को मिला जब रिक्शावाला साइड लेकर अपना रिक्शा निकाल आगे बढ़ गया। रूपेश दूर तक पूजा को जाता हुआ देखता रहा। एकबारगी तो उसके मन में आया कि वह पूजा के घर जाकर उससे मिल आए। फिर खयाल आया कि पूजा की शादी हो चुकी है और संभव है उसका पति अभी पूजा के घर पर ही हो। ऐसा करके वह उसकी शादीशुदा जिंदगी में क्लेश नहीं डालना चाहता था। मन मसोसकर वह अपने घर लौट गया।

हालाँकि आश्रम आना न तो पूजा ने बंद किया और न ही रूपेश ने। पर हाँ, उस दिन के बाद से रूपेश के व्यवहार में बदलाव यह हुआ कि उसने पूजा को

टोकना बंद कर दिया, क्योंकि पूजा उससे बात नहीं करना चाहती थी। अब वह भीड़ में दूर से ही पूजा को निहारता रहता। पूजा ने भी यह बात गौर की थी।

एक दिन बाबा का प्रवचन समाप्त होने के उपरांत रूपेश जब आश्रम से बाहर निकल रहा था तो पूजा खुद उसके सामने आकर खड़ी हो गई। अचानक से पूजा को यूँ अपने सामने खड़ा देख रूपेश से कुछ बोलते न बना। उसे समझ में ही नहीं आ रहा था कि अपनी बात कहाँ से शुरू करे।

"क्या हुआ ? अब चुप क्यों हो ? पूछो, क्या पूछना है ? मैं रोज देखती हूँ कि तुम दूर से मुझे निहारते रहते हो।" अपनी भावनाओं को शब्दों के पीछे छिपाते हुए पूजा ने कहा। रूपेश की नजरें पूजा के चेहरे पर थिर थीं।

"कैसी हो पूजा ?"

"क्या कैसी हो ! तुम्हें दिख नहीं रहा। अच्छी हूँ। खुश हूँ। बहुत खुश हूँ !" पूजा को लगा कि अब वह रो पड़ेगी।

"...और ? हसबैंड कैसे हैं तुम्हारे ? सुना, तुम्हें एक बेटी भी हुई है ?" रूपेश ने अनजाने में ही पूजा की दुखती रग पर हाथ रख दिया था। उसने देखा कि पूजा की आँखें अब आँसुओं से डबडबा चुकी थीं।

"क्या हुआ पूजा ? हम कुछ गलत सवाल पूछ लिए क्या ? सॉरी! तुम तो जानती ही हो कि हम एक नंबर का गदहा हैं। छोड़ो, मेरी बातों पर ध्यान मत दो।" अपनी बातों से रूपेश पूजा को सहज करने की कोशिश करता रहा कि तभी पूजा बोली।

"आई एम विडो और मेरी बेटी को मेरे ही छोटे देवर ने किडनैप कर लिया है।" कहकर पूजा अपने आँखों से आँसुओं के सैलाब को रोकने का असफल प्रयत्न करती रही।

"व्हाट्ट! ओह माई गॉड! आई एम सो सॉरी पूजा। मुझे इस बारे में कोई जानकारी नहीं थी। पर ये सब हुआ कैसे ?" पूजा की आँखों में आँसू रूपेश के लिए असहनीय थे।

"पर ये सब हुआ कब ? और कैसे ?"

"छोड़ो ये सब ? क्या करोगे जानकर ? तुम बताओ, तुम्हारी फैमिली कैसी है ? बच्चे कितने हैं तुम्हारे ?" पूजा की बातें रूपेश को तीर जैसी चुभ रही थीं। पर वह बताता कैसे कि पूजा के बाद उसने अपनी जिंदगी में कभी किसी और को दाखिल ही नहीं होने दिया।

जब रूपेश से कोई जवाब न आया तो पूजा जाने के लिए वापस मुड़ी।

"पूजा एक मिनट···" रूपेश के कहने पर पूजा के बढ़ते कदम थम गए।

"अपनी बेटी की कोई तसवीर मुझे देना।" हाथ आगे बढ़ाकर रूपेश ने कहा।

"क्यों?"

"क्योंकि काम के सिलसिले में हमेशा मेरा यहाँ से वहाँ आना-जाना लगा रहता है। तुम मुझे उसकी एक तसवीर दे दो। मैं भी अपने स्तर से उसे ढूँढ़ने का प्रयास करूँगा।" रूपेश ने कहा।

जाह्नवी के गुम हुए छह महीने से ज्यादा वक्त होने को आए थे। उसे ढूँढ़ निकालने का पूजा का अब तक का सारा प्रयास विफल रहा था। बुझे मन से उसने अपने हैंडबैग से जाह्नवी और सास शैल की तसवीर निकालकर रूपेश की तरफ बढ़ाई। साथ ही यह भी बताया कि कैसे पैसे की खातिर उसके देवर गुड्डू ने उसकी हँसती-खेलती दुनिया उजाड़ दी।

"हम बता नहीं सकते पूजा! हमको तुम्हारा सब बात जान के कितना तकलीफ हो रहा है। हम समझ सकते हैं कि तुम पर क्या बीत रहा होगा! पर टेंशन मत लेना। हम पूरा प्रयास करेंगे जाह्नवी को ढूँढ़ निकालने का। ठीक है! चलो, हम तुमको घर छोड़ देते हैं।"

"नहीं, मैं चली जाऊँगी।" पूजा ने कहा और घर की तरफ लौट गई। पूजा पर जो बीत रही थी उसके आगे रूपेश को अपनी पीड़ा एकदम बौनी लगी। प्रेम से बड़ी कोई पीड़ा नहीं होती। रूपेश मूर्च्छित प्रेमी था और उसके हृदय में आज भी पूजा के लिए प्रेम बेसुध पड़ा साँसें ले रहा था। पूजा अपनी जिंदगी में बहुत आगे निकल गई थी और रूपेश आज भी वहीं खड़ा था। पूजा को जाता हुआ वह तब तक देखता रहा, जब तक उसकी आँखों से ओझल नहीं हो गई।

अगले कुछ दिनों में रूपेश ने पूरे पटना शहर और उसके आसपास स्थित दानापुर से लेकर फतुहा, मसौढ़ी आदि इलाकों के चप्पे-चप्पे को छान मारा। पर कहीं से भी जाह्नवी और शैल का कोई पता-ठिकाना नहीं मिला।

इधर पूजा का भी रोज आश्रम आना अब कम हो गया था। जब कभी वह आश्रम आती तो रूपेश से उसके प्रयासों में विफलता की बात सुन बुझ-सी जाती।

तभी एक दिन रूपेश अपनी कंपनी की कोई मीटिंग अटेंड करने पटना से हाजीपुर की तरफ जा रहा था। चिलचिलाती गरमी से उसका गला सूख रहा था। हाईवे पर उसने कार एक ढाबे पर रोकी और अपना गला तर करने लगा। ढाबे पर

भीड़ न के बराबर थी और ढाबे का मालिक कुछ लोगों के साथ बैठा गप्पें हाँक रहा था। उसकी बूढ़ी और अनुभवी निगाहों ने रूपेश के बुझे चेहरे को पढ़ लिया था। अपनी पूरी जिंदगी उसने ढाबे पर ही बिताई थी और वहाँ आने-जाने वाले हरेक मुसाफिर के चेहरे को पढ़ने का ज्योतिष शास्त्र उसने सीख लिया था। भले ही यह अलग बात थी बिना जरूरत के वह अपना मुँह नहीं खोलता था।

"कितने पैसे हुए?" पूछकर रूपेश ने जेब से पर्स निकाला।

"बीस रुपइया साहेब।" ढाबेवाले ने कहा और उसकी निगाह रूपेश के वॉलेट में सजी जाह्नवी की तसवीर पर पड़ी।

"बड़ी प्यारी तसवीर है! ये आपकी बिटिया है क्या साहेब?" पर्स में लगी जाह्नवी की तसवीर की तरफ इशारा कर ढाबेवाले ने पूछा।

"क्यों? क्या हुआ?" पर्स से बीस रुपए के नोट निकालकर रूपेश ने उसकी तरफ बढ़ाया।

"साहेब, जे अगर बुरा न माने तो अपन्न पर्सवा वाला फोटुकवा तनि एक बार और दिखाइएगा?" ढाबेवाले की बात सुन रूपेश को अब कुछ खटका हुआ। बिना पल गँवाए उसने पर्स से जाह्नवी और शैल की तसवीर निकालकर ढाबेवाले के सामने रख दी। जाह्नवी की तसवीर हाथ में लेकर ढाबेवाला उसे बड़े गौर से निहारता रहा जैसे उसे पहचानने की कोशिश कर रहा हो।

"आपकी बच्चिया कहीं गई है का साहब?" हाथ में पकड़े जाह्नवी की तसवीर पर नजरें टिकाए ढाबेवाले ने कुछ सोचकर पूछा।

"क्यों?"

"नहीं! मतलब, न जाने काहे हमको लग रहा है कि हम इसको कहीं देखे हैं।" ढाबेवाले ने कहा फिर भीतर काम कर रहे अपने स्टाफ को आवाज लगाई, "अरे ए रामखिलावन, जरा एने आओ।"

"का च्चा? का हुआ?" कंधे पर रखे गमछे में अपना हाथ पोंछते हुए भीतर से बीस-पच्चीस साल का एक युवक अपने मालिक के पास आया।

"ए रामखिलावन, जरा देखो तो। ई बच्चिया वोही है न जे उस दिन यहाँ खटिया पर बैठे-बैठे बेहोश हो गई थी?" कहकर ढाबेवाले ने जाह्नवी की तसवीर अपने स्टाफ की तरफ बढ़ाई। तसवीर हाथ में लेकर ढाबे का वह स्टाफ बड़े गौर से जाह्नवी को पहचानने की कोशिश करता रहा।

"अरे हाँ च्चा! सहिए बोलें आप! लग तो रहा है कि ये लड़किया वोही है

जिसके मुँह पर हम पानी छिड़के थे, अउर ऊ होश में आके पापा-पापा करके रोवे लगी थी।" रामखिलावन ने कुछ दिनों पहले की घटना को याद करते हुए बताया।

"क्या! तुम कंफर्म हो कि ये वही लड़की है?" रूपेश को अपने कानों पर भरोसा नहीं हो रहा था।

"ए सर, आपके पास ई बच्चिया के कोई और फोटो है का? फिर हम एकदम्म किलीयरे कर देते कि ये वोही है या कोई और।" रामखिलावन ने रूपेश से जाह्नवी की कोई दूसरी तसवीर माँगी।

"नहीं, अभी तो नहीं है। पर मैं थोड़ी ही देर में लेकर आता हूँ। वैसे जाह्नवी, मतलब ये बच्ची यहाँ किसके साथ आई थी?" रूपेश ने रामखिलावन से पूछा जिस पर उसने अपने मालिक की तरफ देखा।

"साहेब, ये बच्ची जिसके साथ आई थी, वो आदमी अकसर यहाँ से खाना पैक कराके ले जाता है। लेकिन पहले हमको एगो बात बताइए, आप एतना पूछताछ कर काहे रहे हैं? कुछ हुआ है का?" ढाबेवाले ने रूपेश को परेशान देखकर पूछा।

"क्योंकि पिछले कुछ महीनों से किसी ने इस लड़की को किडनैप कर रखा है।" रूपेश की बातें सुन दोनों के चेहरे के रंग ही उड़ गए।

"साहेब, आप चिंता मत करिए। मिल जाएगी बच्ची। आप एक काम करिए। हो सके तो जल्दी से इसका एगो और फोटो लेकर आइए जिससे शक की कोई गुंजाइश न रहे। का रामखिलावन? हम सही बोल रहे हैं न?" ढाबे के मालिक ने कहा तो रामखिलावन ने भी सिर हिलाकर हामी भर दी।

फोटो वॉलेट में डाल रूपेश वापस शहर की तरफ लौट गया और सीधे पूजा के घर पर आकर रुका।

डोरबेल की आवाज सुन पूजा की माँ ने आकर दरवाजा खोला। सालों बाद रूपेश को अपने घर की चौखट पर खड़ा देख उनके चेहरे पर एक फीकी-सी मुसकान उभरी।

"आंटी प्रणाम! थोड़ा पूजा को बुला दीजिएगा। बहुत अर्जेंट है।" हाथ जोड़ अभिवादन कर रूपेश ने हड़बड़ी में कहा।

सालों बाद रूपेश को अपने घर के दरवाजे पर खड़ा देख शर्माइन पसोपेश में थी। उन्हें कुछ समझ में नहीं आ रहा था कि रूपेश को क्या जवाब दे। पर उसकी बेचैनी देख उसे मना नहीं कर पाई और हामी में सिर हिलाकर उसे भीतर आने को कहा।

"दरवाजे पर कौन है पूजा की माँ?" सुरेश शर्मा ने पूछा और रूपेश को अपने सामने खड़ा देख हतप्रभ होकर सोफे से उठ खड़े हुए।

"प्रणाम अंकल!" रूपेश ने हाथ जोड़कर अभिवादन किया। पर सुरेश शर्मा ने कुछ न कहा और अपनी पत्नी की तरफ देखते रहे जैसे पूछ रहे हों कि 'ये लड़का अब यहाँ क्या करने आया है?' पर उन्हें पूरी बात कहाँ पता थी।

"किसलिए आए हो यहाँ?" पूजा की आवाज पर रूपेश ने पलटकर देखा। रूपेश की आवाज सुन वह अपने कमरे से निकलकर बाहर आई थी।

"पूजा, जल्दी से मुझे जाह्नवी की कोई दूसरी तसवीर दो। शहर से बाहर एक ढाबे पर उसे शायद किसी ने देखा है।" रूपेश ने जल्दबाजी में कहा। वह एक भी पल व्यर्थ नहीं गँवाना चाहता था। पर उसकी बातों से पूजा के भीतर का ठहरा समंदर जैसे पिघलने लगा। आशा की एक नई उम्मीद पूरे परिवार के अप्रतिभ चेहरे पर बिखर आई थी।

"क्या? जाह्नवी मिल गई! कहाँ? मुझे बताओ! लेकर चलो मुझे।" पूजा ने बौराएपन से कहा।

"अभी मिली नहीं। पर भगवान् ने चाहा तो जल्द ही मिल जाएगी। सब्र रखो और जाओ, जाकर जाह्नवी की एक फोटो लेकर आओ।" रूपेश ने पूजा के बिखरे मन को समेटते हुए कहा। उसने उम्मीद की बुझी लौ को एक बार फिर से जला दिया था। पूजा तेजी से अपने कमरे की तरफ लपकी।

"जाह्नवी तुम्हें कहाँ मिली? बैठो।" सुरेश शर्मा ने पूछा और रूपेश को बैठने के लिए सोफे की तरफ इशारा किया।

"किसी ने उसे शहर के बाहर देखने की बात बताई है।" रूपेश ने बताया और फिर पूरा वृत्तांत सुना डाला। आज पहली बार सुरेश शर्मा को लगा कि उन्होंने रूपेश और पूजा के साथ नाइंसाफी कर दी। कई बार अपनी गलती का अहसास हमें तब होता है, जब उसपर पश्चात्ताप करने के सिवाय कोई चारा नहीं बचता।

"तुम कैसे हो रूपेश बेटा? घर पर सब कैसे हैं?" सुरेश शर्मा ने पूछा जैसे अपनी गलती की क्षतिपूर्ति का अंदाजा लगाना चाह रहे हों।

"ठीक ही हूँ अंकल! बस जी रहा हूँ। पापा तो अब नहीं रहे। उनके बिना माँ भी बस जिंदा है।" रूपेश का हाले-बयाँ सुनकर सुरेश शर्मा के चेहरे पर पश्चात्ताप के रंग और गहरे हो गए। उन्हें लगा जैसे रूपेश और उसके परिवार की इस दशा

के लिए वही जिम्मेदार हैं। शर्माइन की नजरें अपनी पति के मन के भीतर चल रहे उथल-पुथल को ताड़ रही थी।

"पूजा भी पता नहीं अपनी जिंदगी में का लिखवा के लाई है! हमको समझिए में नहीं आता! बेचारी को कभी भी सुख-चैन नसीब नहीं हुआ। पहले पति चला गया और अब बेटी को भी सब उससे छीनने के फिराक में लगल है! इस संकट के समय में तुम भगवान् बनकर आए हो बेटा! हम जानते हैं कि हम तुम्हारे साथ अन्याय किए हैं। हो सके हमको माफ कर देना, रूपेश बेटा!" सुरेश शर्मा ग्लानि के बोझ तले दबे जा रहे थे।

"ऐसे माफी माँग के हमको शर्मिंदा मत करिए अंकल। आप मेरे पिता समान हैं और बाप कभी बेटा से माफी नहीं माँगता। सब ठीक हो जाएगा। टेंशन मत लीजिए।" सुरेश शर्मा के विचलित मन को शांत करते हुए रूपेश ने कहा। तभी भीतर कमरे से जाह्नवी की तसवीर हाथ में लिये पूजा बाहर आई।

"ये लो जाह्नवी की तसवीर और चलो, मैं भी साथ चलूँगी तुम्हारे।" तसवीर रूपेश की तरफ बढ़ाते हुए पूजा ने कहा।

"पर तुम? अभी जाकर क्या करोगी! मैं हूँ न! तुम यहीं रुको। मैं पता लगाता हूँ।" रूपेश ने पूजा को समझाने का प्रयास किया।

"नहीं! मुझे भी साथ ले चलो। मैं भी चलूँगी तुम्हारे साथ। माँ हूँ मैं उसकी!" पूजा ने गिड़गिड़ाकर कहा। रूपेश ने देखा कि उसकी आँखें अब आँसुओं से डबडबाने लगी थीं।

"अच्छा ठीक है, चलो। अंकल···?" रूपेश ने कहा और सुरेश शर्मा की तरफ देख पूजा को अपने साथ जाने देने की इजाजत माँगी।

"हाँ-हाँ बेटा, जाओ न! जल्दी निकलो। पूजा का खयाल रखना।" सुरेश शर्मा पिघल रहे थे और उनके साथ घर का हरेक हिस्सा और उनमें कैद अजाब का पर्वत भी पिघलने लगा था।

पूजा को साथ लेकर रूपेश ने अपनी कार शहर के बाहर दौड़ाई। सारे रास्ते दोनों चुप रहे। पर आज उनकी चुप्पी एक-दूसरे से बात कर रही थी। रूपेश ने देखा कि पूरे रास्ते पूजा की आँखें आँसुओं से तर रहीं। पर उसे टोकना उसने ठीक न समझा। कभी-कभी रो लेने भर से गम का बोझ हलका हो जाता है, फिर पूजा के लिए तो अब यही आँसू ही उसका एकमात्र सहारा थे।

महात्मा गांधी सेतु पुल पार करके वे दोनों पटना शहर से बाहर आ चुके थे

और हाईवे पर थोड़ी दूर आगे बढ़ने के बाद रूपेश ने अपनी कार एक किनारे लगाई और पूजा के साथ ढाबे के भीतर आया। ढाबे के मालिक ने रूपेश को देखते ही पहचान लिया और इससे पहले कि रूपेश कुछ बोलता वह खुद ही बोल पड़ा, "आइए साहब, हम आपका ही इंतजार कर रहे थे। फोटुवा लाए हैं का?"

रूपेश ने भी जाह्नवी की तसवीर ढाबे के मालिक की तरफ बढ़ा दी।

"देखो तो हो रामखिलावन, एही बच्चिया तो लगती है?" जाह्नवी की तसवीर पर नजरें टिकाकर ढाबे के मालिक ने अपने स्टाफ से पूछा।

"हाँ साहेब! एही लड़किया तो थी।" रामखिलावन ने अबकी दृढ़ता से कहा।

"पर अब ये मिलेगी कहाँ?" पूजा ने लरजते मन से पूछा।

"जी… ?" ढाबेवाले ने पूजा की तरफ देखा।

"ये उस बच्ची की माँ हैं।" रूपेश ने पूजा का परिचय दिया।

"साहेब, बच्चिया जिसके साथ आई थी, वो यहाँ से थोड़ा आगे एक गाँव है सरैपुर, वहीं कहीं रहता है। काहे कि ऊ हमेशा इहाँ से खाना पैक कराके ले जावे आता है और एक दिन हम सुने थे, वो मोबाइल पर किसी को अपना पता बता रहा था तो सरैपुर का नाम लिया था।" ढाबेवाले ने रूपेश और पूजा की मुश्किल बहुत हद तक आसान कर दी थी।

"जाह्नवी ठीक तो होगी न रूपेश? भाईसाहब आपने तो उसे देखा था। कैसी थी वो? ठीक तो थी न?" पूजा का मन अब बेचैन होने लगा था। वह जाह्नवी को बस एक नजर देख लेना चाहती थी।

"मैडम, चिंता मत करिए। आपकी बेटी एकदम सही होगी।" ढाबेवाले ने पूजा को ढाढस बँधाया।

"ठीक है, हम जा रहे हैं उसी गाँव में। ये रहा मेरा कार्ड। इसमें मेरा नंबर लिखा है। आपको जाह्नवी के बारे में कोई भी जानकारी मिले तो प्लीज मुझे इसपर कॉल कर दीजिएगा। चलो पूजा।" अपना विजिटिंग कार्ड ढाबेवाले को थमाकर रूपेश पूजा के साथ सरैपुर गाँव की तरफ निकल पड़ा।

□

10

सरैपुर की तरफ फर्राटे भरती कार में बैठी पूजा के मन में अब उम्मीद और भय के मिश्रित भाव उमड़ने लगे थे। कभी जाह्नवी को पा लेने की खुशी उसके चेहरे पर तिर जाती तो कभी वह भय से सिहर उठती। उसके भीतर चल रहे ऊहापोह को कार ड्राइव करता रूपेश महसूस कर सकता था।

रूपेश ने देखा कि सामने सड़क पर नजरें टिकाए पूजा के चेहरे पर एक स्मित बिखर आई थी। अपने बीते दिनों में खोई वह उन दिनों को याद कर मुसकरा रही थी जब जाह्नवी ने नया-नया चलना सीखा था। पूजा की आँखों के सामने वे दिन किसी फिल्म की भाँति चलने लगे जब एक दिन जतिन शहर से बाहर गया था और अपने कमरे में बैठी वह ड्रैमेटिक हिंदी का कोई रोचक उपन्यास पढ़ रही थी, तब उससे नजरें बचाकर नन्ही जाह्नवी वहीं कमरे के एक कोने में दुबकी अपनी अलहदा दुनिया में मग्न थी। दबे पाँव पूजा जब जाह्नवी के पास पहुँची तो उसके होश फाख्ता हो गए। उसने देखा कि जाह्नवी ने हाथ में एक अधमरा चूहा पकड़ रखा है और वह उसे अपने मुँह में रखने की कोशिश कर रही है। हालाँकि जाह्नवी के दाँत अभी पूरी तरह निकले नहीं थे, इसलिए वह उसे चबा न सकी। अगले ही पल उसने जाह्नवी के हाथ से चूहे को अलग किया और फिर जाह्नवी और चूहे दोनों को लेकर डॉक्टर के क्लिनिक की तरफ लपकी। चूहे का मुआयना करने पर डॉक्टर ने बताया कि जाह्नवी ने अभी इसे मुँह में बस रखा ही था। इसलिए इंफेक्शन का कोई खतरा नहीं है। उन्होंने जाह्नवी के लिए दवा की दो-तीन खुराक लिखी और पूजा को निश्चिंत होकर घर जाने को कहा। तब जाकर कहीं पूजा का हलकान मन शांत हुआ और वह खिलखिलाकर हँसने लगी।

"क्या हुआ पूजा ? तुम ठीक तो हो न ?" पूजा को अकारण हँसते देख रूपेश ने पूछा और वह अपने अतीत से निकलकर वर्तमान में आई।

"ह``हाँ? हाँ, मैं ठीक हूँ।" पूजा ने कहा और नजरें एकटक सामने सड़क पर टिका दीं। पर आँखों के आगे जाह्नवी का मासूम चेहरा अभी भी मँडरा रहा था।

कुछ दूर आगे बढ़ने पर रूपेश को सड़क किनारे सरैपुर गाँव का बोर्ड लगा दिख गया और उसने अपनी कार हाईवे से नीचे उतार ली। कुछ देर भीतर चलने पर उनकी कार गाँव में तो पहुँच गई, पर अब समस्या यह थी कि इतने बड़े गाँव में जाह्नवी को ढूँढ़ें कहाँ! कार से उतर रूपेश हर तरफ का मुआयना करने लगा। किसी अनजान को गाँव में यूँ ताक-झाँक करते देख कुछ गाँववाले रूपेश और पूजा के पास आए।

"किसी का घर ढूँढ़ रहे हैं क्या साहेब? किसके यहाँ जाना है?"

धोती-गमछे के ग्रामीण लिबास में एक गाँव वाले ने रूपेश के पास आकर उससे पूछा। कुछ झिझककर पर रूपेश ने उसे सारी बातें बताईं और जाह्नवी की तसवीर भी दिखलाई।

"प्लीज भैया, हेल्प मी! मैं हाथ जोड़ती हूँ। इस दुखियारी माँ को अपनी बेटी से मिलवाने में मदद करिए।" रुँधे गले से पूजा ने ग्रामीण से मदद की गुहार लगाई। पूजा की आँखें अब आँसुओं से डबडबाई हुई थीं।

"बहनजी, आप ही अइसे अपना हिम्मत हार जाइएगा त कइसे काम चलेगा! हम लोग हैं न! हम मदद करेंगे आपका। पर दिक्कत ये है कि इत्ता बड़ा गाँव में हम इसको ढूँढ़े कहाँ?" जाह्नवी की तसवीर की तरफ इशारा करके ग्रामीण ने कहा फिर कुछ सोचकर खुद ही बोला, "एक काम करिए। चलिए हमरा साथ।"

"कहाँ?" रूपेश को डर भी था कि कहीं वह गुड्डू का आदमी निकला तो वे दोनों मुसीबत में पड़ सकते हैं।

"अरे चलिए न! हम हूँ न! एतना टेंशन काहे ले रहे हैं! मिल जाएगी आपकी बिटिया।" ग्रामीण की बातों से रूपेश को वह भला मानुस लगा और कुछ दूरी बनाकर वे दोनों उसके पीछे-पीछे चलने लगे। कुछ दूर चलने के पश्चात् ग्रामीण एक पक्के मकान के सामने आकर रुक गया। यह गाँव के मुखिया का घर था।

"मुखियाजी हैं का? ए मुखियाजी, जरी बाहरे आइए!" ग्रामीण ने घर के भीतर आवाज लगाकर कहा।

"कौन बा हो?" घर के भीतर से एक मर्दानी आवाज आई।

"अरे हम हैं मुखियाजी! शंकर।" रूपेश के पास खड़े उस ग्रामीण ने अपना नाम बताया। तभी किवाड़ से साँकल उतरने की आवाज आई और घर का मुख्य

दरवाजा खुला। भीतर से पैंसठ-सत्तर वर्ष की उम्र का एक वृद्ध निकलकर बाहर आया।

"का हो शंकर? ई दुपहरिया में तोहरा नींद नइखे आवत? कहाँ घुमत तारा तू? का भइल, बोला? काहे गला फाड़-फाड़ के चिल्लात बारा?"

मुखियाजी की विशुद्ध भोजपुरी उनके शब्दों में मिठास घोल रही थी और उन्होंने अपने गीले चेहरे को गले में लटके गमछे से साफ किया। उनका उनींदा चेहरा गवाह था कि वह सोकर उठे थे। दूर-सुदूर में आज भी कई ऐसे गाँव अस्तित्व में हैं जहाँ दोपहर और रात एक समान हुआ करती है और जहाँ के वासी भोजन के पश्चात् चैन की नींद सोया करते हैं, नहीं तो गोया शहरों में दिन तो क्या रात को भी चैन नसीब कहाँ!

"मुखियाजी, एगो मदद माँगने आए हैं आपसे।" शंकर ने कहा फिर अपने बगल में खड़े रूपेश और पूजा की तरफ इशारा किया।

"काहे? का मदद चाही तोहरा? रुपया-पैसा के जरूरत बा तो जाके मुनीमजी से ले ला। आऊ ई लोग के बा हो?"

मुखियाजी ने पूछा और रूपेश और पूजा की तरफ ऐसे घूरकर देखने लगे जैसे उनसे पहले भी कहीं मिल चुके हों। नए मेहमानों पर टिकी उनकी बूढ़ी निगाहें उन्हें पहचानने की कोशिश करती रहीं। शंकर मुखियाजी के करीब आया और धीरे से बोला, "मुखियाजी, ई जे मैडम हैं न! इनकी बेटी को कोई, ऊ···का बोलते हैं··· किनडैप कर लिया है।" शंकर का मतलब किडनैप करने से था। मुखियाजी उसकी बातों को समझ चुके थे। पर उनकी बूढ़ी निगाहें अभी भी एकटक पूजा और रूपेश पर टिकी थीं। न जाने क्यों उन्हें लग रहा था जैसे वह पहले भी इन दोनों से मिल चुके हैं। रूपेश और पूजा की निगाहें भी मुखियाजी पर ही टिकी थीं। मुखियाजी की आवाज उन्हें भी कुछ चिर-परिचित सी लगी।

"मुखियाजी, प्लीज हमारी मदद करिए। हम बहुत मुसीबत में हैं।"

पूजा ने आगे बढ़कर मुखियाजी से आग्रह किया। मुखियाजी के आँख, कान, दिमाग का पहिया अब द्रुतगति से भागने लगा था। उन्होंने पहिए पर ब्रेक लगाया फिर बोले, "का बबुनी? कैसन बारू? पहचानलू हमरा? तू वोही बारु नु, जे ट्रेनवा में मिलल रहू?" (क्या बिटिया? कैसी हो? पहचानी मुझे? तुम वही हो न, जो ट्रेन में मिली थी?)

मुखियाजी के बताने पर पूजा को याद आया कि ये तो वही हैं, जिनसे वह

सालों पहले दिल्ली से पटना लौटते समय ट्रेन में मिली थी। मुखियाजी उसके सामने वाली सीट पर बैठे थे। पूजा को आज यह दुनिया बहुत छोटी महसूस हो रही थी, जहाँ हर किसी से दोबारा मुलाकात संभव है। अब बस इंतजार था तो उस पल का, जब वह अपनी बेटी से दोबारा मिलती।

"आवा बबुनी, भीतर आजा। तू हू आजा बेटा।" बड़े सत्कार से मुखियाजी ने मेहमानों को घर के भीतर लाकर बिठाया।

"कइसे हो गईल ई सब बबुनी?" कुरसी की पुश्त पर अपनी पीठ अड़ाकर मुखियाजी ने पूछा।

"बहुत लंबी कहानी है मुखियाजी। अभी तो बस इतना ही समझिए कि मेरी बेटी की जान खतरे में है और आपको उसे सही-सलामत ढूँढ़ निकालना है।" पूजा ने मुखियाजी से विनती की।

"पर मुखियाजी, इतना बड़ा गाँव में इनकी बच्चिया को ढूँढ़ेगे कैसे?" शंकर ने एक वाजिब प्रश्न उठाया जिसके जवाब में रूपेश ने कहा, "जैसा कि हाईवे पर ढाबेवाला बता रहा था कि जाह्नवी बेहोश हो गई थी और उसकी तबीयत भी ठीक नहीं लग रही थी। ऐसे में संभव है कि गुड्डू उसको लाकर इस गाँव में किसी डॉक्टर या कंपाउंडर से दिखलाया हो।"

रूपेश के इस कयास ने जाह्नवी को तलाशने के लिए एक लकीर खींच दी थी, जिसका दूसरा सिरा जाह्नवी के पास जाकर रुकता था।

"ए शंकर, जा हो तनी डिस्पेंसरी से बलेशर के बुला लावा।" रूपेश के बताए मार्ग पर मुखियाजी ने अपना पहला कदम रख दिया था। थोड़ी ही देर में शंकर एक आदमी के साथ लौटकर आया। यह गाँव में मौजूद एकमात्र डिस्पेंसरी का कंपाउंडर था।

"पाँव लागि मुखियाजी? कइसन बानी?" मुखियाजी के चरणस्पर्श करते हुए कंपाउंडर ने उनका हालचाल पूछा।

"हाँ बलेशर, हम ता एकदम ठीक बानी। तोहरा से कुछ जानकारी चाही। एही खातिर तोहरा के बुलइनी हा। तनी देखा ता, ई मैडम का जानल चाहा तारी।" (हाँ शंकर, मैं तो एकदम ठीक हूँ। तुमसे कुछ जानकारी चाहिए। इसलिए तुमको बुलवाए हैं। जरा देखो तो, ये मैडम क्या जानना चाहती हैं?) मुखियाजी ने आदेशपूर्वक कहा।

जाह्नवी की तसवीर बलेशर को दिखाते हुए रूपेश ने पूछा, "देखो जरा इस तसवीर को? पहचानते हो इसे? इसको लेकर क्या कोई तुम्हारे पास आया था?"

रूपेश ने पूछा और पूजा साँसें रोक उसके जवाब का इंतजार करती रही। पूजा का इंतजार समाप्त हुआ और तसवीर रूपेश को लौटाकर बलेशर ने हामी में सिर हिला दिया।

"हाँ, इस लड़की को लू मार दिया था और एक आदमी इसको लेकर डिस्पेंसरी में आया था। डॉक्टर साहब नहीं थे तो हम ही इसको देख के दवाई-उवाई दिए थे। अभी तीन-चारे दिन तो हुआ है। लेकिन इसके बाद का हमको कुछो नहीं पता।"

"ई बबुनी के कोई पता-ठिकाना मालूम बा? ई केकर घर के रहे वाली बारी?" (इस बच्ची का कोई पता-ठिकाना मालूम है? ये किसके घर में रहती है?) मुखियाजी ने पूछा।

"इसका पता डिस्पेंसरी के रजिस्टर से मिल जाएगा, मुखियाजी। काहे कि बिना नाम-पता लिखे डॉक्टर साहब कौनो मरीज के इलाज करने पर बहुत बिगड़ते हैं।"

"ठीक बा, जा और जल्दी से रजिस्टरवा लेकर आवा।" मुखियाजी के कहने पर बलेशर डिस्पेंसरी की तरफ लौट गया।

"मुखियाजी, आपका बहुत-बहुत धन्यवाद जो आपने मेरी इतनी मदद की।" पूजा ने कृतज्ञता से कहा।

"अभी ना बबुआ, शुक्रिया तब कहिय जब बबुनी मिल जइहें। आऊ एह में शुक्रिया के का जरूरत बा! तू ता हमार बेटी जैसन बारू। हम तोहरा ला एतना भी ना कर सकीला।...आऊ बतावा, तू दोनों लोग बियाह कब कइला? हम ता ट्रेने में बोल देले रही कि तोहार दोनों के जोड़ी बड़ा नीक बा।" मुखियाजी की बातों पर न तो पूजा को कुछ बोलते बना और न ही रूपेश को। उन्हें तो समय के थपेड़ों ने एक-दूजे से अलग कर दिया था और अब समय ने ही वापस से अपने थपेड़ों से उन्हें पास लाने की साजिश भी की थी। शायद वे अपनी गलती सुधार रहे थे। तभी तो वे दोनों आज फिर से साथ-साथ थे। पर कब तक? इसका जवाब तो सिर्फ समय के पास ही था।

कुछ ही देर बाद हाथों में रजिस्टर थामे बलेशर हाँफता हुआ मुखियाजी के पास आया।

"ई लीजिए मुखियाजी, रजिस्टर।" मुखियाजी के सामने रजिस्टर रख बलेशर हाँफता रहा।

"अरे एतना हाँफत काहे बारा?" बलेशर को पसीने से तर-बतर देख मुखियाजी बोले।

"लगता है सूरज देवता बहुत नाराज हैं मुखियाजी। आज बड़ी भारी लू चल रहा है।" गमछे में अपना हाँथ-मुँह पोंछते हुए बलेशर बोला।

"ए शंकर, जा ता तनी! भीतर जाके पीए ला पानी ले के आवा आऊ चाची से कहिय कि सब लोग लागी छाछ भिजवइहें।" मुखियाजी ने पास ही बैठे शंकर से कहा और वह उठकर घर के भीतर चला गया। रूपेश और पूजा रजिस्टर के पन्नों में जाह्नवी का नाम तलाशते रहे और अंततः उनकी तलाश पूरी हुई। एक पन्ने पर आकर रूपेश की अंगुली ठिठक गई। उसे जाह्नवी का नाम-पता मिल गया था।

"मुखियाजी, ये रहा जाह्नवी का नाम।" रजिस्टर में जाह्नवी का नाम दिखाते हुए रूपेश ने मुखिया से कहा।

"चलो रूपेश, चलते हैं। अब हमें देर नहीं करना चाहिए। अभी जाकर जाह्नवी को उस नीच आदमी के चंगुल से छुड़ाकर ले आना चाहिए।" अपने कलेजे के टुकड़े को सीने से लगाने के लिए पूजा का मन अधीर हुआ जा रहा था।

"नाहीं बबुनी, ऐसे गइल ठीक ना होई। ऊ आदमी हमरा डेंजरस लागत बा।" मुखियाजी दूरदर्शी होते हुए बोले और उनकी निगाहें बलेशर पर आकर टिक गईं। बलेशर ने मुखियाजी के मन के भाव को पढ़ लिया था कि वह उससे कुछ कहना चाह रहे हैं।

"जी मुखियाजी, आदेश किया जाय।" हाथ जोड़कर बलेशर मुखियाजी की सेवा के लिए प्रस्तुत हुआ।

"तू, एगो काम करा। ई पता पर जा आऊ इनकर बबुनी के हालचाल ले के आवा।" मुखियाजी को शायद कोई तरकीब सूझी थी।

"पर उससे क्या होगा मुखियाजी?" बलेशर ने पूछा जिसका जवाब भी रूपेश के पास था।

"वहाँ जाकर तुम ये देखना कि घर के भीतर गुड्डू, मेरा मतलब जिसने जाह्नवी को किडनैप कर रखा है, उसके अलावा और कौन-कौन है?" कहकर रूपेश ने मुखियाजी की तरफ देखा तो उन्होंने भी सहमति में सिर हिला दिया। पर वहाँ मौजूद पूजा किसी भी कीमत पर यह मौका हाथ से नहीं जाने देना चाहती थी।

"हमें पुलिस की मदद भी लेनी चाहिए। गुड्डू बहुत नीच और खतरनाक इनसान है। वह कुछ भी कर सकता है।" मुखियाजी को पूजा की बात सही लगी।

"तू ठीक कहत बारू। हम अभी डी.एस.पी. साहेब के फोन करके बुला लेत

बानी।" मुखियाजी ने कहा। तभी शंकर सबके लिए ठंडा पानी और छाछ लेकर घर के भीतर से निकला।

"ल हो बबुनी, छाछ पीय।" मुखियाजी ने छाछ से भरा हुआ गिलास पूजा की तरफ बढ़ाते हुए कहा।

"नहीं मुखियाजी, जब तक जाह्नवी मिल नहीं जाती। मुझसे कुछ भी खाया-पीया नहीं जाएगा।" पूजा ने लरजते मन से कहा और अपने हाथ जोड़ लिये।

"बाप-चचा के रहते तू अइसे रोअबू त कईसे काम चली! हिम्मत रखा बबुनी। ऊपरवाला सब ठीक कर दिहें।"

मुखियाजी ने पूजा को हिम्मत बँधाई। पास बैठे शंकर ने मोबाइल पर किसी को कॉल मिलाया और उसे मुखियाजी के कान से लगा दिया। मोबाइल कान में लगाए मुखियाजी किसी से बात करने में व्यस्त हो गए। कुछ देर बात करने के पश्चात् वह मोबाइल से फारिग हुए।

"डी.एस.पी. साहेब से बात हो गइल बा। ऊ बोललन कि हम दल-बल के साथ थोड़ा देर में एहिजा आवत बानी।" मुखियाजी ने डी.एस.पी. से हुई वार्त्तालाप का सार सुनाया फिर बलेशर से बोले, "बलेशर, अब तू जा आऊ तनी देख के आवा कि ऊ घर में के के बा! और थोड़ा चौकन्ना रहिहा काहे कि ऊ आदमी ठीक नइखे।"

मुखियाजी का आदेश पाकर बलेशर गाँव में भीतर की ओर चल पड़ा।

वहाँ बैठी पूजा के सब्र का बाँध अब टूटने लगा था और अंततः उससे रहा नहीं गया। बलेशर के साथ जाने के लिए उसके कदम भी खुद-ब-खुद बढ़ने लगे। उसके हलकान मन की बेचैनी रूपेश समझता था। उसने उसे नहीं रोका, जाने दिया। हालाँकि वहाँ बैठे मुखियाजी और शंकर थोड़ा परेशान दिखे। उन्हें भय इस बात का था कि गुड्डू कहीं पूजा को कोई नुकसान न पहुँचा दे।

"मुखियाजी, आप टेंशन मत लीजिए। हम जाते हैं पूजा के साथ।" कहकर रूपेश ने मुखियाजी की चिंता कम की।

"हाँ बेटा, तुहूँ जा। उनका के सँभाला। अपन बबुनी के खोके ऊ बड़ी परेशान बारी।"

बलेशर, पूजा और रूपेश के कदम अब एक साथ गाँव के भीतर बढ़ने लगे थे। तपती दुपहरी में गाँव की वीरान पक्की सड़कों पर इक्का-दुक्का लोग ही चहलकदमी करते दिख रहे थे। वहीं गाँव के सन्नाटे का फायदा उठाकर कुछ

नौजवान युवकों को लहेरिया कट मारकर मोटरसाइकिल चलाने का सुनहरा अवसर मिल गया था। उनमें से ही कोई बलेशर के बिल्कुल पास से होकर गुजरा जिससे उसके चेहरे की हवाइयाँ उड़ती दिखीं।

"काहे रे छौड़ा! आँधर हो गया है का? आदमी-ऊदमी तनिको दिखाई नहीं पड़ता है का तुम लोग को?" लहेरिया कट से लहरे बलेशर ने चिल्लाकर मोटरसाइकिल सवारों पर अपनी लहर मिटाई। लेकिन तब तक उनकी टोली उड़नछू हो चुकी थी। रूपेश और पूजा चुपचाप सड़क पर आगे बढ़ते रहे।

"का बतावें सर, मोबाइल देख-देख के आजकल के लड़कन एकदम बिगड़ गया है। देख रहे हैं न, कैसे हीरो जइसन गाड़ी हाँकता है। गाँव में आने-जाने का एही एक्के गो रास्ता है। उहो पर ई सब चलना दुश्वार कर दिहिस है।"

गाँव के भीतर बढ़ता हुआ बलेशर बड़बड़ाता रहा और कुछ दूर चलकर एक मकान के आगे आकर वह रुक गया।

"अब आप लोग यहीं रुककर मेरा इंतजार करिए। ये वाला मकान देख रहे हैं न? रजिस्टर में इसी घर का एड्रेस लिखा हुआ था। हम भीतर जाते हैं और हालचाल ले के आते हैं।"

बलेशर ने सामने वाले दूमंजिला मकान की तरफ इशारा करके बताया। रूपेश और पूजा सड़क किनारे एक पीपल के पेड़ की आड़ में छिपकर उसे जाते हुए देखते रहे। उन्होंने देखा कि बलेशर ने मकान का मुख्य दरवाजा खटखटाया और उसके खुलने के इंतजार में खड़ा रहा। कुछ पल बाद दरवाजे का एक पल्ला खुला और बलेशर मकान के भीतर दाखिल हुआ। पेड़ की आड़ में छिपे रूपेश और पूजा उसके लौटकर आने का इंतजार करते रहे।

पूजा का दिल अब जोरों से धड़कने लगा था और उसे अहसास भी न हुआ कि न जाने कितनी देर से उसने रूपेश का हाथ अपने हाथ में कसकर पकड़ रखा है। हाथ थामने से उम्मीदें जवाँ हो गई थीं और राहें आसान। कई बरस पहले जिन हाथों के छूटने से सारी उम्मीदें टूटकर बिखर गई थीं, आज वे एक बार फिर से मिले थे पूजा की आखिरी उम्मीद बनकर।

रूपेश की नजर सामने वाले मकान पर ही टिकी थी और उसने देखा कि दरवाजे पर हलचल हुई और उससे निकलकर बलेशर बाहर आया। बिना इधर-उधर देखे वह चुपचाप अपनी डिस्पेंसरी की तरफ बढ़ने लगा। उसपर नजर पड़ते ही पूजा ने पेड़ की आड़ से निकलकर उसे आवाज लगाना चाहा। पर रूपेश ने

उसकी कलाई पकड़कर उसे अपनी तरफ खींच लिया और हड़बड़ी में अपना हाथ उसके मुँह पर रख दिया, जिससे वह कुछ बोल न पाए। पूजा अब रूपेश की बाँहों में थी और रूपेश की अंगुलियों ने अभी भी पूजा को कुछ बोलने से रोक रखा था। यह सब इतनी तेजी से हुआ कि रूपेश को खुद भी इसका भास न रहा। दुश्वारियों ने आज दो बिछड़े दिलों को मिला दिया था। पीपल के पेड़ पर बैठे पक्षी कलरव कर रहे थे। पेड़ के झुरमुट में पत्ते एक-दूसरे से ऐसे मिल रहे थे, जैसे वे एक होने के लिए ही बने हों।

"मुझे जाने क्यों नहीं दिया?" पत्तों ने सुना कि पूजा ने रूपेश से कुछ कहा था। उसके दिल की धड़कन अब तेज होने लगी थी।

"तुम देखी नहीं! बलेशर उस मकान से निकलकर सीधे अपनी डिस्पेंसरी की तरफ बढ़ गया। हो सकता है, अभी गुड्डू का नजर बलेशर पर ही हो। हम लोग को देखकर वह एलर्ट हो जाएगा।" रूपेश ने पूजा को बताया और उसे अहसास हुआ कि वे दोनों एक-दूसरे की गिरफ्त में हैं। रूपेश ने अपनी बाँहें खोल दीं और पूजा को रिहा कर दिया।

"चलो आओ। अब हमें भी चलना चाहिए।" रूपेश ने कहा और पूजा उसके साथ बढ़ चली। वर्षों बाद दो कदम आज एक साथ एक दिशा में आगे बढ़ रहे थे।

"रूपेश? क्या हुआ होगा? जाह्नवी ठीक तो होगी न?" पूजा के लरजते मन में ढेरों सवाल उठ रहे थे।

"भरोसा रखो हम पर पूजा। हम आज जाह्नवी को लेकर ही वापस लौटेंगे।" रूपेश ने पूजा को यकीन दिलाया। पूजा को रूपेश के यकीन पर यकीन था। दोनों के कदम मुखिया के घर की तरफ बढ़ रहे थे। वहाँ पहुँचने पर पूजा ने देखा कि बलेशर मुखियाजी को कुछ बता रहा है।

"बलेशरजी, आप मिले जाह्नवी से? कैसी है वो? ठीक तो है न? माँ जी कैसी हैं? उन्होंने कुछ कहा आपसे?" बलेशर के सामने खड़ी पूजा के अंतहीन सवाल खत्म होने का नाम ही न ले रहे थे।

"चिंता मत करिए मैडम। जाह्नवी थोड़ा कमजोर हो गई है, पर ठीक है। लेकिन उसके और गुड्डू के अलावा कोई तीसरा तो नहीं दिखा हमको वहाँ।" बलेशर ने घर के भीतर का पूरा हाल सुना डाला।

"उसको तुम पर शक तो नहीं हुआ?" रूपेश ने बलेशर से पूछा।

"हम्म¨हमको देख के थोड़ा इंक्वायरी तो कर रहा था ऊ। पर हमहूँ न उसको

अइसा घुमाए कि शक के कौनो गुंजाइशे नहीं रहा। देखे नहीं, इसीलिए तो लौटते समय हम एकदम मुँह गोत के चुपचाप निकल आए वहाँ से! हमको लगा कि ऊ चोट्टा देखेगा जरूर कि कहीं कोई हमरा साथे है तो नहीं!" CID के अंदाज में अनुमान लगाते हुए बलेशर ने कहा। पास खड़ी पूजा के लिए अब एक-एक पल बिताना मुश्किल हो रहा था। अपनी बेटी को नजर भर देख लेने के लिए उसका मन तरस रहा था। एक माँ की पीड़ा उसके चेहरे पर साफ झलक रही थी, जिसे मुखियाजी की अनुभवी आँखों ने पढ़ लिया था।

"बस अब तनी देर आऊ धीरज धरा बबुनी! मिल जाई तोहार बिटिया! कुछ ही देर में डी.एस.पी. साहब भी एहिजा पहुँच जइहें। अभी हम फोन कइले रहीं उनका। ऊ बोललन कि हम रास्ता में बानी।"

मुखियाजी ने अपनी बात अभी खत्म भी नहीं की थी कि सायरन देती पुलिस की दो गाड़ियाँ उनके घर की तरफ बढ़ती हुई दिखीं।

"ई ला, पुलिस भी आ गइल।" मुखियाजी ने कहा। रूपेश ने देखा कि पुलिस की दोनों गाड़ियाँ मुखियाजी के घर के बाहर आकर रुकीं और आगे वाली गाड़ी से निकलकर एक पुलिस अधिकारी मुखियाजी के घर की तरफ बढ़ने लगा। उसका अनुसरण करते हुए कुछ सिपाही भी उसके पीछे बढ़ रहे थे। पूजा ने देखा कि रूपेश और पुलिस अधिकारी की नजर एक-दूसरे पर पड़ते ही उनके चेहरे खुशी से खिल उठे थे।

"का रे पेलुआ?" पुलिस अधिकारी को पेलुआ कहकर महिमामंडित करने पर सभी रूपेश को अचकचाकर देखने लगे।

"अरे रुपेशवा, तू यहाँ कैसे बे?" आगे बढ़कर उस पुलिस अधिकारी ने रूपेश को गले लगा लिया। दरअसल यह पलाश तिवारी था। रूपेश के मुखर्जी नगर के दिनों का मित्र। दोनों ने तीन साल एक साथ सिविल सेवा की तैयारी में दिल्ली में बिताए थे। रूपेश तो हार मानकर पटना वापस लौट आया। पर पेलू भैया के नाम से मुखर्जी नगर में प्रसिद्ध पलाश ने हार न मानी। जब IAS में सफलता हाथ न लगी तो BPSC में अप्लाई कर दिया और परीक्षा पास करके डी.एस.पी. बन बैठा। अभी हाल में ही उसकी पोस्टिंग पटना में हुई थी।

"अबे! पेलुआ बोलके काहे मेरा कबाड़ा निकाल रहे हो बे! यहाँ इस नाम से हमको कोई नहीं जानता। अब हम पलाश हैं। यहाँ के डी.एस.पी. समझे?" रूपेश को गले लगाकर पलाश ने उसके कान में कहा फिर उसकी नजर पास खड़ी पूजा पर पड़ी।

"भाभीजी, प्रणाम!" पलाश की गलतफहमी पर पूजा असहज होती दिखी और उसने एक नजर रूपेश पर डाली। पलाश अब मुखियाजी की तरफ बढ़ा।

"कहिए मुखियाजी? मुझे दल-बल के साथ क्यों बुलाया?" पलाश अब मुखियाजी से मुखातिब हो रहा था।

"अरे साहेब, हम त एही मेमसाहब के बुचिया खातिर तोहरा के याद कइले बानी। कोई ओकरा के किडनैप करके एही गाँव में रखले बा। अब तोहरा ओकरा के बचा के निकाले के पड़ी काहे कि ई गाँव के इज्जत के सवाल बा।"

मुखिया ने डी.एस.पी. पलाश को गाँव में बुलाने का प्रयोजन बताया। रूपेश और पूजा ने फिर विस्तार से पूरी घटना का वृत्तांत उसे सुना डाला। पलाश को अब महसूस हुआ कि गलतफहमी में ही उसने पूजा को रूपेश की पत्नी समझ बैठने की भूल की थी।

"ठीक है, आप लोग चिंता मत कीजिए। जाह्नवी और माँजी को सही-सलामत निकालना अब मेरी ड्यूटी है।" अपनी कर्तव्यनिष्ठा को याद करते हुए डी.एस.पी. पलाश ने भरोसा दिलाया और कूच करने के लिए आगे बढ़ा। अब वह पूरी तरह अपने पुलिसिया अंदाज में आ चुका था। उसके साथ आई पुलिस की टीम भी एलर्ट मोड में दिखी।

डी.एस.पी. पलाश ने अपनी पुलिस टीम के साथ मिलकर रेस्क्यू का पूरा प्लान बनाया और उसे अंजाम देने के लिए निकल पड़ा। कुछ सिपाहियों को उसने गाँव के मुहाने पर ही मुस्तैद रहने को कहा और बाकी को अपने साथ लेकर गुड्डू के अड्डे की तरफ बढ़ चला। रूपेश और पूजा भी पलाश के साथ ही गाँव के भीतर बढ़ रहे थे। गाँव का मुखिया, बलेशर और शंकर भी उनके साथ था। गाँव को पुलिस छावनी में तब्दील होते देख गाँववाले आतंकित थे और डर से सभी अपने-अपने घर में दुबक चुके थे। अपने साथ गाँव की तरफ बढ़ रहे रूपेश और पूजा को देखकर पलाश को बार-बार महसूस हो रहा था, जैसे उन दोनों के बीच कुछ है। पर उसके मन की बात मन में ही हवा हो गई जब एक सिपाही ने आकर बताया कि गुड्डू अपने अड्डे पर ताला लगाकर कहीं भाग गया है।

"उसके घर का ताला तोड़ दो और पूरे घर की अच्छे से छानबीन करो।" बिना समय गँवाए डी.एस.पी. पलाश ने सिपाही को आदेश दिया। आदेश की तमिल हुई और ताला तोड़कर सिपाहियों ने पूरे घर का चप्पा-चप्पा छान मारा। पर नतीजा सिफर। पूरा घर खाली पड़ा था।

पूजा को लगा जैसे उसने हाथ आई जाह्नवी को एक बार फिर से खो दिया और वह बिलख पड़ी। पलाश ने देखा कि कैसे रूपेश के हिम्मत बँधाने पर वह चुप भी हो गई। हालाँकि अपनी बेटी को पाने के लिए माँ का मन अभी भी कराह रहा था।

"भाभीजी, आप हिम्मत रखिए। रूपेश सही कह रहा है। मिल जाएगी जाह्नवी। पुलिस की टीम गाँव के चप्पे-चप्पे पर मौजूद है। गुड्डू का अब इस गाँव से बचके निकलना मुश्किल है।" पुलिस की मुस्तैदी पर अपनी मुहर लगाते हुए पलाश ने पूजा को शांत कराने का प्रयास किया। तभी बलेशर निकलकर आगे आया।

"सर, हम यकीन से कह सकते हैं कि ऊ किडनैपरवा अभी ई गाँव से बाहर नहीं गया होगा।" बलेशर ने दृढ़ होकर कहा।

"तुम इतने कॉन्फिडेंस से ऐसा कैसे कह सकते हो?" डी.एस.पी. पलाश ने बलेशर की दृढ़ता को परखा।

"ऊ सही बोल रहल बा साहेब, काहे कि गाँव में आवे जाए लगि एही एगो रास्ता बा जेकरा से हम लोग अभी चलके आइल बानी जा।" पास खड़े मुखिया ने बलेशर की बातों पर अपनी मुहर लगाई।

"इसका मतलब यह है कि गुड्डू अभी भी इसी गाँव में ही कहीं छिपा है। मगर कहाँ? इसका पता लगाने के लिए हमें गाँव के हरेक घर में तलाशी अभियान चलाना होगा।" बदलते हुए परिदृश्य में डी.एस.पी. पलाश ने अपने प्लान में तब्दीली लाने का निश्चय किया। तभी पूजा के चीखने की आवाज ने सबों का ध्यान उसकी तरफ खींचा।

"सर, जाह्नवी!" जोर से चिल्लाकर पूजा ने वहीं पास वाली छत की तरफ अंगुली दिखाई। सबने देखा कि गुड्डू पास के ही एक दोमंजिला मकान की छत पर खड़ा था और जाह्नवी को रस्सी से बाँधकर उसे छत से नीचे लटका रखा था। जाह्नवी के मुँह पर पट्टी बँधी थी और पट्टी के पीछे से उसकी दबी हुई चीख सुनी जा सकती थी।

"सर! प्लीज सर प्लीज, कुछ करिए! बचा लीजिए मेरी बेटी को! उसके बगैर मैं जिंदा नहीं रह पाऊँगी। देखिए! देख रहे हैं न, कैसे गुड्डू ने जाह्नवी को छत से लटका रखा है।" अपनी बेटी को जिंदगी और मौत के बीच झूलते देख पूजा मानो बौरा ही गई थी। पागलों की भाँति वह डी.एस.पी. पलाश से उसे बचा लेने के लिए गिड़गिड़ाती रही। तेजी से बदलते इस घटनाक्रम में एक पल के लिए पलाश भी सकते में आ गया था। पर पुलिस को विकट परिस्थितियों से निपटने के लिए विशेष

रूप से तैयार किया जाता है और जिनकी छठी इंद्रिय ऐसे मौकों पर मानो सक्रिय होने लगती है। डी.एस.पी. पलाश की छठी इंद्रिय भी अब सक्रिय होने लगी थी और हर तरफ का मुआयना करता हुआ वह मन-ही-मन आगे का प्लान तैयार करने लगा था। तभी छत से गुड्डू की आवाज ने उसका ध्यान तोड़ा।

"अब फरियाद लगाने से कोई फायदा नहीं होने वाला भाभी! समय खत्म हो चुका है। एक्चुअली हमको इसे तभी मार देना चाहिए था, जब माँ को भइया के पास भेजा था। अब ये पुलिस-वुलिस मेरा कुछ नहीं बिगाड़ सकती। इसलिए इन निठल्लों के आगे गिड़गिड़ाने से कोई फायदा नहीं होने वाला! हा-हा-हा!"

मकान की छत से अट्टहास भरते हुए गुड्डू ने पूजा से कहा। उसने न केवल पुलिस की गरिमा को ललकारा था, बल्कि अपने हाथों अपनी माँ की हत्या की स्वीकारोक्ति कर खुद को एक किडनैपर के साथ मर्डरर भी घोषित कर दिया था। सास शैल की मृत्यु की खबर सुन पूजा भीतर तक काँप गई थी।

"गुड्डू, तुम्हारी भलाई इसी में है कि तुम जाह्नवी को रिहा कर दो। नहीं तो मैं इस बात की गारंटी लेता हूँ कि आज तुम या तो यहाँ से चार कंधों पर लदकर जाओगे या फिर पुलिस की बेड़ियों में जकड़कर। किसी भी सूरत में अब तुम्हारा यहाँ से बचके निकल पाना असंभव है।" नीचे सड़क पर खड़े डी.एस.पी. पलाश ने गुड्डू को उसकी औकात बताई और पहली बार गुड्डू को पुलिस के डर का अहसास हुआ। पर अपने कमीनेपन से वह अपने डर पर काबू पाने में सफल रहा।

"ए डी.एस.पी.! अपना बकवास बंद कर! ज्यादा चूँ-चपाड़ किया तो इस लड़की को नीचे टपका दूँगा। फिर चुनते रहना इसकी बोटियाँ!" गुड्डू फुफकारता हुआ बोला। डी.एस.पी. पर तो उसकी गीदड़ भभकी का कोई असर न हुआ। पर वहाँ मौजूद पूजा अपनी बेटी को खोने के डर से सिहर उठी।

"गुड्डू, आखिर तुम चाहते क्या हो? क्यों कर रहे हो मेरे साथ ऐसा? तुम्हें जो चाहिए था, वो सब मैंने तुम्हारे नाम कर दिया। अब तो जाह्नवी को छोड़ दो। जतिन के जाने के बाद ये मेरे जीने का आखिरी सहारा है, गुड्डू, प्लीज जाने दो इसे। मैं भरोसा दिलाती हूँ। कोई तुम्हें कुछ नहीं करेगा। जाह्नवी को मेरे हवाले कर दो और चले जाओ यहाँ से। प्लीज गुड्डू...हूँ-हूँ!!" बेटी को खोने के डर से काँपती पूजा अब सुबकने लगी थी। बेटी की रिहाई के एवज में उसने गुड्डू को उसके सारे गुनाहों से बरी कर दिया था।

"घड़ियाली आँसू बहाने से कोई फायदा नहीं होने वाला भाभी। हम तो सोचे

थे कि जाह्नवी को छोड़ देंगे। लेकिन हमको लगता है कि आप ही नहीं चाहतीं कि आपकी बेटी जिंदा रहे। आपकी एक गलती से आज पूरा पुलिस यहाँ खड़ा है। कौन बुलाया इन लोग को? हम कि आप? हम तो कुछ ही दिन में ये देश छोड़ के चले जाते और आपकी बेटी को आपके हवाले कर देते। पर लगता है आपको भी माँ जइसन खुजली का बीमारी है। तो फिर जैसे माँ को जाना पड़ा, वैसे ही अब आपकी लाड़ली भी जाएगी और उसके बाद आप भी! समझीं?" गुड्डू ने कमीनेपन की सारी सीमा लाँघ दी थी। अपना लक्ष्य साधने के लिए उसने अपनी माँ तक को नहीं बख्शा था।

हाथ जोड़कर पूजा छत पर खड़े गुड्डू से अपनी बेटी की जान बख्शने की गुहार लगाती रही। डी.एस.पी. पलाश के आँख दिखाने पर रूपेश ने पूजा को चुप कराने का प्रयास किया। अब तक पुलिस ने आसपास के पूरे इलाके की घेराबंदी कर दी थी और कहीं से भी गुड्डू के बच के निकलने की कोई गुंजाइश नहीं थी। पर सवाल यह था कि छत से लटकी जाह्नवी को कैसे बचाया जाए, क्योंकि गुड्डू जिस मकान की छत पर खड़ा था, उसके मुख्य दरवाजे को उसने भीतर से बंद कर रखा था और उसके सिवाय भीतर जाने का कहीं कोई दूसरा रास्ता नहीं था।

आँखों-ही-आँखों में डी.एस.पी. पलाश ने मकान की हर तरफ से रेकी की और एक सिपाही को कुछ इशारा किया। इशारा पाकर वह सिपाही गुड्डू की नजरों से बचकर मकान के पिछले हिस्से में जा पहुँचा और बड़ी दक्षता से दीवार पर रेंगकर छत तक पहुँचने का प्रयास करने लगा। छत तक पहुँचने में वह सफल भी हुआ। पर उसकी कोशिश तब नाकाम हो गई, जब वह गुड्डू की शातिर निगाहों में आ गया। नतीजतन न केवल उसे गुड्डू के पिस्तौल का निशाना बनना पड़ा, बल्कि छत से नीचे गिरकर उसने जमीन पर अपनी आखिरी साँसें भरीं। डी.एस.पी. पलाश की कोशिश नाकाम साबित हुई और अब गुड्डू जाह्नवी की जान लेने पर आमादा हो गया था।

"डी.एस.पी., हमको तो लगता है तुमको चोर-पुलिस खेलने का बहुत शौक चढ़ा है। तुम्हारी बुड़बकई में आज एक सिपाही ने जान से हाथ धोया और अब इस बच्ची की भी जान जाएगी।" नीचे सड़क पर फैली पुलिस को अपनी पिस्तौल के निशाने पर रख गुड्डू ने डी.एस.पी. पर अपनी खीझ निकाली और हर तरफ का बारीकी से मुआयना करने लगा। जाह्नवी को अभी भी उसने छत से नीचे लटका रखा था और रस्सी का दूसरा सिरा छत से निकलकर आई एक लोहे की सरिया से

बँधा हुआ था। अपनी बेटी को खोने के डर से पूजा के प्राण हलक में अटके थे। डी.एस.पी. पलाश को भी कुछ समझ में नहीं आ रहा था कि कैसे जाह्नवी की जान बचाई जाए। हालाँकि पलाश के एक आदेश पर पुलिसवालों के बंदूक की गोलियाँ गुड्डू के भेजे को भेद देतीं। पर इससे जाह्नवी की जान को खतरा हो सकता था। फिर पलाश की गलती से अभी–अभी एक सिपाही की जान गई थी।

गुड्डू के चेहरे पर पुलिस की नाकामी विजयपताका बन के लहरा रही थी। वह जानता था कि जब तक जाह्नवी उसके कब्जे में है, कोई उसका कुछ नहीं बिगाड़ सकता। उसकी गिद्ध वाली निगाहों ने नीचे सड़क पर बिछी पूरी बिसात को पढ़ रखा था। पर यहीं वह भूल कर बैठा। इनसान को जब खुद पर जरूरत से ज्यादा भरोसा होने लगे और लगने लगे कि कोई उसका कुछ नहीं बिगाड़ सकता तो अहंकार में चूर होकर उसे उस ऊपर वाले को नहीं भूलना चाहिए। गुड्डू यहीं चूक गया और ऊपर वाले को भूल बैठा। उसने छत से नीचे सड़क पर तो हर तरफ का मुआयना कर लिया। पर सिर उठाकर देखना भूल गया कि बगल वाले मकान की ऊँची छत से कोई बड़ी फुरती से उसकी तरफ बढ़ रहा था। जब गुड्डू डी.एस.पी. के साथ बात करने में उलझा था, तब ही रूपेश उसकी नजर बचाकर बगल वाले एक ऊँचे मकान की छत पर जा पहुँचा। हालाँकि मकान की छत थोड़ी ऊँची थी। पर अपनी जान की परवाह किए बगैर रूपेश ने वहाँ से नीचे गुड्डू के छत पर छलाँग लगाने का निश्चय किया। गुड्डू, जिसने अब यह मान लिया था कि अकेला ही वह पूरी पुलिस टीम पर भारी पड़ रहा है, उसने अब डी.एस.पी. पलाश के सामने सेफ पैसेज की माँग रखी थी। पलाश की पुलिसिया निगाहों ने गुड्डू के सिर पर मँडरा रहे खतरे को भाँप लिया था। इसलिए गुड्डू के सेफ पैसेज की डिमांड को बिना सोचे–समझे उसने अपनी स्वीकृति दे दी और उसे बातों में उलझाए रखा जिससे गुड्डू का ध्यान बगल वाले ऊँचे मकान की छत से हटा रहे।

“तुम्हें जो भी चाहिए गुड्डू, हम उसे पूरा करेंगे। पर प्लीज, मेरी रिक्वेस्ट है तुमसे, जाह्नवी को कोई नुकसान मत पहुँचाना। तुम जाह्नवी को लेकर जाना चाहते हो, ले जाओ। हममें से कोई भी तुम्हें नहीं रोकेगा। यहाँ से निकलने के लिए हम तुम्हें गाड़ी मुहैया कराएँगे।”

डी.एस.पी. पलाश ने वही कहा जो गुड्डू सुनना चाहता था। पास खड़ी पूजा और मुखिया का मन डी.एस.पी. की ऊलजलूल बातें सुनकर अब भिनभिनाने लगा था।

"का बोलत बानी इंस्पेक्टर साहेब···म मतलब डी.एस.पी. साहेब! ई सब कइसन अनर्गल बात कर रहल बा! रउआ ऊ खूनी के कइसे जाए देत बानी ऊ भी ऊ बुच्चिया के साथ?" अपने गुस्से को जब्त करते हुए मुखिया ने लड़खड़ाती जुबान से कहा। बेटी को अपने हाथ से फिसलते देख पूजा का सब्र भी अब जवाब देने लगा था।

"सर, ये आप कैसी बातें कर रहे हैं? आप जाह्नवी को कैसे जाने दे सकते हैं?" पूजा अब गुस्से से उबलने लगी थी।

"चुप हो जाओ आप सब! नहीं तो आप लोगों को भी जेल में बंद कर दूँगा! गुड्डू को जो चाहिए, वो उसे मिलकर रहेगा। आपकी बेटी की खातिर मैं अपने पुलिसवालों को बलि नहीं चढ़ने दे सकता!" डी.एस.पी. पलाश को गिरगिट जैसा रंग बदलते देख सभी चकित थे। मुखिया और कंपाउंडर बलेशर का मन कर रहा था कि डी.एस.पी. को जी भर के गरियाए। पर जेल जाने के डर से वे चुप थे। अपनी खीज में किसी ने यह न देखा कि इस दौरान पास वाले छत से रूपेश रस्सी के सहारे गुड्डू की छत पर आ धमका था। इससे पहले कि गुड्डू के कानों तक रूपेश के आने की भनक पड़ती, हथौड़ा बनकर रूपेश का हाथ गुड्डू की कनपटी से होकर गुजर गया और हाथ से पिस्तौल छूटकर फर्श पर दूर जा गिरा।

"भोसड़ी के! का गुंडा बनेगा रे तू? साला! एक बार नजर उठा के तो देख लेता कैसे तुम्हारा मौत बन के हम तुम तक आ रहे थे। बहुत देर से तोर बकबक सुनते-सुनते कान पक गया है! मादर···" दाँत पीसते हुए रूपेश ने गुड्डू को कई एडल्ट गालियों से महिमामंडित किया और फर्श पर पटक-पटक के खूब मारा।

पाशा पलटते ही नीचे सड़क पर खड़े डी.एस.पी. ने पुलिस को दीवार के सहारे छत पर चढ़ने का आदेश दिया।

"जाह्नवी को हाथ लगाने की हिम्मत भी कैसे किया बे तू?" रूपेश के लात-घूँसो की बौछार मूसलाधार बारिश बनकर गुड्डू पर बरसती रही। हालाँकि खुद को बचाने के प्रयास में गुड्डू ने भी कई बार पलटवार किया। पर रूपेश पर तो आज जैसे खून सवार था। उसके गुस्से के सामने गुड्डू का हरेक वार खाली ही जाता रहा।

"पर···तू है कौन बे? और अ···आया किधर से? आह!" अपने मुँह से निकल रहे खून को हथेली से साफ करते हुए गुड्डू ने पूछा और खुद को रूपेश के वार से बचाने का असफल प्रयास करता रहा। रूपेश न तो पुलिस की तरफ से था

और न तो इससे पहले गुड्डू ने उसे कभी देखा था। रूपेश की मार खा-खाकर अब गुड्डू के जबड़े सूजने लगे थे।

"बेटा, मौत हमेशा इनसान के सिर पर ही मँडराता है। इसलिए हम भी ऊपर से ही आए हैं।" अलौकिक अंदाज में अपना परिचय बताकर रूपेश ने एक जोरदार घूँसा फिर से गुड्डू के पेट में जड़ दिया। दर्द से कराहता गुड्डू अपना पेट पकड़कर छत की फर्श पर लुढ़का और सिर उठाकर छत से लटकती रस्सी का मुआयना किया।

"जाने दे हमको! छोड़ दो। छोड़ दो भाई! हम तुम्हारा क्या बिगाड़े हैं? आह!" छत की फर्श पर बिखरे गुड्डू ने उसे जाने देने की गुहार लगाई और रूपेश का लात-घूँसा खाकर कराहता रहा। रूपेश ने नहीं देखा कि गुड्डू किसी भी तरह पास पड़े पिस्तौल तक पहुँचना चाहता था और मौका मिलते ही रूपेश को धकेलकर वह उस तक पहुँच बनाने में कामयाब भी हो गया। पिस्तौल उठाकर उसने अपनी अंगुली अभी ट्रिगर पर जमाई ही थी कि गोलियों की बौछार से उसका शरीर छत-विक्षत हो गया और फर्श पर लुढ़ककर उसने अपनी आखिरी साँसें भरीं।

दरअसल पिस्तौल पर लपकने के दौरान गुड्डू ने इस तरफ ध्यान ही नहीं दिया कि दीवार के सहारे रेंगकर पुलिस छत पर पहुँचने में कामयाब हो चुकी थी और गुड्डू कब से उनकी बंदूक के निशाने पर था। गुड्डू को पिस्तौल नहीं उठाना चाहिए था। ऐसा करना उसकी भारी भूल साबित हुई और अपनी ही मौत को न्योता दे डाला था। गुड्डू से फारिग होकर एक सिपाही सीढ़ी के रास्ते छत से नीचे उतरा और भीतर से बंद मकान का मुख्य दरवाजा खोल दिया।

उधर छत पर बिना समय गँवाए रूपेश ने जाह्नवी को रस्सी से ऊपर खींचा। काफी देर तक नीचे लटके रहने की वजह से जाह्नवी बेहोश हो चुकी थी। उसकी रस्सी खोलकर रूपेश अभी उसे होश में लाने की कोशिश कर ही रहा था कि पूजा भागती हुई छत पर आई और जाह्नवी को अपने सीने से लगा लिया।

खून से सनी गुड्डू की लाश छत पर पड़ी थी, जिसे पुलिस ने अपने कब्जे में ले लिया था।

"रूपेश, जाह्नवी कुछ बोल क्यों नहीं रही? जाह्नवी उठो! देखो मम्मा आ गई है बेटा! जाह्नवी!" हड़बड़ी में पूजा ने यह भी न देखा कि जाह्नवी की साँस अभी बाकी है और बिलखकर रोने लगी।

"पूजा-पूजा, जाह्नवी ठीक है। कुछ नहीं हुआ है उसे। वो बेहोश है। उसे लेकर

नीचे चलो।" रूपेश के समझाने पर पूजा ने जाह्नवी की नब्ज टटोला। जाह्नवी की नब्ज चल रही थी। रूपेश की वजह से आज जाह्नवी मौत के मुँह में जाने से बच गई थी।

"वाह रूपेश! अपनी जान की परवाह किए बगैर तुमने जिस बहादुरी का परिचय दिया, वो काबिले-तारीफ है दोस्त।" आगे बढ़कर पलाश ने अपने दोस्त की पीठ थपथपाई और जाह्नवी को लेकर सभी छत से नीचे उतरे। नीचे आने पर किसी ने जाह्नवी के मुँह पर पानी का छींटा मारा तो वह होश में आई और खुद को अपनी माँ की गोद में पाकर उसके कलेजे से जा लिपटी। अपनी बेटी को सकुशल पाकर माँ की ममता अश्रु धारा बनकर उद्वेलित होने लगी थी। किसी के प्राण बचाने की खातिर अपने प्राण झोंक देने वाले मित्र को डी.एस.पी. पलाश पीठ थपथपाकर शाबाशी दे रहा था। साथ ही अपने साथी सिपाही को खोने का गम भी था। मुखियाजी की आँखें खुशी से छलक आई थीं, क्योंकि उनका गाँव आज कलंकित होने से बच गया था। उन्हें खुश देखकर शंकर और बलेशर का सीना भी फूलकर चौड़ा होने लगा था। जाह्नवी अपनी माँ की गोद में थी, जिसकी आँखें अभी भी आँसुओं से भीगी हुई थीं।

"ई में रोवे के का बात बा बुचिया! भगवान् के शुक्र मनावा कि सबकुछ ठीक हो गइल!" मुखियाजी ने जीत का सारा श्रेय ईश्वर के चरणों में अर्पित कर दिया।

"रो लेने दीजिए मुखियाजी। ये खुशी के आँसू हैं। अपनी बेटी के गम में इस माँ ने न जाने दुःख के कितने दुःख सहे हैं।" रूपेश ने पूजा का दुःख बयाँ करते हुए कहा। पलाश ने देखा कि कैसे रूपेश ने पूजा के मन को बड़ी मार्मिकता से पढ़ लिया था। फिर यह रूपेश ही तो था जिसने पूजा के कलेजे के टुकड़े की खातिर अपनी जान की परवाह तक न की थी। पलाश को अब यकीन हो चुका था कि ये दो इनसान हाड़-मांस से अलग होकर दिलों से एक हैं। पर आखिर क्या वजह हुई कि उन दोनों की राहें जुदा हो गईं। वह इसकी तह तक जाने वाला था।

"धन्यवाद मुखियाजी! आज अगर आप हमारी मदद नहीं करते तो न जाने फिर क्या होता!" रूपेश ने मुखियाजी से अपनी कृतज्ञता प्रकट की।

"एकरा में धन्यवाद के कोई जरूरत नइखे बेटा! हम तोहार बाप दाखिल बानी आउर बाप हमेशा अपना बाल-बच्चा के भलाई ही चाहेला! तोहार लोग के वैवाहिक जीवन सुखी रहे, ये ही हमार आशीर्वाद बा!"

अनजाने में ही मुखियाजी ने रूपेश और पूजा के सुखी वैवाहिक जीवन का आशीर्वाद दे डाला था। पलाश ने देखा कि मुखियाजी के ऐसा कहने पर पूजा झेंप

गई थी। मुखियाजी की बातें सुनकर रूपेश की आँखों के सामने उसके दिवंगत पिता का चेहरा मँडराने लगा था, जिन्होंने दोनों को परिणय सूत्र में बाँधने के हर संभव प्रयास किए थे। पर वह संभव न हो सका।

"चलो रूपेश, हम निकलते हैं अब।" गुड्डू की डेड बॉडी एंबुलेंस में भेजकर पलाश भी अब अपनी पुलिस टीम के साथ गाड़ी में बैठ चुका था।

"शुक्रिया दोस्त, तुमने इस दोस्त की लाज रख ली आज।" पलाश की हथेली को अपनी मुट्ठी में बाँधकर रूपेश बोला।

"ये मेरी ड्यूटी थी और फिर तू तो ठहरा अपना जिगरी यार। चल, अब मैं निकलता हूँ। शाम को मिलते हैं। तुझसे कुछ बात भी करनी है।" कहकर पलाश ने पूजा की तरफ देखा।

"मैडम, अपनी बच्ची का खयाल रखिएगा और साथ में अपना और रूपेश का भी।" ऐसा कह के पलाश ने पूजा के मन में बुझी हुई चिनगारी को लौ देने का प्रयास किया। पूजा कुछ न बोली केवल मुसकराकर अपना सिर हिला दिया। पलाश ने ड्राइवर को गाड़ी बढ़ाने का आदेश दिया। कुछ देर तक पुलिस के सायरन की आवाज माहौल में गूँजती रही और फिर पुलिस की जीप के साथ ओझल हो गई। सबसे विदा लेकर रूपेश और पूजा भी जाह्नवी के साथ पटना शहर की तरफ लौटे।

□

11

आज महीनों बाद पूजा की जिंदगी ने यू-टर्न मारा था। जतिन के जाने के बाद दु:ख ने जैसे उसके जीवन में ठौर पा लिया था। पर जब जाने की बारी आई तो खुशियों की शक्ल में सूद समेत झोलीभर किराया देकर गया।

जाह्नवी की सकुशल घर वापसी पर पूजा का मन तो प्रफुल्लित था ही। ये घड़ियाँ शर्मा-शर्माइन के लिए कम आह्लादित कर देने वाली न थीं। आज नातिन की शक्ल में न केवल उन्होंने खुशियों को वापस पाया था, बल्कि रूपेश के रूप में पूजा का सुखमय भविष्य भी देख लिया था।

"चलो पूजा, हम निकलते हैं अब। जाह्नवी का खयाल रखना।" रूपेश ने जाने की इजाजत माँगी।

"ऐसे कैसे होगा रूपेश बेटा! आज तुम इस घर के लिए भगवान् बनकर आए हो। बिना भोग लगाए हम जाने नहीं देंगे तुमको!" उच्छृंखल होते सुरेश शर्मा के मुख से बोल-बच्चन निकले।

"अरे अंकल! हमको भगवान् का दर्जा देकर उनका अपमान मत करिए। हमें तो भगवान् बस अपने चरणों में थोड़ी सी जगह दे दें, इतने से ही काम चल जाएगा।" रूपेश के भीतर बैठे भक्त ने ऊपर अंगुली दिखाकर कहा।

"उँहूँ...बिना कुछ खाए तो आज हम तुमको जाने नहीं देंगे। अच्छा छोड़ो... कम-से-कम चाय तो पी ही सकते हो। अरे भई पूजा की माँ! सुनती हो? देखो रूपेश ऐसे ही जा रहा है! जल्दी से कुछ चाय-नाश्ता लेकर आओ भई!"

सुरेश शर्मा के शब्द जैसे शहद में डूबकर निकले थे। रूपेश उन्हें टाल न सका। जाह्नवी को कमरे में सुलाकर पूजा भी अब बड़े इतमीनान से सबके बीच आकर बैठी थी। चेहरे पर उभरा ममत्व पिता के मन को गद्गद कर रहा था। पिछले कुछ महीनों से बेटी का निस्तेज चेहरा उन्हें भीतर-ही-भीतर खाए जा रहा था।

"पूजा, जाह्नवी बहुत कमजोर हो गई है। किसी अच्छे डॉक्टर के पास ले जाकर एक बार उसे दिखला देना।"

एक अच्छे अभिभावक की भाँति रूपेश ने पूजा को सलाह दिया तो मुसकराकर उसने भी अपनी गरदन हिला दी। सुरेश शर्मा ने देखा कि उन दोनों के भीतर प्रेम अब भी कहीं आखिरी साँसें गिन रहा था। आखिर वही तो थे, जिन्होंने दोनों के प्यार का गला घोंटकर उनकी राहें जुदा कर दी थीं।

तभी शर्माइन चाय लेकर आई और चाय के कप के साथ सभी मुतमईन होकर अपने भीतर के अजाब को पिघलाते रहे। रूपेश ने पूजा की शक्ल में आज अपनी वही पुरानी वाली पूजा की परछाईं देखी थी। पूजा को महसूस हुआ जैसे रूपेश की मौजूदगी उसे अपनी तरफ खींच रही है, फिर खुद को जब्त कर ऐसा होने से रोकने का प्रयास करती रही। पूजा और रूपेश को एक छत के नीचे पाकर शर्मा-शर्माइन को आज घर भरा-पूरा सा लगने लगा था।

रूपेश ने चाय की आखिरी घूँट भरी और जाने की इजाजत माँगी। सुरेश शर्मा के पास अब उसे रोकने के लिए दूसरा कोई बहाना न बचा था।

"जाओ पूजा बेटा, रूपेश को छोड़कर आओ।" बड़बोले सुरेश शर्मा दूरदर्शी होते हुए बोले। पूजा रूपेश के साथ दरवाजे तक आई और एकटक उसे देखती रही। कृतज्ञता से लबरेज उसकी आँखों में आँसू अब डबडबाने लगे थे।

"क्या हुआ पूजा? तुम्हारी आँखों में अब आँसुओं की वजह?" आँखों से लुढ़कते आँसू का हिसाब माँगते हुए रूपेश बोला।

"अगर तुम न होते रूपेश तो क्या होता? किस मुँह से तुम्हारा शुक्रिया अदा करूँ! मुझे माफ कर देना। मैंने तुम्हारे साथ अच्छा सलूक नहीं किया।"

पूजा पिछले कुछ दिनों के अपने व्यवहार के लिए शर्मिंदा थी, जब उसने रूपेश से बात करने से भी इनकार कर दिया था और उसके साथ बदसलूकी से पेश आई थी। दरवाजे पर खड़ी अब वह सुबकने लगी थी। एक कदम बढ़ाकर रूपेश पूजा के करीब आया और उसके दाएँ हाथ की तर्जनी ने पूजा के आँखों से लुढ़कते आँसुओं को बेदखल कर डाला। कदम भर चलने से आज सालों की दूरियाँ मिटने लगी थीं। पर सफर की कसर अभी बाकी थी। नजदीकियों में थोड़ी सी जगह खाली छोड़कर रूपेश वापस लौट गया। खाली बची उस जगह की दूरी पूजा को चलकर मिटानी थी। पर कई बार आखिरी पग चलने में सदियों का सफर तय करना पड़ता है। पूजा वापस मुड़ी और घर के भीतर आकर दरवाजा बंद कर लिया।

घर लौटने पर रूपेश को अंदाजा हुआ कि उसका शरीर अब थककर चूर हो चुका था। पर वर्षों बाद आज अपने भीतर वह बहुत हलका महसूस कर रहा था।

"आ गए रूपेश? खाना निकाल दें?" रूपेश के कमरे में उसकी दस्तक पाकर माँ ने आवाज लगाकर पूछा।

"नहीं माँ, खाने का एकदम मन नहीं कर रहा। बहुत थक गए हैं आज। नहाकर सोएँगे तो थोड़ा आराम मिलेगा।" रूपेश अपने कमरे से ही बोला। आज कमरे में टँगी पिता स्वर्गीय कमला प्रसाद की तसवीर में वह उसे मुसकराते हुए जान पड़ रहे थे। उसे लगा जैसे पिता उसे सुखद भविष्य का आशीर्वाद दे रहे हों। तसवीर के आगे नतमस्तक हो रूपेश कंधे पर तौलिया रख नहाने के लिए बाथरूम में घुस गया। नहा-धोकर बाहर निकला और बिस्तर पर गिरते ही खर्राटे भरकर कुंभकरण की नींद सोने लगा।

"रूपेश? ए रूपेश? उठो बेटा! देखो तुमसे कोई मिलने आया है!" रूपेश के कमरे में आकर उसकी माँ उसे नींद से जगाने का प्रयास करती रही। पर घोड़े बेचकर सोया रूपेश नींद में अपने सुनहरे ख्वाबों में डूबा था।

"आप रहने दीजिए आंटी। ये कैसे उठेगा, हम जानते हैं। आप बस हम दोनों के लिए अदरकवाली गरमा-गरम चाय बनाकर ले आइए।" पलाश की बातों से आशा देवी यानी रूपेश की माँ ने उन दोनों की घनिष्ठता का अंदाजा लगा लिया था। मुसकराकर वह रसोई की तरफ बढ़ गई और पलाश रूपेश के बिस्तर के पास आया।

"अरे रुपेशवा! अरे उठ बे! देख न पूजा भाभी आई है।" पलाश ने सोए रूपेश की कमजोर नब्ज दबाई तो वह तिलमिलाकर उठ बैठा। आँखें मलकर सामने देखा तो हाथ-में-हाथ बाँधे पलाश कमरे में खड़ा मुसकरा रहा था।

"भक्क भोंसड़ी, केतना बढ़िया सपना देख रहे थे हम! तुम आकर तोड़ दिया। आओ बैठो। हम अभी हाथ-मुँह धोकर आते हैं।" अपने ठेंठपने से रूपेश ने पलाश का स्वागत किया और तरोताजा होने कमरे से बाहर चला गया। पलाश की नजरें कमरे में मौजूद कमला प्रसाद की तसवीर पर टँगी रहीं और वह उस क्षण को याद करता रहा जब रिंकी की शादी में वह उनसे आखिरी बार मिला था। कुछ ही मिनटों बाद रूपेश कमरे में वापस लौटा।

"रूपेश, अंकल के जाने के बाद घर में कितना सन्नाटा हो गया न?" दिवंगत कमला प्रसाद की तसवीर पर नजरें टिकाए पलाश बोला।

"हम्म।" रूपेश ने गंभीर होकर हामी भरी और पिता की तसवीर को निहारता रहा।

"ऊ बचपने से तुम्हारा IAS बने का सपना देखते आ रहे थे कि तुम एक दिन कलेक्टर बन के उनके सामने खड़ा होगा! पर अफसोस! तुम उनका सपना पूरा नहीं कर पाया दोस्त।" कमला प्रसाद की तसवीर से झाँकती उनकी निगाहों में पलाश ने उनके अधूरे सपने को पढ़कर कहा।

"अब हम करें भी तो क्या! हम तो जी-जान लगा दिए थे। पर IAS बनना शायद मेरी किस्मत में लिखा ही नहीं था!" IAS फेल रूपेश ने अपनी असफलता का सारा ठिकरा किस्मत पर फोड़ दिया।

"तुम गलत बोल रहे हो रूपेश! तुम चाहते ही नहीं थे कि अंकल का सपना पूरा हो।" पलाश ने कटु सत्य कहा था।

"तुम कहना क्या चाहते हो? मतलब, पाँच साल दिल्ली में बैठ के हम घास छीले हैं? आँय?" कटु सत्य सुनकर रूपेश तिलमिला उठा।

"मेरा कहने का मतलब वो नहीं है रूपेश! पर तुमने आखिर तक ट्राई भी तो नहीं किया।"

"क्या ट्राई नहीं किएँ! अपना पाँच साल दिए UPSC को! अब क्या चाहते हो? बुढ़ारी भर IAS का परीक्षा ही देते रहें!"

"वो तुम दे भी नहीं सकते और एतना कंडीडेट IAS के एक्जाम में बैठता है तो क्या सबका सेलेक्शन हो ही जाता है! लेकिन उसमें से कितना आज भी प्रशासन और पुलिस में ऊँचे ओहदे पर काम कर रहा है। काहे? काहे कि ऊ सब हार नहीं माना। तो तुम काहे हार मान लिए?" पलाश का इशारा BPSC की तरफ था। उसने बोलना जारी रखा।

"देखो मित्र, सुने हैं जल्दी ही BPSC का नोटिफिकेशन आने वाला है और तुम्हारा उमर भी अभी खतम नहीं हुआ। हाँ, मानते हैं कि तुम्हारे पढ़ाई में कुछ साल का गैप आ गया है। पर हमको पता है कि तुम ये एक्जाम क्लीयर कर लोगे।" पलाश रूपेश की काबिलीयत को भलीभाँति पहचानता था और रूपेश के भीतर दम तोड़ रहे एक प्रशासनिक अधिकारी को वह मरने नहीं देना चाहता था। हालाँकि रूपेश पर उसकी बातों का कोई खास असर होता नहीं दिखा। तभी रूपेश की माँ कमरे में दाखिल हुई और उनकी बातों पर विराम लगा।

"पलाश बेटा, एतना दिन के बाद हम तुमको देखें तो पहचानिए नहीं पाए।"

हाथों में चाय-नाश्ते का ट्रे लिए आशा देवी ने कमरे में दाखिल होते हुए कहा। ट्रे उनकी हाथों से लेकर पलाश ने सामने टेबल पर रखा और मुसकराकर बोला, "बहुत साल के बाद आए हैं न आंटी! इसलिए नहीं पहचान पाईं। पिछली बार हम रिंकी की शादी में आए थे। लेकिन मेंस देना था तो बराती के रात ही चले गए थे।"

"बेटा, अपने इस दोस्त को कुछ समझाओ कि शादी-बियाह करके अपना घर बसा ले। अब इस उमर में हमसे एतना चूल्हा-चौका नहीं होता! हम इसको बोल-बोल के थक गए हैं। पर मेरी सुनता ही नहीं! दिनभर तो ये घर में रहता नहीं है और अकेला घर हमको काटने दौड़ता है। अरे, हमको भी तो मन करता है कि अपना बहू-पोता संग खेलें, बतियाएँ।" रूपेश की माँ ने खीझकर कहा फिर बोली, "ठीक है, अब तुम लोग कुछ खाओ। हम जाते हैं किचेन में। अभी बहुत काम पसरा हुआ है। तुम लोग को कुछ चाहिए होगा तो बता देना।"

आशा देवी कमरे से बाहर चली गई और कप उठाकर रूपेश ने पलाश की तरफ बढ़ाया। पलाश की आँखों के सामने आज दिन में घटी बातें तैरने लगी थीं, जब रूपेश ने जान पर खेलकर पूजा की बेटी को मौत के चंगुल से निकाला था।

"रूपेश, ये पूजा वही है न जिससे तुम हमको रिंकी के शादी वाली रात मिलवाया था?" रूपेश के चेहरे पर टिका पलाश का मन उसे पढ़ने की कोशिश करता रहा।

"हाँ, वही है।"

"तुम दोनों तो एक-दूसरा को इतना पसंद करता था। फिर अलग काहे हुआ रे? उससे बियाह काहे नहीं किया?"

"काहे कि उसका बाप तैयार नहीं हुआ। वह जातपाँत मानता था। बैकवर्ड-फॉरवर्ड के चक्कर में पड़ के हम दोनों को अलग कर दिया।" कहकर रूपेश ने फिर अपनी अधूरी प्रेम कहानी की पूरी दास्ताँ सुना डाली।

"अरे साला! ये तो बहुत बुरा हुआ तुम दोनों के साथ। अब आगे क्या सोचे हो? पूरी जिंदगी क्या ऐसे ही देवदास बन के बिताना है?"

"ऐसा कुछ नहीं है! पर हमसे अब बियाह-उआह नहीं होगा।" रूपेश की आँखों के आगे अब पूजा का चेहरा मँडराने लगा था।

"देखो रूपेश, ज्यादा देवदास न बनो! जाओ और जाकर पूजा से बात करो। हम देखे हैं उसकी आँखों में। तुम्हारे ऊपर उसका भरोसा उसके प्यार की निशानी है। क्या है न दोस्त कि एक उमर के बाद प्यार करने का अंदाज बदल जाता है। तुम

कहो तो हम बात करें पूजा से?" पलाश दो बिछड़े प्रेमी को मिलाना चाहता था।

"तुम ज्यादा हीरो मत बनो। ये सब करने का कोई जरूरत नहीं है। हम दोनों के बीच अब ऐसा कुछ भी नहीं है। छोड़ो वो सब। तुम बताओ, भाभी कैसी हैं?" रूपेश ने बात बदलते हुए कहा।

"हाँ, बढ़िया है। आज हम उसको बताए तुम्हारे बारे में। वो भी यही पूछ रही थी कि तुम शादी-वादी किए कि नहीं।" पलाश हाथ धोकर रूपेश के पीछे ही पड़ गया था।

"तुम्हारा यहाँ ट्रांसफर कब हुआ? हमको बताए काहे नहीं?" रूपेश ने फिर से बात बदल दी।

"अरे, अचानक से पोस्टिंग आ गया और पटना में डी.एस.पी. का मतलब जानते ही हो। दिनभर लॉ एंड ऑर्डर सँभालते-सँभालते पूरा शरीर का तेल निकल जाता है। अब हम तो बस यही सपना देख रहे हैं कि कब तुम बिहार प्रशासन के अधिकारी बनकर एंट्री मारोगे।" कहकर पलाश ने सामने टँगी घड़ी पर निगाह फेरी और बोला, "चलो, अब हम चलते हैं। आओ कभी घर पर।"

पलाश तो चला गया। पर रूपेश का मन उसकी कही बातों में उलझा रहा। फिर कुछ सोचकर मोबाइल के स्क्रीन पर अपनी अंगुलियाँ टिपिटिपाईं और चेहरे पर आस लिए बहुत देर तक इंटर बटन दबाता रहा। कुछ देर बाद जब मोबाइल से फारिग हुआ तो आँखों में चमक थी। उसके साथ कॉफी पीने के निमंत्रण को पूजा ने स्वीकार कर लिया था।

***

अगले दिन।

शाम की धुँधलकी वेला में दोनों पटना की सबसे ऊँची बिल्डिंग बिस्कोमान भवन के शिखर पर एक गजमज रोशनी से सजे रेस्टोरेंट में बैठे थे। सालों बाद आज पहली बार रूपेश की नजरों ने पूजा के चेहरे पर ठौर पाई थी। सामने बैठी पूजा भी आज मुतमईन होकर अपनी फेवरेट लाते कॉफी की चुस्की भर रही थी। रूपेश ने देखा कि अपना सारा श्रृंगार खोकर भी पूजा के चेहरे की भंगिमा में जरा भी आँच न आने पाई थी और आज भी उसके ऊपरी होंठ पर तिल किसी दिठौने की मानिंद उसे शोभायमान कर रहा था। रूपेश ने देखा कि आज भी पूजा की लट उसके चेहरे पर बेतरतीब उतरकर माथे पर सिलवटें बिखेर जाती हैं और खीझकर पूजा उस पर अपनी अंगुलियाँ फिरा उन्हें कानों तक छोड़ आती है। पर रूपेश ने यह नहीं देखा

कि उसकी आँखों की चुहल का पूजा को भान था। अंतर्द्वंद्व में पड़ा रूपेश सामने रखी कॉफी के सिरे पर बने दिलवाले झाग को तोड़ पाने तक की हिम्मत नहीं जुटा पा रहा था।

"शादी क्यों नहीं किए तुम?"

आखिरकार पूजा ने ही चुप्पी तोड़ी और रूपेश ने दिल वाले झाग को समेटकर अपने होंठों पर रखा।

"अगर कॉफी ठंडी करके ही पीनी है तो कोल्ड कॉफी ऑर्डर करनी चाहिए थी!" पूजा ने रूपेश के अंतर्द्वंद्व पर प्रहार किया, फिर उसे लगा कि कहीं उसने कुछ गलत तो नहीं पूछ लिया। असहज प्रश्नों के जवाब पहले भी रूपेश की चुप्पी ही दिया करती थी।

"जाह्नवी अब कैसी है?" रूपेश ने अपनी चुप्पी तोड़ी और कप को होंठों से लगाया।

"कमजोर है अभी। आज उसे डॉक्टर के पास लेकर गई थी। उन्होंने कुछ मेडिसिंस लिखे हैं। कहा है चिंता वाली कोई बात नहीं। अभी भी थोड़ा डरी हुई है। अपनों के बीच रहकर जल्दी ही रिकवर कर जाएगी।" पूजा ने बताया। उसके चेहरे पर अब कृतज्ञता के भाव उभरने लगे थे।

"थैंक यू रूपेश! तुम हमेशा मेरी लाइफ में मददगार बनकर आए हो। पता नहीं, इस कर्ज को मैं कैसे चुका पाऊँगी!" पूजा ने कहा और उसकी आँखों के सामने वो मंजर तैरने लगा जब रूपेश पहली बार उससे ट्रेन में मिला था और सीट के लिए हील-हुज्जत के बाद वे दोनों एक-दूसरे के दोस्त बनकर ट्रेन से उतरे थे।

"पूजा, आई वांट टू मैरी यू।"

अंततः रूपेश के दिल की बात उसकी जुबान तक आई। अपने ही शब्द जब कानों से टकराए तो लगा कि ऐसा कहकर कहीं भूल तो नहीं कर दी। पूजा अब किसी की ब्याहता है। पर उसका पति तो कब का इस दुनिया से जा चुका। क्या ये संभव है कि अपनी पिछली जिंदगी को भूलकर वह उसके साथ आएगी! क्यों नहीं? कभी अपने प्यार का गला घोंटकर ही तो उसने अपनी माँग सजाई थी। मस्तिष्क में उभरते अनगिनत सवाल रूपेश की परेशानी बढ़ा रहे थे।

पर बात वही है कि सोच की पतंग कितनी दूर तक जाएगी, कोई सोच भी नहीं सकता। रूपेश की सोच की पतंग भी बिस्कोमान भवन के अठारहवें माले की खिड़की से निकल पटना का दिल गांधी मैदान के खुले आकाश में अब बेहया-

बेलगाम होकर उड़ने लगी थी। पर इससे पहले कि सोच अपना दायरा बढ़ाकर आगे की उड़ान भरती, कैंची बनकर पूजा के अल्फाज ने पतंग की कन्नी पर अपनी पैनी धार चला डाली।

"रूपेश, तुम जानते हो न कि मैं एक विधवा हूँ? फिर तुम तो मुझसे भी बेहतर डिजर्व करते हो। क्यों मेरे पीछे अपनी जिंदगी को बरबाद करने पर तुले हो?" पूजा की नजरें अब एकटक रूपेश पर टिकी थीं।

"तुम्हें पता है? हम अभी तक शादी क्यों नहीं किए?" रूपेश ने पूजा से पूछा और उसके जवाब में खुद ही बोला, "क्योंकि मेरी जिंदगी में तुम जो प्यार भर के गई थी न, किसी और लड़की को लाके हम उस प्यार का अपमान नहीं करना चाहते थे। हमको तनिको बुरा नहीं लगेगा पूजा, अगर तुम शादी करने के लिए मना कर दी तो! तुम्हारा दिया हुआ प्यार हमेशा मेरे साथ रहेगा।"

बड़ी हिम्मत करके रूपेश ने अपना हाथ आगे बढ़ाया और पूजा की हथेली थाम ली। उसने देखा कि पूजा की डबडबाई आँखों से आँसू निकलकर उसकी हथेली पर आ गिरे और रेस्टोरेंट की चकमक रोशनी किसी मोती की भाँति उससे परावर्तित होने लगी थी। रूपेश का दिल अब धाड़-धाड़ मार रहा था और कानों को अगर दिव्य शक्ति होती तो आज पूरा पटना शहर उसके दिल की धड़कनें सुन पाता।

आँसुओं को बेदखल कर पूजा ने अपना दूसरा हाथ रूपेश के हाथ पर रख अपने दिल की बात जाहिर की। उसके चेहरे की मुसकराहट ने रूपेश को सवालों के झंझावात से विमुक्त कर दिया था। आँखों को दिव्य शक्ति होती तो पूरा पटना शहर देख पाता कि दो प्यार करने वाले आज फिर से एक हो गए थे।

बची-खुची कसर पेलू भइया यानी पलाश की यारी ने पूरी कर दी जब रूपेश के लिए रिश्ते की बात लेकर वह पत्नीसंग पूजा के घर जा पहुँचा। ऐसा करके उसने शर्मा-शर्माइन की ही मुश्किल हल कर दी थी।

"बेटा, तुमने तो हम बूढ़े माँ-बाप की मुश्किल ही हल कर दी। सालों पहले हमसे एक मिस्टेक हुआ था और जातपाँत के चक्कर में पड़ के हम अपने ही बच्चा लोग को दुःख के दलदल में ढकेल दिए थे। आज एक बार फिर से भगवान् मौका दिया है कि हम अपना मिस्टेक सुधार सकें। अरे भई पूजा की माँ! सबका मुँह मीठा नहीं करवाओगी?" जातपाँत से परे सोचकर सुरेश शर्मा ने आज अपनी लाड़ली की खुशी को प्राथमिकता दी थी।

चट मँगनी और पट ब्याहवाले स्टाइल में रूपेश और पूजा की शादी का दिन

तय हुआ। खुशियाँ जैसे रूपेश और पूजा दोनों के परिवार पर फिदा थीं। तय हुआ कि कुछ करीबी रिश्तेदारों के सामने दोनों पटना के ही किसी मंदिर में सात फेरे लगाएँगे। शादी की पूरी तैयारी का जिम्मा पलाश और रूपेश की छोटी बहन रिंकी ने खुद अपने हाथो में सँभाला था। पूजा को बोलकर रिंकी उसकी बेटी जाह्नवी को पहले ही अपने साथ लेकर आ गई थी। रिंकी जो अब दो बच्चों की माँ थी और उसके दोनों बच्चे कुछ ही घंटों में जाह्नवी के साथ बहुत घुल-मिल गए थे। मंदिर की चारदीवारी के भीतर फुदकते बच्चों से शादी के इस मौहाल में जैसे चार-चाँद ही लग गए थे।

जहाँ एक तरफ शादी के जोड़े में फब रही पूजा अपने माता-पिता के संग कार में सवार हो तेजी से मंदिर की तरफ बढ़ रही थी, वहीं दूसरी तरफ दूल्हे की वेशभूषा में रूपेश अपनी दुलहन का दीदार पाने के लिए मंदिर के प्रांगण में आँखें बिछाए हुए था। आँखों के सामने वे पल तैरने लगे थे, जब श्रांत-क्लांत पूजा ट्रेन में उससे पहली बार टकराई थी और उसने डराकर कहा था, "हे यू!"

□

उपसंहार

चार वर्ष बाद।

अपने दफ्तर में बैठा डिप्टी कलेक्टर सरकारी फाइलों को निपटाने में व्यस्त था। उसकी हड़बड़ी बता रही थी कि वह जल्दी में था। तभी फोन की घंटी घनघनाई और फाइल पर आँखें पैवस्त किए रिसीवर को कान से लगाया। एक फुसफुसाहट रिसीवर के बाहर तक आ रही थी और अधिकारी ने कलम की रफ्तार पुरजोर कर दी।

"बेटा, गिव मी टू मिनट्स। आई एम जस्ट कमिंग!"

डिप्टी कलेक्टर ने जैसे गिड़गिड़ाकर कहा और फोन रख एक स्टिकी नोट पर कुछ निर्देश लिखे और उसे फाइल पर चिपका अपनी कुरसी से फारिग हुआ। बाहर अर्दली का इशारा पाकर ड्राइवर ने कार का इग्नीशन स्टार्ट कर दिया था और बड़ी शिष्टता से इंतजार करता रहा। अधिकारी के सवार होते ही कार हवा से बातें करने लगी और दसेक मिनटों बाद एक सरकारी कोठी के आगे आकर रुकी।

तेज कदमों से वह कोठी के भीतर लपका जहाँ सभी उसी की राह देख रहे थे। कार के रुकने की आवाज जाह्नवी ने सुन ली थी और उठकर वह दरवाजे की तरफ बढ़ी।

"पापा, आने में कितनी देर कर दी आपने! पंडितजी नाराज हो रहे हैं।"

घर के भीतर रूपेश के पैर रखते ही बेटी जाह्नवी ने उसे टोका। मेहमानों से भरा-पूरा होने के बावजूद घर में आज एक अजीब-सी वीरानगी पसरी हुई थी। बीच हॉल में दक्षिण दिशा में रखी पूजा की तसवीर पर टँगी फूलों की माला देख रूपेश के कदम ठिठक गए थे। तसवीर में पूजा का मुसकराता चेहरा आज भी उसकी धड़कने बढ़ा दिया करता था। मेहमानों पर नजरें फिराईं जो उसके ही इंतजार में बाट जोह रहे थे। आत्मा की शांति हेतु ताम्रधातु के हवनकुंड में चंदन की लकड़ियाँ

सजाते पंडितजी को कहना ही पड़ा, “जजमान अब देर न करें! जल्दी से आकर आसन ग्रहण करें।”

रूपेश ने देखा कि मेहमानों के बीच अपनी पत्नीसंग बैठा पलाश उसे ही घूर रहा था, जैसे उसका भी सब्र अब जवाब देने लगा हो। पर ऐसा कैसे संभव है! सब्र की परिभाषा तो पलाश ने खुद उसे सिखाई थी, जब अस्पताल में जिंदगी और मौत से जंग लड़ती पूजा ने अपनी आखिरी साँस भरी और रूपेश को लगा था, जैसे उसकी पूरी दुनिया ही खत्म हो गई। तब पलाश ही तो था जिसने उसे जीने का गूढ़ मंत्र दिया। हाथ में एक खत रखकर उसने रूपेश को सब्र का जो पाठ पढ़ाया, उसी पर तो वह आज तक कायम है।

चार वर्ष पूर्व दो प्रेमी युगल एक बार फिर से मिलने से पहले ही बिछुड़ गए थे। शादीवाले दिन पूजा को शायद उसकी ही खुशियों की नजर लग गई थी। दुलहन को लेकर कार जब बड़ी तेजी से मंदिर की तरफ बढ़ने लगी तब एक मोड़ पर दूसरी दिशा से आ रहे बेलगाम ट्रक ने कार के परखचे उड़ा दिए थे। पूजा के साथ कार में शर्मा-शर्माइन भी सवार थे। उन दोनों ने तो मौके पर ही दम तोड़ दिया और पूजा महीने भर अस्पताल में जिंदगी और मौत से जूझती रही। उसे भान था कि उसकी भी इहलीला अब समाप्त होने वाली है। वह जानती थी कि रूपेश ने अपनी जिंदगी में बस दो ही ख्वाब देखे थे—एक उसके साथ अपना घर बसाने का और दूसरा आई.ए.एस. बनने का। पर अफसोस! उसके दोनों ही ख्वाब अधूरे रह गए। पलाश जब रिश्ते की बात लेकर पूजा के घर आया था उसने बताया था कि रूपेश आई.ए.एस. न बन सका तो क्या हुआ उसमें इतना दम-खम तो है कि बड़ी आसानी से स्टेट पी.सी.एस. क्लीयर करके डिप्टी कलेक्टर तो बन ही सकता है और यही ख्वाहिश दिल में दफ्न करके रूपेश के पिता ने भी अपनी आँखें मूँदी थी।

अब जब पूजा मौत की सेज पर लेटी है और जिंदगी से उसकी कोई फरमाइश नहीं बची। रूपेश से तो अपनी आखिरी ख्वाइश पूरी करने की जिद कर ही सकती है।

आँख मूँदने से पहले एक खत के मार्फत उसने अपना पूरा दिल निकालकर उसपर लिख डाला। पूजा के चले जाने के पश्चात् उसकी छोड़ी चिट्ठी रूपेश के जीने का एकमात्र सहारा बनी और उसमें लिखे शब्द उसके जीवन का सार।

□□□